Nancy Atherton

Tante Dimity und der Wilde Westen

AF178542

Über die Autorin

Nancy Atherton ist die Autorin der beliebten „Tante Dimity" Reihe, die inzwischen über 20 Bände umfasst. Geboren und aufgewachsen in Chicago, reiste sie nach der Schule lange durch Europa, wo sie ihre Liebe zu England entdeckte. Nach langjährigem Nomadendasein lebt Nancy Atherton heute mit ihrer Familie in Colorado Springs.

NANCY ATHERTON

TANTE DIMITY
und der Wilde Westen

Aus dem Amerikanischen von Thomas Hag

beTHRILLED

Vollständige ePub-to-Print-Ausgabe des in der Bastei Lübbe AG
erschienenen eBooks »Tante Dimity und der Wilde Westen« von
Nancy Atherton

beTHRILLED in der Bastei Lübbe AG

Dieses Werk wurde im Auftrag der Jane Rotrosen Agency LLC
vermittelt durch die Literarische Agentur Thomas Schlück GmbH,
Garbsen.

Lektorat/Projektmanagement: Kathrin Kummer
Covergestaltung: Jeannine Schmelzer unter Verwendung von Motiven
© shutterstock: Alvaro Cabrera Jimenez | Montreeboy
Illustration: © Jerry LoFaro
Satz: 3w+p GmbH, Rimpar
Druck: Books on Demand GmbH, Norderstedt

ISBN 978-3-7413-0146-9

Die Originalausgabe erschien unter dem Titel »Aunt Dimity Goes
West« bei Penguin Books, New York.
Copyright © der Originalausgabe 2007 by Nancy T. Atherton
Copyright © der deutschsprachigen Erstausgabe 2008
by RM Buch und Medien Vertrieb GmbH

www.be-ebooks.de
www.lesejury.de

Für meine Freunde im Colorado Mountain Club,
die mich zu ganz neuen Höhen geführt haben.

Kapitel 1

Donner grollte, und Blitze zuckten durch den Himmel. Wütend warfen sich die Wellen gegen die Klippen, und der Regen peitschte auf mein Gesicht. Ich lag auf dem steinigen Boden, verletzt und hilflos. Über mir türmte sich eine Gestalt auf, ein dunkelhaariger Mann mit Augen, so schwarz und unergründlich wie der Höllenschlund. Er hob seine bleiche Hand und deutete auf mich. Ein Licht blitzte auf, dann eine gewaltige Explosion – und ich erwachte mit laut pochendem Herzen. Meine Bettdecke hatte sich in ein einziges wirres Knäuel verwandelt, das Kopfkissen war schweißnass. Ich schnappte nach Luft und starrte in die Dunkelheit.

Die Nacht war ruhig und friedlich. Eine leichte Sommerbrise wehte durch die geöffneten Schlafzimmerfenster, und im Garten zwitscherte ein früher Vogel, als wolle er allen und jedem mitteilen, dass er tatsächlich den Wurm gefangen hatte. Ich hörte keinen Donner, keine tosenden Wellen, und das einzig Helle am Himmel war ein trüber Grauschleier, der die Morgendämmerung ankündigte. Ich lag nicht am Rande einer sturmumtosten Klippe, einem kaltblütigen Mörder ausgeliefert. Ich war in Sicherheit, zu Hause.

Mein Ehemann räusperte sich, drehte sich zu mir und stützte sich auf den Ellbogen.

»Schon wieder?«, fragte er und strich mir zärtlich über den Rücken.

»Ja«, murmelte ich verzagt.

»Ich mache dir eine Tasse Tee.« Bill ließ sich auf sein

Kissen fallen, rieb sich die müden Augen und schwang sich aus dem Bett. Schlaftrunken griff er nach seinem Morgenmantel.

»Du musst nicht«, sagte ich hastig. »Es geht mir gut, wirklich.«

»Eine feine Tasse Tee«, murmelte Bill. Er schlüpfte in seine ledernen Hausschuhe und ging leise auf den Flur hinaus.

Unser schwarzer Kater Stanley nutzte die geöffnete Tür sofort aus, wand sich an Bill vorbei ins Schlafzimmer und sprang mit einem eleganten Satz auf meinen Schoß, um sich eine morgendliche Streicheleinheit abzuholen. Er schnurrte sanft, als ich die empfindliche Stelle zwischen seinen Ohren kraulte. Das beruhigende Grummeln tat seine Wirkung, ich schloss die Augen und seufzte leise.

Sechs Wochen waren vergangen, seit ein verwirrter Fanatiker namens Abaddon auf mich geschossen hatte. Die Kugel hatte mich aus kürzester Entfernung knapp unterhalb des linken Schlüsselbeins getroffen, dabei eine Arterie erwischt und etliche Muskelfasern zerfetzt. Eine Armee von hervorragenden Ärzten hatte sich bemüht, die grässliche Wunde zu schließen, die Abaddon mir zugefügt hatte, aber bislang war es ihnen nicht gelungen, den Schaden zu beheben, den mein Seelenfrieden genommen hatte.

Seit anderthalb Monaten schwankte meine Stimmung wie ein außer Kontrolle geratenes Pendel hin und her, von apathisch zu ruhelos, von aufgekratzt zu larmoyant, ohne Sinn und Zweck, und das etwa fünfzig Mal am Tag. Der Schlaf brachte keine Erleichterung, denn mit ihm kamen die Albträume, oder in meinem Fall der Albtraum, in dem ich Nacht für Nacht den Schrecken durchlebte, der mich ins Mark getroffen hatte.

Verwunderlich war es weiß Gott nicht. Seit sieben Jahren hatten mein Mann und ich ein äußerst beschauliches Leben geführt, in einem gemütlichen, honigfarbenen Cottage inmitten der pittoresken, wie ein Flickenteppich geschnittenen Felder des ländlichen England. Obwohl wir Amerikaner sind, wurden wir schnell zu einem Teil des nahe gelegenen Dörfchens Finch. Unsere fünfjährigen Zwillinge hatten auf jedem Knie in Finch geschaukelt, Bill war Ehrenmitglied des Dartteams im Pub, ich fertigte die Blumenarrangements für die Kirche an, brachte den älteren Nachbarn einen Topf mit Schmorbraten vorbei und tratschte mittlerweile so fließend wie die Eingeborenen. Wir waren eine ganz normale Familie, die ihren alltäglichen Aktivitäten nachging, und niemand von uns war auch nur im Geringsten auf die schrecklichen Ereignisse vorbereitet, die meinen Albtraum ausgelöst hatten.

Ich hätte mir niemals träumen lassen, dass ein Wahnsinniger uns verfolgen und damit drohen würde, mich und meine Familie zu töten. Genauso wenig hätte ich mir träumen lassen, dass Bill mich und die Jungen zu unserem eigenen Schutz auf eine abgelegene schottische Insel schicken würde. Und ganz gewiss hätte ich mir niemals träumen lassen, dass Abaddon auf dieser Insel auftauchen würde. Er entführte meine Söhne und versuchte, mich inmitten eines Sturms der Stärke neun zu ermorden. An so etwas denkt man ja auch nicht, bis es einem dann passiert. Aber seit es geschehen war, träumte ich von nichts Anderem mehr.

Ich war es leid. Abaddon war dahingegangen, ein schicksalhafter Blitzschlag hatte ihn getroffen und ins wogende Meer geschleudert. Doch in mir lebte er weiter, ein lästiger Untermieter, der sich auch den hartnäckigsten Forderungen, er möge endlich ausziehen, widersetzte. Ich war verzweifelt, ich musste ihn loswerden, denn er verwandelte alles in ein riesiges Chaos, das langsam auf alle abfärbte, die ich liebte.

Meine lebhaften, robusten Söhne hatten das Zusammentreffen mit Abaddon unbeschadet überstanden, aber sie schlichen nur noch auf Zehenspitzen durch das Haus und sprachen mit unnatürlich gesenkter Stimme davon, dass »der böse Mann Mummy wehgetan hat«.

Annelise Sciaparelli, die unersetzliche Nanny der beiden, ging in meiner Gegenwart wie auf Eierschalen, da sie nie genau wusste, was ich im nächsten Augenblick tun würde, ob ich in Tränen ausbrechen, sie anfahren oder in stumpfem Schweigen dasitzen würde.

Mein Ehemann, ein hochbezahlter Anwalt mit einer gutbetuchten internationalen Klientel, hatte sich so viele Stunden freigenommen, dass einige seiner Mandanten sich wahrscheinlich fragten, ob er in den Ruhestand getreten oder gar gestorben sei. Ich selbst schlief so schlecht, dass ich keine Energie mehr besaß, für die Blumenarrangements zu sorgen, bei den greisen Nachbarn vorbeizuschauen und meinen Beitrag zu der großen Kette des Tratsches zu leisten, die alle in Finch verband. Nie mehr würde sich meine Welt ruhig um die eigene Achse drehen, bis ich mich ein für alle Mal von Abaddon befreit hatte. Aber ich wusste nicht, wie ich ihn loswerden konnte.

Stanleys sanftes Schnurren verwandelte sich in ein lautes Brummen, als Bill ins Schlafzimmer zurückkehrte, ein Silbertablett mit einer Tasse Tee in der Hand. Im Grunde war Stanley Bills Kater. Es gefiel ihm, dass Bill zu Hause blieb, um sich um mich zu kümmern. Meine andauernden Beschwerden waren in mancherlei Hinsicht das Beste, was Stanley passieren konnte.

Bill stellte das Tablett auf meinem Nachttisch ab und

rieb sich die Augen. Ich starrte auf die dampfende Tasse, und Schuldgefühle senkten sich auf mich herab wie ein bleierner Umhang. Mein Mann war Mitte dreißig, er war aufgeschlossen und attraktiv und extrem gut in seinem Job. Die halbe Nacht hatte er vor seinem Computer gesessen, und nun brachte er mir Tee, während der Morgen dämmerte. Es war nicht gerecht. Er sollte die europäische Zweigstelle der angesehenen Anwaltskanzlei seiner Familie führen und nicht den Krankenpfleger für seine indisponierte Frau spielen.

»Hast du was dagegen, wenn ich noch eine Mütze Schlaf nehme?«, fragte er gähnend.

»Koste es aus«, antwortete ich. »Nimm zwei.«

Bill kroch ins Bett zurück, und Stanley verließ meinen Schoß, um sich an Bills Kniekehlen zu schmiegen. In der Stille trank ich meinen Tee und raffte mich dann auf, ins Bad zu gehen, um mich für einen neuen Tag zu rüsten. Er würde hektisch werden, denn heute fand die Parade statt.

Die Parade, Bill hatte sie so getauft, war das, was eine enge Gemeinschaft aufführt, wenn einem der ihren ein Missgeschick widerfahren ist. Da mein Missgeschick ein besonders spektakuläres gewesen war, war unsere Parade zu einem wichtigen gesellschaftlichen Ereignis geworden. Niemand wollte von einem Geschehen ausgeschlossen sein, das für Schlagzeilen in der Times würdig befunden worden war. Einmal in der Woche – sonntags – riss der Strom der Nachbarn vor unserer Türschwelle nicht ab, die Geschenke brachten und sich im Widerschein meines unfreiwilligen Ruhmes sonnten.

»Und heute ist Sonntag«, murmelte ich und schloss die Badezimmertür. »Dusche, Frühstück, Kirche und los geht die Show.«

Als ich fertig war, waren auch Will und Rob bereits

wach, und als Annelise und ich sie angezogen hatten, war auch Bill wieder aufgestanden, und wir machten uns geschlossen auf in die Küche, um ein herzhaftes Frühstück einzunehmen. Wir räumten den Tisch gerade ab, als es an der Haustür klingelte. Annelise brachte die Jungen rasch in den Garten – sie überdrehten am Tag der Parade regelmäßig – und Bill machte die Tür auf.

»Wer war das?«, fragte ich, als er in die Küche zurückkam.

»Terry Edmonds«, antwortete Bill.

Ich wollte gerade einen Teller in den Geschirrspüler tun. Nun sah ich ihn verblüfft an. Terry Edmonds war kein Nachbar. Er war ein Kurier, der des Öfteren juristische Dokumente für Bills Firma abholte oder brachte.

»Seit wann arbeitet Terry sonntags?«, fragte ich.

»Eine Eilsendung«, sagte Bill. »Ich gehe ins Arbeitszimmer.«

»Er hat sie hierher gebracht?« Wieder dieses Schuldgefühl. Bill arbeitete in einem hochmodernen Büro am Dorfplatz, aber er hatte es nicht mehr betreten, seit ich angeschossen worden war. »Bill, wenn du dich nicht bald wieder an die Arbeit machst, wirst du die Adresse auf deinem Briefkopf ändern müssen.«

»Alles zu seiner Zeit, meine Liebe«, sagte er.

Ich drehte mich zu ihm herum.

»Sieh nur«, sagte ich und dehnte vorsichtig meinen Arm. »Ich bin so gut wie neu. Du musst nicht den Engel der Schwächlichen spielen.«

»Wenn ich es nicht besser wüsste, hätte ich den Eindruck, dass du mich loswerden willst«, meinte Bill nachsichtig.

»Aber ich *versuche* dich loszuwerden«, gab ich zurück. »Du kannst nicht die Nacht durcharbeiten und dich den ganzen Tag um mich kümmern. Irgendwann

12

wirst *du* krank, und was dann? Es ist bereits Mitte Juni, Bill, du musst langsam wieder dein normales Arbeitspensum erreichen. Annelise und ich kümmern uns um die Jungen, und ich kann auf mich selbst aufpassen. Ich brauche keinen Babysitter mehr. Ich bin durchaus in der Lage …«

»… pünktlich zur Kirche zu kommen«, unterbrach mich Bill. »Was wir nicht schaffen werden, wenn wir noch weiter trödeln.«

Ich lächelte grimmig, klappte die Tür des Geschirrspülers zu und rief Annelise und die Jungen aus dem Garten herein.

Die Parade begann eine Stunde nach unserer Rückkehr von der Kirche. Für den Rest des Tages läutete die Haustürklingel fast ununterbrochen.

Sally Pyne, die füllige und auf angenehme Weise redselige Besitzerin der Teestube, brachte einen Korb vorbei, der mit ihren köstlichen Crazy Quilt Cookies gefüllt war, in denen alle möglichen Zutaten steckten außer Kokosnuss, weil Sally wusste, dass ich Kokosnuss nicht mochte. Die gebieterische Peggy Taxman, die Finch mit eiserner Hand und einer Stimme regierte, die durch Granit dringen konnte, hatte aus ihrem Kolonialwarenladen eine Tüte mit Bonbons für Rob und Will mit dabei, nicht ohne eine strenge Lektion in Sachen Mundpflege. Miranda Morrow, die rothaarige Berufshexe, überreichte uns ein unbeschriftetes Paket mit Heilkräutern, und Dick Peacock, der rundliche, joviale Kneipenwirt, schenkte uns drei Flaschen seines hausgemachten Weins. Da Dicks Wein bekanntermaßen ungenießbar war und Mirandas Kräuter höchstwahrscheinlich illegal, spülte Bill beides die Toilette hinunter, nachdem alle gegangen waren.

Ruth und Louise Pym, die beiden uralten Zwillingsschwestern, die in unserer Straße wohnten, lieferten Blumen und Gemüse aus ihrem Garten. Mr Malvern, der benachbarte Milchbauer, versorgte uns mit Milch, Sahne, Butter und Käse. Mr Barlow, der Mann für alles, brachte nur sein Werkzeug mit, dafür reparierte er die Hintertür, die immer klemmte. Lilian Bunting, die Frau des Vikars, füllte meinen Eisschrank mit Eintöpfen, Braten und Suppen, derweil der Vikar einen ganzen Armvoll Bücher heranschleppte, aus denen man in schwierigen Zeiten Trost ziehen konnte.

Mein Lieblingsteil der Parade kam erst, wenn der Ansturm vorüber war und meine beste Freundin Emma Harris auf eine Tasse Tee und einen kleinen Plausch vorbeischaute. Selbst sie fühlte sich bemüßigt, nicht ohne ein paar Gläser ihrer selbstgemachten Marmelade zu erscheinen. Niemand kam, ohne etwas mitzubringen. Seit wir aus Schottland zurückgekehrt waren, hatte ich weder kochen noch backen noch einkaufen müssen.

»Wenn ich nicht bald bessere Laune kriege, ruiniere ich noch das ganze Dorf«, sagte ich düster.

Die Parade war vorbei, ebenso wie das Dinner. Annelise hatte die Jungen nach oben gebracht, um sie zu baden. Ich hatte meine Hilfe angeboten, aber Bill hatte darauf bestanden, dass ich mich nach dem anstrengenden Tag erst einmal ausruhte. Deshalb hatte ich mich mit meinem Mann und Stanley auf das Sofa im Wohnzimmer zurückgezogen, wo wir an den Crazy Quilt Cookies knabberten, die Füße – und Pfoten – hochlegten und versonnen ins Kaminfeuer schauten.

»Es handelt sich nicht einfach um schlechte Laune«, meinte Bill, »sondern um ein posttraumatisches Stress-

14

syndrom. Das ist nicht etwas, was man hat oder nicht. Man muss sich davon erholen.«

»Aber ich erhole mich nicht«, klagte ich. »In den vergangenen Wochen habe ich alles Mögliche versucht, Beratungsgespräche, Psychotherapie, den Vikar, Tabletten, Meditation, Hypnotherapie …«

»… sowie Aromatherapie, Massage, Hydrotherapie und Akupunktur«, ergänzte Bill.

»Und nichts hat geholfen«, schloss ich.

»Wenn ich so dumm wäre, deinen Zorn auf mich zu lenken«, sagte Bill nach einer kleinen Pause, »würde ich darauf hinweisen, dass du nichts davon lange genug ausprobiert hast, um zu wissen, ob es funktionieren könnte oder nicht. Aber so dumm bin ich nicht.«

Ich nickte beschämt und nahm den Treffer hin. »Geduld war noch nie meine Stärke. Momentan scheine ich allerdings überhaupt keine Stärken mehr zu haben. Ich weiß einfach nicht mehr weiter.«

»Das macht nichts«, meinte Bill. »Aber ich.« Er lächelte geheimnisvoll und schob Stanley von seinem Schoß, erhob sich und verließ das Wohnzimmer. Als er zurückkehrte, hielt er etwas hinter seinem Rücken verborgen. Er ging so um das Sofa herum, dass ich nicht sehen konnte, was er in der Hand hielt. Er hockte sich vor den Sofatisch und sah mich an. Dabei erinnerte er mich an die Zwillinge, die mich immer dann genau so ansahen, wenn sie etwas ganz Besonderes ausgeheckt hatten.

»Was führst du im Schilde?«, fragte ich skeptisch.

»Du weißt doch, dass Terry Edmonds heute Morgen etwas abgeliefert hat«, begann er. »Es war für dich, ich hatte es gestern bestellt.«

»Ein Gehirn«, sagte ich. »Du rätst mir zu einer Hirntransplantation.«

»Falsch«, sagte er mit funkelnden Augen.

»Und«, fragte ich, »was ist es dann?«

Bis über beide Ohren grinsend, holte Bill die Überraschung hinter dem Rücken hervor. Es war ein großer, weißer Cowboyhut. Er setzte ihn mir auf den Kopf.

»Aufgesattelt, Ma'am«, sagte er gedehnt. »Der Wilde Westen ruft!«

Kapitel 2

»Yippie-yeah!«, juchzte Bill und schlug sich auf die Schenkel.

Stanley schoss erschrocken aus dem Zimmer. Ich war zu perplex, um auch nur eine Miene zu verziehen. Mein Ehemann hatte in Harvard studiert und gehörte zu einer der angesehensten Familien Bostons. Er sprach nicht wie ein Cowboy und klatschte sich auch nicht auf die Schenkel. Er war dem Wilden Western nie näher gekommen als bis Denver, wo er einmal an einem Juristenkongress teilgenommen hatte. Ich starrte ihn verblüfft an und fragte mich, was bloß in ihn gefahren sein mochte. Hatten ihm die Dämpfe von Dick Peacocks Wein das Hirn vernebelt? Hatte ihn der ganze Stress und die Sorge um mich in den Wahn getrieben? Oder war ich per Zufall in ein Paralleluniversum gerutscht?

Ich berührte die Spitze des Cowboyhuts, um mich zu überzeugen, dass ich nicht halluzinierte, und fragte ganz sachte: »Bill, wovon sprichst du?«

»Ich spreche von der einzigen Sache, die wir noch nicht ausprobiert haben«, antwortete er strahlend. »Ein Ortswechsel, und ich meine einen echten Ortswechsel.« Er deutete zum Erkerfenster des Cottage. »Auf nach Westen, junge Frau! Such dein Glück in der glorreichen, ungezähmten Wildnis der Berge von Colorado!«

»Schlägst du vor, dass wir nach Colorado reisen sollen?«, fragte ich entgeistert. »So wie in … *Colorado?*«

»Das einzig Wahre!«, rief Bill fröhlich aus. »Finch bekommt dir nicht mehr. Hier ist alles zu vertraut. Du musst deine Batterien neu aufladen, am besten an einem Ort, an dem dich nichts an Finch erinnert. Und was könnte unserem allzu zahmen englischen Dörfchen weniger ähneln als eine Blockhütte in der glorreichen, ungezähmten ...«

»Blockhütte?«, japste ich entsetzt.

»Du erinnerst dich doch an Danny Auerbach, den Baulöwen?« Bill sah meinen leeren Blick und fuhr rasch fort. »Ich habe in der Vergangenheit hin und wieder für ihn gearbeitet. Er hat sich vor ein paar Jahren eine Berghütte bauen lassen und sie mir schon ein Dutzend Mal angeboten. Jetzt habe ich ihn beim Wort genommen.«

»Du hast eine Holzhütte gekauft?« Mir wurde schwindelig. »In Colorado?«

»Nicht gekauft, nur ausgeliehen«, erklärte Bill. »Danny lässt nur Freunde dort wohnen. Die Hütte liegt in der Nähe einer kleinen Bergstadt ...«

»Aspen?«, fragte ich hoffnungsvoll.

»Nein.« Bills Antwort ließ meine Träume zerstieben. »Danny macht sich nichts aus Aspen – zu teuer und zugebaut, sagt er –, deshalb hat er die Hütte in der Nähe von Bluebird gebaut, auf einem Stück Land, das sich schon seit Ewigkeiten in Familienbesitz befindet. Durch die Nähe zu der kleinen Stadt fühlt man sich nicht allzu isoliert, aber man ist weit genug von den Lichtern der Großstadt entfernt, um ein Gefühl für ... die Weite zu bekommen.«

»Die Weite«, echote ich.

»Genau das brauchst du, Lori«, sagte Bill. »Und genau das findest du in unserer gemütlichen kleinen Welt nicht.«

Mir fiel nichts anderes ein, als ihn anzustarren. Offenbar hatte er vergessen, wie sehr ich diese gemütliche kleine Welt liebte. Finch war im Grunde ein verschlafenes Nest, das auf vielen Landkarten nicht einmal verzeichnet war, aber hier fand das wahre Leben mit seinen kleinen Dramen statt, und ich war Teil dieser Aufführungen. Würde der Vikar die Traditionen über Bord werfen und eine Rockband für das Kirchenfest engagieren? Würde Sally Pyne ihren glänzenden purpurfarbenen Jogginganzug bei der Blumenausstellung tragen? Würde die übermächtige Peggy Taxman ihr Imperium ausdehnen und den Gemüseladen übernehmen, nun, da sich der alte Mr Farnham zur Ruhe gesetzt hatte? Aufregung gab es hier genügend, und der Gedanke, auch nur einen Tag voller süffigem Klatsch zu verpassen, hatte mir noch nie behagt.

Aber selbst davon abgesehen bezweifelte ich, dass es richtig war, Finch zu verlassen und ans andere Ende der Welt in eine Blockhütte zu fliehen. Das Cottage war unser Heim. Wenn ich es verließ, wenn auch nur für eine Weile, bedeutete das die Kapitulation vor dem Teufel mit den schwarzen Augen, der sich in meine Träume geschlichen hatte.

»Ich weiß nicht, Bill«, sagte ich. »Es kommt mir irgendwie feige vor, so als ließen wir uns von Abaddon aus unserem Dorf vertreiben.«

Bill schüttelte den Kopf. »Unsinn. Wenn du nach Colorado gehst, zeigst du, dass du dich von Abaddon unabhängig machst. Du zeigst damit, dass du dich nicht für den Rest deines Lebens in ein Schneckenhaus verkriechst, weil ein Verrückter dich in seinen Bann gezogen hat. Ergreife die Initiative!« Er legte die Hand auf mein Knie und fügte mit ernster Miene hinzu: »Ich habe gesehen, wie du dich Peggy Taxman widersetzt hast – mit lauter Stimme und vor Zeugen. Du bist kein Feigling, Lori.«

»Was ist mit den Jungen?«, sagte ich unsicher. »Wir reißen sie aus ihrer gewohnten Umgebung.«

»Natürlich«, stimmte Bill zu. »Aber glaubst du, das macht ihnen auch nur das Mindeste aus? Wir haben Mitte Juni, Lori, die schönste Zeit, um die Rocky Mountains zu besuchen. Die Jungs können wandern und Forellen angeln, sie können Fossilien suchen und in den Bächen nach Gold schürfen. Wenn sie Glück haben, sehen sie zum ersten Mal in ihrem Leben einen Elch, einen Büffel oder ein Langhornschaf. Es gibt sogar eine Ranch in der Nähe, wo sie reiten können, unter der Obhut von echten Cowboys.« Bill wurde ganz enthusiastisch. »Wenn sie im Herbst wieder zur Schule gehen, werden sie ihren Freunden einiges zu erzählen haben.«

»Ich weiß nicht, ob Annelise …«, begann ich, aber Bill schnitt mir einfach das Wort ab.

»Auch für Annelise wird es ein großartiges Erlebnis werden«, behauptete er. »Sie war zwar schon mit uns in Amerika, aber weiter als bis Boston ist sie nie gekommen. Sie wird ganz wild auf die Rockies sein.«

Ich lehnte mich zurück, verschränkte die Arme und sah Bill nachdenklich an. Er gab sich verdächtig viel Mühe, den Eindruck zu erwecken, als sei sein Plan ohne jeden Makel. Aber mein weiblicher Instinkt sagte mir, dass er eine wichtige Information bislang zurückgehalten hatte.

»Also gut«, sagte ich. »Wo ist der Haken?«

»Der Haken?«, wiederholte Bill mit unschuldigen Augen. »Warum glaubst du, dass es einen Haken gibt?«

»Weil du um mich herumspringst wie ein durchgedrehter Cheerleader, deshalb.« Ich hob die Hand. »Also, raus mit der Sprache, Bill. Was musst du mir noch verraten?«

»Nun ja, jetzt, da du es ansprichst, es gibt tatsächlich

einen kleinen Haken.« Bill räusperte sich und richtete die Schultern auf. »Ich kann nicht mitkommen.«

»Was ...?« Ich bekam den Mund gar nicht mehr zu. »Bist du wahnsinnig? Erwartest du ernsthaft, dass ich mich der glorreichen, ungezähmten Wildnis ohne dich stelle?«

»Es tut mir leid, Lori, aber es geht nicht anders.« Seine Schultern sackten wieder herab, und er ließ den Kopf hängen, als habe er gerade ein Footballspiel verloren. »Du hast ja schon beim Frühstück darauf hingewiesen, ich muss mich unbedingt wieder mehr meiner Arbeit widmen. Es hat sich einiges aufgetürmt, Dinge, die ich nicht an unser Londoner Büro weiterreichen kann. Es gibt mindestens sieben Klienten, um die ich mich persönlich kümmern muss, sonst verlieren wir sie. Du weißt, dass ich mitkommen würde, wenn ich könnte ...«

Der Satz endete in einem langen Seufzer, der mich auf den Boden der Tatsachen zurückbrachte. Bill hatte sich seit Wochen nur noch um mich gekümmert. Niemals hatte er die Geduld oder seinen Humor verloren, und kein einziges Wort der Klage war über seine Lippen gekommen. Nun hatte er eine wunderbare Reise für mich geplant, wobei es ihm nur um mein Wohlergehen ging, und alles, was mir einfiel, war zu jammern, weil er nicht mitkam. Ein drückendes Schuldgefühl lastete auf meinem Gewissen.

»Bist du deshalb gestern Nacht so lange aufgeblieben?« Ich fuhr mit dem Finger die Krempe des Cowboyhuts entlang. »Hast du vor dem Computer gesessen und diese Reise geplant?«

»Ja«, antwortete Bill, ohne mich anzusehen.

»Nun denn«, sagte ich leise. »Ich werde dich höllisch vermissen, aber abgesehen davon ist es eine glänzende Idee.«

Bill hob den Kopf. »Glaubst du wirklich?«

»Wie du gesagt hast, es ist das Einzige, was wir noch nicht ausprobiert haben.« Ich zuckte mit den Schultern. »Und wer weiß? Vielleicht funktioniert es ja.«

»Das wird es«, bekräftigte Bill. »Da bin ich ganz sicher.«

Ich wischte ein paar Katzenhaare vom Sofa. »Ich muss es sofort Stanley erzählen. Er wird entzückt sein, dich ganz allein für sich zu haben. Und du musst mich auf dem Laufenden halten, während ich fort bin.«

»Du bist die Erste, die es erfährt, wenn Sally Pyne bei der Blumenausstellung ihren entsetzlichen Jogginganzug trägt«, versprach Bill mit der Hand auf dem Herzen.

Er nahm den Hut von meinem Kopf und legte ihn auf dem Couchtisch ab, bevor er sich neben mich setzte und mich in seine Arme nahm. Ich schmiegte mich so fest an ihn, wie es meine Schulter zuließ.

»Es ist lange her, seit ich Ferien in den Staaten gemacht habe«, meinte ich.

»Du musst keinen Finger krümmen«, sagte Bill. »Ich habe alles arrangiert, Flugzeugtickets, einen Mietwagen, einen Fahrer …«

»Wozu brauchen wir einen Fahrer?«, fragte ich und rückte etwas von ihm ab. Ich wusste, was mein Gatte von meinen Fahrkünsten hielt, teilte seine Meinung jedoch keineswegs.

»Dein Arm fühlt sich vielleicht besser an, aber du kannst ihn noch immer nicht vollständig bewegen«, erklärte Bill sanft. »Gebirgsstraßen sind noch nichts für dich.«

»Vielleicht nicht«, musste ich eingestehen. »Aber was ist mit Annelise? Sie kann doch fahren.«

»Annelise ist Engländerin«, erinnerte er mich. »Möchtest du wirklich, dass sie euch auf der falschen Straßenseite durch Haarnadelkurven manövriert?« Er schüttelte den Kopf. »Sicherlich nicht. Ich habe den Hausmeister der Blockhütte verpflichtet, sich um euch zu kümmern. Er heißt James Blackwell und wohnt auf dem Grundstück, also kennt er sich aus. Er wird euch am Flughafen abholen, fährt euch zur Hütte und fungiert während eures Aufenthalts als euer Chauffeur. Er ist sicher auch ein großartiger Fremdenführer, Lori, und er wird dafür sorgen, dass in der Blockhütte stets genügend Nahrung, Getränke und Feuerholz vorhanden sind.«

»Wie lange sollen wir denn bleiben?«, fragte ich.

»So lange du willst«, antwortete Bill. »Ich habe die Flugtickets offen gebucht und bei Danny nachgefragt – er hat nicht vor, in diesem Sommer in der Hütte zu wohnen, und es gibt auch keine anderen Anfragen.«

Ich fragte mich, warum die Blockhütte unter Dannys Freunden so unbeliebt war, beschloss aber, Bill nicht damit zu behelligen. Wenn sich die Behausung als einfache Holzbaracke mit Außenklo erweisen sollte, würde ich eben das Beste daraus machen. Ich wollte auf keinen Fall, dass das Lächeln vom Gesicht meines Mannes wich.

»Wow«, rief ich bewundernd. »Du hast wirklich an alles gedacht. Was hättest du getan, wenn ich nein gesagt hätte?«

»Ich hätte alles storniert und mir etwas anderes einfallen lassen.« Bill küsste mich auf die Stirn. »Eine Hirntransplantation vielleicht.«

»Ich wollte schon immer mal in einer Blockhütte wohnen«, versicherte ich hastig. »Wann geht es los?«

»Übermorgen«, sagte Bill.

Ich unterdrückte ein entrüstetes Schnauben. »Je eher, desto besser. Bluebird, Colorado, wir kommen!« Der Enthusiasmus fiel mir etwas schwer.

Kaum hatte ich den Satz beendet, als ein paar ohrenbetäubende Schreie aus dem Flur drangen.

»Wir fahren!«, jubilierte Rob.

»Wir fahren!«, jauchzte Will.

Unsere Söhne kamen im Schlafanzug ins Wohnzimmer gerannt und tänzelten vor dem Kamin auf und ab. Annelise folgte etwas gemesseneren Schrittes, aber auch sie strahlte. Ich schürzte die Lippen und betrachtete meinen Ehemann, dessen Blick sich an die Decke geheftet hatte.

»Du hättest sicherlich nicht Annelise, Rob und Will etwas von der Reise erzählt, bevor du mir den Vorschlag unterbreitet hast?«, fragte ich.

»Vielleicht sind mir ein paar Details herausgerutscht«, räumte Bill ein. »Unabsichtlich natürlich.«

Mein Blick wanderte zu Annelise. »Und du und die Jungs habt unser Gespräch auch sicherlich nicht belauscht?«

»Vielleicht haben wir das ein oder andere aufgeschnappt«, räumte sie ein. »Rein zufällig.«

»Wir fahren nach Colorado!«, rief Rob. »Wir suchen nach Gold!«

»Wir reiten mit Cowboys«, jauchzte Will. »Wir sehen Büffel.«

Es klang so, als seien Bill eine ganze Reihe von Details entschlüpft, aber das war mir egal. Ich konnte mich nicht daran erinnern, wann die Zwillinge das letzte Mal einen solchen Lärm gemacht hatten. Sie gingen nicht mehr auf Zehenspitzen, sondern hüpften herum wie wild, und auch ihre Stimmen waren alles andere als gedämpft. Annelises Augen leuchteten erwartungsvoll, und Bill strahlte wie der Weihnachtsmann persönlich. Ihre Freude war so ansteckend, dass ich das Gefühl hatte, als würde nun alles gut werden.

Ich hätte es besser wissen müssen.

Kapitel 3

Wir beendeten die abendliche Feier mit einer Marathon-
lesung von *Cowboy Bill,* die komplette Serie, und brachten Rob und Will endlich ins Bett. Annelise zog sich umgehend in ihr Zimmer zurück, und Bill schleppte sich ins
Schlafzimmer, auf dem Fuße gefolgt von Stanley, um zumindest einen Teil des Schlafes nachzuholen, den er in
der letzten Nacht verpasst hatte.

Ich blieb bei ihm, bis er eingenickt war, dann schlich
ich mich auf leisen Sohlen aus dem Schlafzimmer die
Treppe hinunter ins Arbeitszimmer. Es hätte keinen Sinn
gehabt, wenn ich mich auch ins Bett gelegt hätte. Ohne
mein kleines nächtliches Privatgespräch mit Tante Dimity hätte ich doch nicht schlafen können.

Etwas anderes als ein Privatgespräch hätte ich mit
Tante Dimity auch gar nicht führen können. Um Miss-
verständnissen vorzubeugen, ich hätte mich nicht geschämt, mit ihr gesehen zu werden. Sie war die intelli-
genteste, gutherzigste und mutigste Frau, die ich kannte,
aber eine Tatsache konnte man einfach nicht leugnen: Sie
lebte nicht mehr, im engeren Sinne.

Sie war nicht einmal meine Tante. Dimity Westwood
war Engländerin, und sie war einmal die beste Freundin
meiner Mutter gewesen. Die beiden Frauen hatten sich
während des Zweiten Weltkriegs in London kennengelernt, wo sie ihren Ländern dienten. Nach dem Ende des
Krieges kehrte meine Mutter in die Staaten zurück, aber
sie hielten ihre Freundschaft aufrecht und schickten einander Hunderte von Briefen über den Atlantik.

Diese Briefe bedeuteten meiner Mutter unendlich viel. Nach dem Tod meines Vaters hatte sie mich allein großgezogen, während sie weiterhin als Lehrerin arbeitete. Ihr Leben war oft nicht einfach gewesen, aber die Korrespondenz mit Tante Dimity hatte ihr über die dunkelsten Stunden hinweggeholfen. Die Briefe, die sie schrieb und die sie erhielt, hellten ihr Leben auf, wenn sie das Gefühl hatte, die doppelte Last als Witwe und alleinerziehende Mutter nicht mehr ertragen zu können.

Diesen Zufluchtsort hielt meine Mutter streng geheim, selbst vor mir, ihrer einzigen Tochter. Kein Wort kam über ihre Lippen, was ihre alte Freundin und die Briefe betraf, die ihr so viel bedeuteten. Als Kind kannte ich Dimity Westwood nur als Tante Dimity, die beeindruckende Heldin einer Reihe von Gutenachtgeschichten, die meine Mutter mir erzählte.

Erst nachdem meine Mutter und Tante Dimity gestorben waren, erfuhr ich die ganze Wahrheit. Damals hinterließ Dimity mir ihr beträchtliches Vermögen, das honigfarbene Cottage, in dem sie aufgewachsen war, die kostbaren Briefe, die meine Mutter ihr geschickt hatte, und ein merkwürdiges, in blaues Leder gebundenes Tagebuch mit leeren Seiten. Erst durch dieses Buch lernte ich Dimity kennen, nicht als Heldin aus Gutenachtgeschichten, sondern als sehr reale, einige würden sagen, surreale Freundin.

Wann immer ich das Tagebuch aufschlug, erschien Dimitys Handschrift, altmodisch und gestochen scharf, so wie man es wohl in der Dorfschule gelehrt hatte, vor langer Zeit, als Mädchen noch Schürzenröcke trugen. Das erste Mal, als Dimity mich aus dem Jenseits begrüßte, wäre ich fast zur Salzsäule erstarrt, aber als sie den Namen meiner Mutter schrieb, merkte ich, dass Dimity es nur gut mit mir meinte. Inzwischen betrachte ich sie längst als meine Vertraute, und ich hoffe, dass der Tag niemals kommt, an dem die Seiten des Tagebuchs leer bleiben.

Im Arbeitszimmer war es etwas unordentlicher als sonst. Überall lagen Unterlagen herum, die eigentlich in Bills Büro gehörten. Ich legte sie zu akkuraten Stapeln zusammen, die ich neben seinem Laptop auf dem alten Eichenschreibtisch platzierte, der neben dem efeuverhangenen Fenster stand. Nachdem ich das Zimmer einigermaßen aufgeräumt hatte, begrüßte ich einen kleinen, rosafarbenen Plüschhasen namens Reginald, der die meiste Zeit damit verbrachte, es sich in einer besonderen Ecke in einem der Bücherregale des Arbeitszimmers bequem zu machen.

Die Vorstellung von einer erwachsenen Frau, die sich mit einem rosafarbenen Plüschhasen unterhält, mag den meisten Menschen absonderlich erscheinen, aber Reginald begleitete mich schon seit ewigen Zeiten. Fast vierzig Jahre lang hatte ich mit ihm Augenblicke der Freude und der Trauer geteilt, und ich hatte nicht die Absicht, damit aufzuhören.

»Hi, Reg«, sagte ich und strich über den verblassenden Saftfleck auf seiner Nase. »Hast du dir jemals vorgestellt, einen Cowboyhut zu tragen?«

Reginalds schwarze Knopfaugen funkelten auf eine Weise, die zu sagen schien, wenn auch nur mir, nein, etwas derartig Albernes habe er sich noch nie vorgestellt, aber wenn ich darauf bestehen würde, er wäre dabei.

»Mach dir keine Sorgen«, sagte ich. »Ich glaube, es gibt für dich keinen in der passenden Größe.«

Reginalds Augen leuchteten vor Erleichterung auf. Ich zwickte ihn zärtlich in die langen Ohren, nahm das blaue Buch aus dem Regal und machte es mir in einem der wuchtigen Ledersessel vor dem Kamin bequem.

»Dimity?«, fragte ich und öffnete das Tagebuch. »Hast du ein bisschen Zeit?«

Lächelnd sah ich, wie sich die vertraute, altmodische Handschrift elegant über die Seite kräuselte.

Ich habe so viel Zeit, wie Du brauchst, meine Liebe. Wie fühlst Du Dich heute?

»Gut«, sagte ich, aber dann fiel mir ein, mit wem ich sprach, und ich verlängerte meine Antwort. »Also gut, ich bin heute Morgen wieder von dem Albtraum wach geworden, und ich hatte heute wegen der Parade nicht eine Minute Ruhe, und meine Schulter schmerzt etwas, aber abgesehen davon geht es mir wirklich ziemlich gut.« Mein Blick fiel auf den Laptop, und ich dachte daran, dass Bill die halbe Nacht verbracht hatte, um meine Reise bis ins letzte Detail zu planen. »Im Grund fühle ich mich so gut wie schon lange nicht mehr.«

Wunderbar! Was hat Dir denn so geholfen? Akupunktur? Meditation? Hydrotherapie? Oder hast Du wieder mal etwas ganz Neues ausprobiert?

»Etwas Neues«, bestätigte ich. »Was hältst du von Blockhütten?«

Über Blockhütten kann ich mir wirklich kein Urteil bilden. Warum fragst Du? Willst Du eine bauen, aus therapeutischen Gründen? Und wäre es nicht besser, mit etwas Kleinerem zu beginnen, mit einem Vogelhaus vielleicht oder einem Bücherregal? Man kann nie genug Bücherregale haben.

»Ich will keine Blockhütte bauen, ich will in einer wohnen«, sagte ich. »In Colorado.«

Du willst England verlassen und nach Amerika gehen? Ach du meine Güte! Hast Du es Bill erzählt?

»Es war Bills Idee«, entgegnete ich. »Er hält es für die einzige Kur, die mir noch helfen kann. Er ist überzeugt davon, dass ein radikaler Ortswechsel Abaddon austreiben wird, und deshalb schickt er mich, Annelise und die

Zwillinge in eine Blockhütte in Colorado, während er hier die liegen gebliebene Arbeit erledigt. Bist du mal in Colorado gewesen?«

Nein. Es soll bergig sein.

»Das habe ich auch gehört. Ich kenne es auch nicht.« Dann fügte ich etwas hinzu, was mir weitaus größere Sorgen machte. »Ich bin in Chicago aufgewachsen, Dimity. Ich sehe mich nicht wirklich als Frau der Berge.«

Ich bezweifle stark, dass Du dort Holz hacken oder Wasser aus dem Bach holen musst. Du wirst auch keine wilden Tiere erlegen müssen, damit Ihr etwas auf dem Tisch habt, wenn es das ist, weswegen Du Dich sorgst. Bill würde Euch niemals an einen Ort schicken, an dem es nicht sämtliche Annehmlichkeiten des modernen Lebens gibt.

»Bill hat die Hütte noch nie gesehen«, sagte ich. »Sie gehört einem seiner Klienten, einem gewissen Danny Auerbach, der dort aber kaum zu wohnen scheint. Er verleiht die Hütte lieber an Freunde, aber in diesem Sommer hat sich niemand dort angemeldet – nicht ein einziger Gast!« Ich legte die Stirn in Falten. »Ich habe das komische Gefühl, dass irgendetwas mit dieser Hütte nicht stimmt, etwas, was die Leute abschreckt.«

Jetzt bleib mal auf dem Teppich, Lori. Bills Klienten sind durch die Bank reiche Leute, und die Reichen wohnen nicht in schäbigen Holzverschlägen. Ich bin sicher, dass es in der Blockhütte ganz entzückend ist.

»Dann gibt es bestimmt einen verrückten Nachbarn.« So leicht war ich nicht abzubringen. »Ein alter Gnom mit einer Schrotflinte und einem Hass auf Stadtmenschen.«

Hast Du mit Bill über Deine Befürchtungen gesprochen?

»Nein, und das werde ich auch nicht«, sagte ich rasch. »Das hier bleibt unter uns, Dimity. Und selbst wenn der Boden der Blockhütte aus gestampftem Lehm besteht und ein alter Zausel mit dem Finger am Abzug ein Haus weiter wohnt, ich werde Bill kein Sterbenswörtchen verraten. Er braucht unbedingt Ferien von seiner durchgeknallten Ehefrau, und ich werde dafür sorgen, dass er sie bekommt.«

Ich bin sicher, dass Bill es anders sieht, Lori.

»Aber ich sehe es so. Seit unserer Rückkehr aus Schottland ist Bill mir nicht mehr von der Seite gewichen. Jetzt werde ich ein Opfer bringen, und wenn das darin besteht, ein paar Wochen am Rande von Nirgendwo zu campieren, dann sei es so.«

Verzeih mir, Lori, aber ich hatte den Eindruck, als ginge es Dir besser. Habe ich Dich etwa missverstanden?

»Es geht mir auch besser«, bekräftigte ich. »Will und Rob sind vor Aufregung ganz aus dem Häuschen, Annelise kann es kaum erwarten, und Bill geht wie auf Wolken, seit ich seinem Plan zugestimmt habe.« Ich rümpfte die Nase. »Ich mache mir halt nur ein paar Sorgen, das ist alles.«

Es sähe Dir auch durchaus nicht ähnlich, wenn Du Dir keine Sorgen machen würdest, liebe Lori. Dennoch freue ich mich darüber, dass Bill sich so etwas Wunderbares ausgedacht hat. Die frische Bergluft wird Dir ungeheuer guttun. Aber wie ich schon sagte, ich war noch nie in den Rocky Mountains …

»Das wird sich ändern, denn du kommst mit«, sagte ich. »Reginald übrigens auch. Es gibt Opfer, die ich einfach nicht bringen kann. Mich ohne dich und Reg der riesigen, rauen Wildnis zu stellen, das ist eines davon.«

Was für eine schöne Überraschung. Wir werden uns gemeinsam der Wildnis stellen, meine Liebe, aber meinst Du nicht auch, dass es heute schon recht spät geworden ist? Du brauchst Schlaf, denn morgen hast Du sicher eine Menge zu erledigen.

Als ich daran dachte, wie anstrengend es sein würde,

alles einzupacken, was die Zwillinge und ich für einen Abenteuerurlaub mit offenem Ende brauchen würden, konnte ich kaum widersprechen.

»Du hast recht«, sagte ich. »Es ist Schlummerzeit. Danke fürs Zuhören, Dimity.«

Ich danke Dir, Lori, weil Du mir erlaubt hast zuzuhören. Schlaf gut.

»Ich werd's versuchen«, sagte ich ohne allzu große Hoffnung.

Als die geschwungenen Linien der königsblauen Tinte auf dem Papier verblassten, klappte ich das Buch zu und sah zu Reginald hinauf.

»Tja, alter Cowboy«, sagte ich so gedehnt lässig, wie ich eben konnte, »ich hoffe nur, dass Buffalo Bill nicht zu viel von uns erwartet. Denn wenn ich für unser Essen auf die Jagd gehen müsste, würden wir wohl mächtig hungrig bleiben.«

Am nächsten Morgen schreckte ich bereits vor dem Sonnenaufgang aus dem Schlaf hoch, aber ich verschwendete nicht allzu viel Zeit damit, zitternd im Bett zu hocken, ich stand auf, zog mich an und ging nach unten, wo ich unsere Koffer hervorholte. Ich hatte gerade mal einen Reisebeutel aus der Abstellkammer geholt, als Bill auftauchte, mir den Beutel aus den Händen nahm und mich zum Frühstück in die Küche bugsierte.

Bald stellte sich heraus, dass Dimity und ich nicht die geringste Ahnung gehabt hatten, wie wenig Mühe mich diese Reise kosten sollte. Bill hatte versprochen, dass ich keinen Finger krumm machen musste, und dafür sorgte er auch. Ich durfte ihm und Annelise beim Packen zusehen, und sobald ich auch nur versuchte, heimlich ein Paar Socken in einen Koffer zu legen, verwiesen sie mich des Zimmers.

Da die Zwillinge und ich offensichtlich nicht gebraucht wurden, lud ich sie für eine Abschiedsfahrt durch Finch in den Landrover. Unsere abrupte, unangemeldete Flucht nach Schottland hatte die Gerüchteküche meiner Nachbarn ordentlich zum Dampfen gebracht, und ich wollte verhindern, dass unsere Reise nach Colorado eine weitere Welle wüster Spekulationen auslöste. Jeder sollte erfahren, dass meine Söhne und ich eine ganz normale Ferienreise machten und nicht vor einem gemeingefährlichen Irren flohen.

Die Dörfler, mit denen ich mich unterhielt, fanden Bills großen Plan durchaus ansprechend, bis auf ein Detail – das Ziel.

»Colorado?« Sally Pyne runzelte die Stirn, während sie uns einen Teller mit frischen Scones hinhielt. »Ist das nicht ein wenig zu rau und ländlich? Pflanzen mit spitzen Dornen, Vipern und so. Warum bitten Sie Bill nicht, Ihnen eine hübsche Frühstückspension in Cornwall zu buchen? Die Seeluft würde Ihnen guttun.«

»Die Rocky Mountains?«, sagte Mr Barlow und wischte sich das Getriebeöl von den Händen. »Ein Cousin von mir hat die Rockies mal besucht. Ist gleich am ersten Tag zusammengebrochen. Höhenkrankheit. Musste mit dem Hubschrauber ins Tal ausgeflogen werden. An Ihrer Stelle würde ich ein Hotel in Skegness buchen. Die Seeluft ist ein Wundermittel.«

»Amerika!«, donnerte Peggy Taxman und ließ ihre Registrierkasse zuschnappen. »Würde ich nicht besuchen, wenn mein Leben davon abhinge. Reklame, Fastfood, Gewalt und Pornografie, wohin man auch schaut. Blackpool würde Ihnen besser bekommen. Die Zwillinge könnten auf Eseln reiten, und nach ein oder zwei Wochen frischer Seeluft blühen Sie auf wie eine Rose.«

Nur der schüchterne George Wetherhead mit dem

schütteren Haar und der leisen Stimme unterstützte meine Pläne voll und ganz, allerdings nur deshalb, weil er ein Eisenbahn-Fan war.

»Die Pikes Peak Cog Railway ist die höchste der Welt!«, rief er aus. »Die Aussicht vom Royal-George-Zug ist atemberaubend! Die Cripple-Creek- und die Victor-Schmalspurbahn verfügen über eine 0–4–0 Lokomotive! Oh, wie ich Sie beneide!«

Ich brachte es nicht übers Herz, ihm zu verraten, dass Fahrten mit historischen Eisenbahnen nicht auf unserem Programm standen. Auch den anderen wagte ich nicht zu widersprechen. Schließlich verliehen sie nur meinen eigenen Ängsten und Zweifeln Ausdruck.

Nachdem wir eine Runde durch Finch gedreht hatten, fuhr ich mit Will und Rob nach Anscombe Manor, um mich von Emma Harris, der Besitzerin, zu verabschieden und von den Ponys meiner Jungs, die dort ihren Stall hatten.

Will und Rob waren eineiige Zwillinge, die ihrem Vater sehr stark ähnelten. Sie hatten Bills dunkelbraunes Haar und samtene schokoladenbraune Augen, und sie waren, genau wie er in ihrem Alter, so groß, dass Fremde kaum glaubten, dass sie erst fünf Jahre alt waren. So wie Bill waren auch sie intelligent, gutherzig und sprühten vor Energie. Aber im Gegensatz zu ihm – von mir ganz zu schweigen – waren sie beide vollkommen verrückt nach Pferden.

Wenn meine Söhne nicht gerade auf ihren Ponys Thunder und Storm über Stock und Stein galoppierten, malten sie Pferde, redeten von Pferden, sangen Lieder über Pferde oder taten so, als seien sie Pferde. Sie spielten auch gerne Kricket, sprangen in Wasserpfützen oder spielten Dinosaurier, aber am schönsten war es für sie, wenn sie mit ihren Ponys zusammen sein konnten. Ohne

Thunder und Storm auf Wiedersehen zu sagen, konnten sie England auf keinen Fall verlassen, und ich, einigermaßen durcheinandergerüttelt von den Ratschlägen meiner Nachbarn, brauchte erst einmal ein beruhigendes, vernünftiges Gespräch mit Emma, bevor ich meinem es so gut meinenden Gatten wieder gegenübertreten konnte.

Ich fand sie in den Ställen, wo sie die Boxen säuberte.

»Und ich dachte, als Gutsherrin würde man ein ach so glamouröses Leben führen«, sagte ich und ging vorsichtig über den mit Stroh bedeckten Boden. »Was für ein Irrtum.«

Emma bedachte mich mit einem strafenden Blick, lehnte die Mistgabel gegen die Schubkarre und gab den Jungs ein paar Äpfel für die Ponys mit.

»Sehr witzig«, sagte sie und wischte sich den Schweiß von der Stirn, während wir an die frische Luft gingen. »Jeder, der glaubt, dass es glamourös ist, in einem alten Herrenhaus zu wohnen, sollte sich mal mit einer Kanalisation aus dem achtzehnten Jahrhundert beschäftigen.«

»Dem hätte ich vielleicht noch in diesem Sommer etwas entgegenzusetzen«, sagte ich und berichtete ihr von unserer bevorstehenden Reise.

»Das klingt großartig«, meinte sie. »All die Berge, die ihr erkunden könnt, und die Bergblumen werden in voller Blüte stehen. Der Sommer ist die schönste Jahreszeit in den Rockies.«

»Ich bin mir nicht so sicher«, sagte ich skeptisch. »Weißt du, Peggy hat nicht unrecht, Amerika ist laut und vulgär und gewalttätig.«

»Ein Teil von Amerika sicherlich«, räumte Emma ein. »Aber nicht ganz Amerika. Von England oder jedem anderen Land in der Welt könnte man das Gleiche behaupten, je nachdem, wo man ist. Und was weiß Peggy schon davon? Die war doch noch nie in Amerika.«

»Aber was ist mit Mr Barlows Cousin?«, sagte ich. »Dem ist es in den Rockies übel ergangen.«

»Er ist die Ausnahme, die die Regeln bestätigt«, sagte Emma bestimmt. »Colorado wäre sicherlich nicht die große Attraktion, wenn die Touristen alle fünf Minuten wegen Höhenkrankheit umfallen würden. Dir und den Jungs wird es gut gehen.«

»Und die Blockhütte?« Ich ließ nicht locker. »Irgendwas muss da doch nicht in Ordnung sein. Vielleicht die Kanalisation.«

»Das glaube ich nicht, Lori«, sagte Emma. »Alles wird gut, du wirst schon sehen. Du wirst mit rosigen Wangen aus Colorado zurückkehren. Ich wünschte, ich könnte dich begleiten.«

»Tu's doch einfach!«, sagte ich hoffnungsvoll.

»Nein, es geht nicht«, antwortete Emma. »Wir müssen die Reitschule leiten, der Garten muss gemacht werden, und du weißt, die Rohre …« Sie holte tief Luft und fügte rasch hinzu: »Und außerdem kommt Nell zurück.«

»Nell kommt nach Hause?«, rief ich aus. »Wann?«

»Morgen«, antwortete Emma.

Nell war Nell Harris, Emmas achtzehnjährige Stieftochter und das bezauberndste Mädchen, das ich je gesehen hatte. Ein schöneres konnte ich mir nicht mal vorstellen. Das letzte Jahr hatte sie in Paris verbracht, wo sie an der Sorbonne studierte.

»Weiß Kit davon?«, fragte ich.

»Noch nicht«, sagte Emma. »Ich werde es ihm später eröffnen, nach dem Abendessen.«

Kit war Kit Smith, Emmas Stallmeister und das Objekt von Nells unstillbarer Sehnsucht. Er hatte sich stets gegen ihre Zuneigung gewehrt, vor allem, da er doppelt so alt war wie Nell.

Dabei hielt niemand sonst den Altersunterschied für bedeutsam. Nell war eine äußerst erwachsene Achtzehnjährige.

»Ach du meine Güte«, sagte ich leise und nahm Emmas Hand. »Was ist, wenn Kit seine Meinung geändert hat? Was ist, wenn er Nell einen Antrag macht? Ich verbiete hiermit kategorisch eine Heirat, bis ich wieder aus Colorado zurück bin.«

»Darum musst du dir keine Sorgen machen«, meinte Emma trocken. »Kit ist genauso störrisch wie du.«

Ich sah zu den Ställen hinüber. »Zu Kits Glück ist Nell das auch.«

Nachdem Emma mir versprochen hatte, dass Kit bis zu meiner Rückkehr niemanden heiraten würde, und ich versprochen hatte, Emma mit Postkarten zu überhäufen, fing ich die Jungs ein und wir fuhren nach Hause. Ich war verzagter denn je.

Ich hatte mich seit über einem Jahr auf das Wiedersehen von Kit und Nell gefreut, und nun würde es ohne mich stattfinden. Während der Romanze des Jahrhunderts wollte ich nicht Tausende von Kilometern entfernt sein. Ich wollte dabei sein, am besten live, wenn Kits Widerstand schmolz und er dem Drängen seines Herzens nachgab. Während wir die gekrümmte Auffahrt von Anscombe Manor entlangfuhren, entwarf ich bereits den Text für die erste Postkarte an Emma.

»Letzte Nacht einen Bären erlegt«, murmelte ich. »Ihm heute Morgen das Fell abgezogen. Wenn Kit und Nell während meiner Abwesenheit durchbrennen, ziehe ich *Dir* das Fell über die Ohren!«

Kapitel 4

Da Will, Rob, Annelise und ich ein erfahrenes Reiseteam bildeten, hätte unser Flug von London nach Denver auf angenehme Weise ereignislos verlaufen müssen. Leider gelang es mir nicht, die ganze Zeit wach zu bleiben. Irgendwo über dem Atlantik nickte ich ein und hätte beinahe eine internationale Krise ausgelöst, als ich mit einem lauten Schrei aufwachte.

Es gelang Annelise, der beunruhigten Besatzung glaubhaft zu versichern, dass ich lediglich einen schlechten Traum gehabt hatte, aber die anderen Passagiere beäugten mich für den Rest des Fluges mit misstrauischen Blicken. Wahrscheinlich überlegten sie sich bereits, wie sie mich kaltstellen konnten, falls ich völlig durchdrehen und versuchen würde, mit bloßen Händen ins Cockpit einzudringen. Um sie nicht noch weiter zu beunruhigen und wach zu bleiben, aß ich massenhaft Schokolade und trank diverse Becher Cola. Ich mag einfach keinen Kaffee.

Als wir in Denver ausstiegen, war ich dermaßen überzuckert und aufgedreht, dass man mich wahrscheinlich für eine Amphetaminsüchtige gehalten hätte. Daher überließ ich Annelise den Umgang mit dem Zoll. Sie brachte uns ohne nennenswerte Verzögerung durch die Passkontrolle, und ich schnappte mir einen Dienstmann für unser Gepäck. Während er die Koffer auf seinen Karren lud, rief ich Bill an, um ihm mitzuteilen, dass wir gut angekommen waren. Meinen Schrei zu erwähnen hielt ich nicht für ratsam.

Den Fahrer, den Bill uns besorgt hatte, erkannten wir ohne Mühe. Er wartete am Ankunftsschalter auf uns und trug ein großes Schild mit meinem handgeschriebenen Namen in der Hand. Aber nicht das Schild war bemerkenswert, sondern der Mann selbst.

Denn eigentlich war es kein Mann, es war ein Jüngling: ein großer, schlanker, breitschultriger Teenager mit langen blonden Haaren, blauen Augen und dem glatten, unschuldigen Gesicht eines Cherubs. Er trug eine rote Regenjacke und ein offenes Flanellhemd, darunter ein T-Shirt mit der Aufschrift ROCKY MOUNTAIN HI! und Trekkinghosen mit vielen Reißverschlüssen und noch mehr Taschen. Auf den Hosen zeigten sich rötliche Schlammspritzer, ebenso auf seinen Wanderstiefeln und dem blauen Rucksack, der vor ihm auf dem Boden lag. Er sah aus, als sei er per Anhalter von Bluebird nach Denver gekommen, und ich fragte mich, ob er von uns erwartete, auch per Anhalter wieder zurückzukommen. Sicherlich nicht.

Offenbar kannte er uns von Fotos, denn er steckte das Schild schnell in seinen Rucksack und winkte uns fröhlich zu.

Als wir den Schalter hinter uns gelassen hatten, bugsierte er uns und den Dienstmann schnell in eine ruhige Ecke, wo er uns ganz offiziell begrüßte.

»Mrs Shepherd, Mrs Sciaparelli«, sagte er und nickte uns zu. »Willkommen in Colorado.«

»James?«, fragte ich zögerlich.

»Nein«, antwortete er. »Tobias. Toby, Toby Cooper. Ich bin der Ersatz für James Blackwell.«

»Der Ersatz?«, wiederholte ich. »Mein Mann hat nichts davon erwähnt.«

»Er wusste sicherlich selbst noch nichts davon«, sagte Toby. »Ich habe es auch erst gestern erfahren.« Er griff in die Außentasche seines Rucksacks und holte ein glänzendes Stück Faxpapier hervor.

Er gab es mir und ich las es durch:

Liebe Mrs Shepherd,

willkommen in Colorado! Ich bitte um Ihre Entschuldigung, aber ich musste in letzter Minute einen Personalwechsel vornehmen. James Blackwell ist gestern aus meinen Diensten ausgeschieden, recht unerwartet, und Toby Cooper erklärte sich dankenswerterweise bereit, seine Stelle zu übernehmen.

Tobys Vater und ich sind alte Schulfreunde. Toby ist ein hervorragender junger Mann, der alles tun wird, um Ihren Aufenthalt in Colorado so angenehm wie möglich zu machen. Sollten Sie noch Fragen haben, können Sie sich jederzeit mit mir in Verbindung setzen.

Mit besten Grüßen

Danny Auerbach

Hinter Dannys Namen stand eine Telefonnummer. Als ich aufschaute, wartete Toby beinahe ängstlich auf meine Reaktion.

»Warum hat James Blackwell gekündigt?«, fragte ich.

Toby zuckte mit den Schultern. »Ich weiß es nicht. Ich kenne James gar nicht, und Mr Auerbach sprach auch nicht über den Grund, als er mich bat, für ihn einzuspringen. Vielleicht wollte James nur etwas Neues ausprobieren.«

»Ich verstehe. Darf ich fragen, wie alt Sie sind?«

»Einundzwanzig«, antwortete Toby. »Ich gehe in Boulder aufs College, aber jetzt sind Sommerferien.«

Annelise und ich tauschten einen Blick aus, der besagte, na prima, jetzt können wir uns um drei kleine Jungs kümmern. Höchst beunruhigt plapperte Toby los.

»Ich kenne Bluebird wie meine Westentasche«, begann er. »Mein Dad hat seine Kindheit und Jugend hier verbracht, und ich bin als Kind die Sommer hier bei meinem Großvater gewesen. Ich kenne die Wanderwege und die besten Angelstellen. Ich kann auch vieles reparieren, ein tropfendes Rohr, ein kaputtes Fenster – mein Grandad hat mir das beigebracht, also wenn es Probleme gibt, kümmere ich mich darum. Ich bin auch ein guter Autofahrer – kein einziger Strafzettel bis jetzt –, und ich hatte auch noch nie einen Unfall, nicht mal einen kleinen.« Ein Hauch von Verzweiflung mischte sich in seine Stimme. »Ich sollte eigentlich einen Ferienjob in der Schulverwaltung kriegen, aber das hat im letzten Moment leider nicht geklappt, deshalb war ich so froh, als mir Mr Auerbach diesen hier anbot. Klar, ich bin viel jünger als James Blackwell, aber ich bin fleißig und zuverlässig, Mrs Shepherd. Ich werde Sie bestimmt nicht enttäuschen.«

Sein flehender Hundeblick war unwiderstehlich. Ich steckte das Fax in meine Schultertasche und beschloss, die Dinge hinzunehmen, wie sie waren.

»Bestimmt nicht«, sagte ich aufmunternd. »Und sagen Sie bitte Lori zu mir.«

»Ich bin Annelise«, fügte Annelise hinzu. »Sciaparelli ist ein bisschen anstrengend für den alltäglichen Gebrauch.«

Rob zog an Tobys Hosen, und Toby hockte sich hin, um ihm auf Augenhöhe zu begegnen.

»Wir kennen ein Pony, das Toby heißt«, informierte Rob ihn mit ernster Miene. »Kennst du auch Ponys?«

»Bist du ein Cowboy?«, mischte sich Will ein. Meine Söhne waren nicht gerade für ihre Zurückhaltung bekannt.

»Eigentlich nicht«, antwortete Toby. »Aber euer Vater hat Mr Auerbach erzählt, dass ihr Cowboys mögt. Deshalb habe ich euch ein paar wichtige Teile für eine Cowboyausrüstung mitgebracht.« Er griff in seinen Rucksack und holte zwei Halstücher hervor, ein rotes und ein blaues. »Wer von euch ist Will?«, fragte er.

»Ich«, sagte Will und trat einen Schritt vor.

Sogleich band Toby Will das rote Halstuch um, danach bekam Rob das blaue. Auf diese Weise konnte er die Zwillinge gut unterscheiden, was ihm bei mir einen Pluspunkt in Sachen Cleverness einbrachte.

»Würden Sie ein Halstuch als Teil der Ausrüstung bezeichnen?«, fragte Annelise.

»Aber ja doch.« Toby erhob sich. »Wenn man sich während eines Sandsturms das Halstuch über die Nase schiebt, kann man besser atmen. Wenn man sich an einem heißen Tag ein feuchtes Halstuch um den Kopf bindet, bekommt man keinen Sonnenstich. Und wenn einen eine Klapperschlange beißt, wird das Halstuch zur praktischen Armschlinge.«

»Doch, ganz nützlich, so ein Halstuch«, räumte Annelise ein.

Die Jungen starrten bewundernd zu Toby hinauf, als hielte er die Schlüssel für das Königreich der Abenteuer in der Hand. Ich jedoch sah ihn nur entgeistert an. Was für Ferien sollten das sein, in denen es Sandstürme, Hitzewellen und todbringende Schlangen gab? Es schien, als habe uns Bill eher für ein Überlebenstraining angemeldet, statt einen fröhlichen Familienausflug zu planen.

»Alles okay, Lori?«, fragte Toby, dem wohl meine entgeisterte Miene aufgefallen war.

Ich gab ein peinlich hohes Kichern von mir, für das ich mich umgehend entschuldigte.

»Tut mir leid«, sagte ich. »Zu viel Koffein.«

»Während Ihres Aufenthalts sollten Sie Koffein meiden, zumindest in den ersten Tagen«, riet Toby. Er holte

Wasserflaschen aus seinem Rucksack und reichte sie uns. »Mit Wasser kann man nichts falsch machen. Es hilft gegen die trockene Luft, und man gewöhnt sich besser an die Höhe, wenn man viel trinkt. Im Van sind noch mehr. Und übrigens«, fügte er ganz offiziell hinzu, »es ist Viertel vor acht, Ortszeit, und ja, es ist noch immer Dienstag.« Bei seinem Lächeln zeigten sich charmante Falten in den Augenwinkeln. »Wenn man so viele Zeitzonen überquert hat wie ihr, kommt man leicht durcheinander.«

»Deine Stiefel sind schmutzig«, meinte Will mit einem interessierten Blick auf Tobys Wanderschuhe.

»Oben in Bluebird ist es ziemlich matschig«, erklärte Toby. »Vor zwei Tagen hat es geschneit, und der Schnee ist noch immer nicht ganz geschmolzen.«

»Schnee?«, sagte ich voller Entsetzen. »Im Juni?«

»Vor ein paar Jahren hat es bei uns sogar im Juli geschneit«, entgegnete Toby gut gelaunt.

»Aber darauf sind wir nicht eingerichtet«, protestierte ich. »Wintersachen haben wir nicht dabei.«

»Haben wir doch«, sagte Annelise. »Sind im braunen Koffer. Bill meinte, wir könnten sie gebrauchen.«

»Bill wusste von dem Schnee?«, rief ich aus und wandte mich ihr zu.

Toby schritt schleunigst ein. »Ich bin sicher, dass Mr Auerbach Ihrem Mann geraten hat, Kleidung für jedes Wetter mitzunehmen. Das Wetter in den Bergen kann schnell umschlagen. Am besten, man ist auf alles vorbereitet.«

Im Stillen fügte ich Frostbeulen zu den Fährnissen dieses Urlaubs hinzu.

Toby schlang sich den Rucksack über die Schulter und griff nach meiner Reisetasche.

»Das geht schon, danke«, sagte ich und trat einen

Schritt zurück. In der Tasche befanden sich Tante Dimitys Tagebuch und Reginald. Nicht mal Annelise hätte sie tragen dürfen, geschweige denn ein Fremder.

»Dann kann es ja losgehen«, sagte Toby mit einem Blick auf die Zwillinge. »Seid ihr jungen Wildpferde bereit für die Berge?«

Will und Rob nickten eifrig und ergriffen Tobys ausgestreckte Hände, zweifellos in der Hoffnung, dass er sie geradewegs zur nächsten Klapperschlange führen würde. Als er ihnen mitteilte, dass es erst einmal zum Parkdeck ginge, zeigten sie sich leicht enttäuscht. Ich wies den Dienstmann an, uns zu folgen, und gemeinsam machten wir uns auf den Weg, die drei Jungen vorneweg.

Es tat gut, nach dem zehnstündigen Flug ein paar Schritte zu gehen, aber es war ein weiter Weg vom Terminal zum Parkdeck, und schon bald hatte ich Mühe, dem Trio zu folgen. Den Zwillingen schien es gut zu gehen, ihre Gesichter waren vielleicht etwas rosiger als sonst, aber Annelise und ich waren bereits dunkelrot angelaufen und schnappten nach Luft, als Toby bemerkte, dass wir hinterherhinkten.

»Sorry«, sagte er und verlangsamte seinen Gang. »Das kommt von der dünnen Luft. Sie werden sich dran gewöhnen.«

Ich trank einen Schluck aus meiner Wasserflasche und trottete weiter. Ich dachte an Mr Barlows Cousin und daran, wie lange es wohl dauerte, von Bluebird nach Kansas ausgeflogen zu werden.

Schließlich standen wir vor einem stromlinienförmigen schwarzen Van, der großzügig mit rötlichem Matsch bespritzt war. Er bot drei bequeme Sitzreihen und war mit Vierradantrieb, schwerer Federung, einem Fahrgestell mit hohem Dach und anderen Dingen ausgerüstet, bei denen ich nur an eines dachte – schlechte Straßen.

»Na toll«, murmelte ich heiser zu Annelise. »Keine Luft zum Atmen, aber dafür umso mehr Schlaglöcher auf den Straßen.« Annelise nickte stumm. Wahrscheinlich wollte sie Sauerstoff sparen.

Während Toby und der Dienstmann das Gepäck in den Van luden, setzten Annelise und ich die Zwillinge in die mittlere Sitzreihe und schnallten sie sorgfältig an. Nachdem wir sicher waren, dass sie nicht gegen die Decke geschleudert werden konnten, wenn wir durch Schlaglöcher fuhren, setzte sich Annelise hinter sie, während ich auf dem Beifahrersitz Platz nahm.

Das Gepäck war eingeladen. Toby bezahlte den Dienstmann und reichte Annelise einen Weidenkorb.

»Sandwiches«, sagte er. »Falls ihr Hunger kriegt. Die Fahrt dauert zwei Stunden.«

»Haben Sie die gemacht?«, fragte Annelise und spähte in den Korb.

»Nein, nein. Die habe ich heute Nachmittag in Bluebird gekauft, in Caroline's Café. Carrie Vyne macht die besten Sandwiches weit und breit. Sie hat noch ein paar von ihren Chocolate Chip Cookies dazugepackt. Sie macht tolle Kekse.«

Toby schloss die Seitentür und ging noch einmal um den Van herum, bevor er sich hinter das Steuer setzte. Er schaute sich kurz zu den Jungen um, drehte den Zündschlüssel und rief: »Auf geht's, ju-hu!«

»Yee-ha!«, jodelten sie.

Ihr Vater wäre stolz auf sie gewesen.

Die Interstate, die aus Denver führte, befand sich in beruhigend gutem Zustand. Allerdings ließ die Aussicht einiges zu wünschen übrig. Zwar ragten in der Ferne bereits die Berge auf, aber die unmittelbare Umgebung bestand aus endlosen Reihen von langweiligen flachen Häusern, die von öden Streifen Prärielands unterbrochen wurden. Da es kaum etwas zu sehen gab, widmeten wir uns den Sandwiches und den Keksen, die ganz köstlich schmeckten.

»Kennst du Cowboys?«, fragte Will hoffnungsvoll, als wir den Korb geleert hatten.

»Aber sicher«, antwortete Toby. »Sie wohnen in dem Tal neben Bluebird, auf der Brockman Ranch. Mr Auerbach hat schon ausgemacht, dass ihr dort reiten dürft.«

»Gibt's da auch Kühe?«, fragte Rob.

»Nicht mehr so viele wie in den alten Zeiten«, antwortete Toby mit einem wehmütigen Seufzer. »Früher trieben die Jungs Herden von fünfzigtausend Rindern von South Dakota bis nach Texas. Das war damals ein harter Job. Die Cowboys sahen sich allerhand Gefahren gegenüber, Sturmfluten, Steppenbrände und Sandstürme, die so heftig waren, dass sie einem die Zähne aus dem Mund fegten …«

»Und die Indianer?«, unterbrach Rob ihn eifrig.

»Damals gab es noch viele Stämme«, erwiderte Toby. »Die meisten waren friedlich, aber selbst die wilden waren nicht so gefährlich wie die Rinderdiebe.«

»Es gab Rinderdiebe?«, fragte Will mit großen Augen.

Toby schnaubte. »Mehr als man zählen konnte, alle bis auf die Zähne bewaffnet und unberechenbarer als ein Bär mit einer verletzten Tatze. Ich weiß noch, wie …«

Ich sah Toby amüsiert von der Seite an, während er von einem schrecklichen Kampf gegen eine Bande von Desperados berichtete. Ich war kein Experte in amerikanischer Geschichte, aber ich war ziemlich sicher, dass die letzten großen Viehtriebe gegen Ende des neunzehnten

Jahrhunderts stattgefunden hatten, als die Farmer dazu übergingen, das Vieh mit der Eisenbahn zu transportieren. Wenn sich Toby noch an diese Zeiten erinnern konnte, war er bemerkenswert gut erhalten, aber ich ging davon aus, dass er den Jungen zuliebe die Wildwestvariante des Seemannsgarns spann.

»Wie hoch liegt Bluebird?«, fragte ich, als die Zwillinge endlich in ein erschöpftes Schweigen gefallen waren.

»Zweitausendfünfhundert Meter«, antwortete Toby.

»Zweitausendfünfhundert Meter«, wiederholte ich resigniert. Die Wirkung des Koffeins hatte sich verflüchtigt. »Wie lange werden wir brauchen, um uns an diese Höhe zu gewöhnen?«

»Nur ein, zwei Tage«, beruhigte er mich. »Es ist ganz normal, wenn man sich am Anfang etwas benommen fühlt. Aber wenn Sie Kopfschmerzen bekommen, richtige Schmerzen, die sich anfühlen, als würde Ihnen jemand einen Meißel in den Kopf rammen, sagen Sie mir sofort Bescheid. Das könnte ein Anzeichen von Höhenkrankheit sein, und damit ist nicht zu spaßen.«

Ich schloss die Augen. Wahrscheinlich war es besser für meine Gemütslage, wenn ich gar keine Fragen mehr stellte. Als ich sie wieder öffnete, schwankte der Wagen leicht und ich blinzelte, weil mich das Licht entgegenkommender Autos blendete.

Die breite Interstate und die weiten Ebenen waren verschwunden, stattdessen befuhren wir eine zweispurige Straße, die sich in Serpentinen am Hang einer Felsschlucht entlangwand. Im dahinschwindenden Tageslicht erkannte ich unter uns einen weiß schäumenden Strom. Über uns türmten sich Fichten auf, deren Wurzeln mit aller Kraft Halt in dem felsigen Terrain suchten.

Die Straße schien nur aus nicht einsehbaren Kurven zu bestehen, die in unregelmäßigen Abständen durch verbogene und eingebeulte Leitplanken gesichert waren. Während uns ständig Autos, Trailer und Lastwagen wie aus dem Nichts entgegenkamen, erkannte ich mit einem Schaudern, wie klug es von meinem Mann gewesen war, uns einen Fahrer mit Ortskenntnissen zu schicken. Wenn ich am Steuer gesessen hätte, wären wir sicherlich noch vor der ersten Kurve in die Felsschlucht hinabgestürzt und im reißenden Strom versunken.

Ich musste etwas gemurmelt haben, denn Toby bemerkte, dass ich wach war.

»Haben Sie gut geschlafen?«, fragte er leise. Er neigte den Kopf nach hinten. »Die anderen sind auch eingedöst.«

»Ich würde auch lieber noch schlafen«, gestand ich und zog den Sicherheitsgurt enger. »Als ich noch nichts mitbekommen habe, hat mir die Fahrt besser gefallen.«

»Es ist gewöhnungsbedürftig«, räumte Toby ein. »Aber wir sind fast da, und was jetzt kommt, hätten Sie sicher nicht verpassen wollen.«

Kaum hatte er den Satz beendet, als sich die Schlucht verbreiterte und ein Bild von derart beeindruckender Schönheit enthüllte, dass es mir fast den Atem nahm. Wir fuhren in ein langes Tal, das von hohen Bergkämmen umgeben wurde. Ein dunkler See füllte den Boden des Tals, in dem sich die wenigen Sterne spiegelten, die bereits am immer finsterer werdenden Himmel zu sehen waren. Am westlichen Ende des Sees funkelten die Lichter einer kleinen Stadt wie Geburtstagskerzen auf schwarzem Samt. Über ihr ragten die dichtgeschlossenen Silhouetten der Berggipfel auf, die von der untergehenden Sonne bestrahlt wurden.

»Willkommen im Vulgamore-Tal«, sagte Toby. »Bluebird liegt vor uns. Hübsch, nicht wahr?«

»Es ist wunderbar«, murmelte ich. »Absolut wunderbar. Ich wusste gar nicht, dass es hier einen See gibt.«

»Technisch gesehen ist es eine Talsperre«, sagte Toby. »Aber wir nennen sie Lake Matula, zu Ehren von Annabelle Matula, der ersten Frau, die sich im Vulgamore-Tal niederließ.«

»Gibt es hier Fische?«, fragte eine verschlafene Stimme hinter uns.

»Jede Menge«, antwortete Toby. »In der Hütte gibt es auch Angeln.«

»Gut«, seufzte Will. »Ich mag Angeln.«

»Ich auch«, ergänzte Rob, der noch schläfriger als sein Bruder klang.

Als ich kurz darauf nach hinten schaute, waren sie schon wieder fest eingeschlafen. Es war ein langer Tag für meine beiden Burschen gewesen.

Die Straße führte am Nordufer von Lake Matula vorbei. Auf der Südseite reichten die Bäume bis dicht ans Wasser heran. So sehr ich mich anstrengte, ich entdeckte nicht ein einziges Licht in den dichten Wäldern, abgesehen von den Häusern der Stadt gab es kein Zeichen menschlicher Besiedlung. Es schien, als würde jeder Mensch im Vulgamore-Tal in Bluebird wohnen. Wo, fragte ich mich, lag die Hütte?

Die angezeigte Geschwindigkeitsbeschränkung sank von fünfzig auf zwanzig Meilen, als wir Bluebird erreichten. Aus der Entfernung hatte die Stadt winzig gewirkt, aber sie war mindestens drei Mal so groß wie Finch. Ich erkannte auf den ersten Blick, dass sie sich auch sonst ziemlich von Finch unterschied. Die goldbraunen Sandsteine, mit dem die meisten Häuser in Finch gebaut worden waren, stammten alle aus einem einzigen Steinbruch und verliehen dem Dorf eine einzigartige Geschlossenheit. Künstler aus aller Welt hatten sich schon von den kopfsteingepflasterten Straßen anziehen lassen.

Von Bluebird konnte man dergleichen wahrlich nicht sagen. Die Stadt schien sich fast etwas darauf einzubilden, dass sie ein wildes Sammelsurium der verschiedensten Stile darstellte. Wir fuhren an viktorianischen Cottages vorbei, an dunklen Holzhütten, an wackeligen Holzhäusern und an mindestens einem geodätischen Kuppelbau. Es war bereits zu dunkel, um ein Urteil über den Kirchenbau zu fällen, und vom Geschäftsviertel erhaschte ich kaum mehr als einen kurzen Blick. Dafür stach die grell erleuchtete Tankstelle, die von schmutzigen Schneehaufen umringt war, umso unangenehmer ins Auge.

Hier bog Toby nach links ab in eine Nebenstraße, die sich am Rande der Stadt in einen Schotterweg verwandelte. Die Sterne verbargen sich vor unserem Blick, als wir in den dunklen, dicht bewachsenen Wald fuhren, der sich an der Südseite von Lake Matula erstreckte. Nach einer Weile verlangsamte Toby den Van auf Schrittgeschwindigkeit und bog auf einen noch schmaleren Weg, der im Zickzackkurs aufwärts führte.

»In diesen Wäldern gibt es sehr viel Wild«, erläuterte er. »Ich möchte vermeiden, dass wir schon an Ihrem ersten Abend hier ein Reh überfahren.«

»Oder an jedem anderen Abend«, sagte ich und schaute ängstlich in die Dunkelheit. Ich hoffte nur, dass die tanzenden Scheinwerfer jedes Waldtier davon abhalten würden, unseren Weg zu kreuzen.

Es kam mir vor wie eine Ewigkeit, bis wir eine ebenerdige Lichtung im Wald erreicht hatten. Toby schaltete den Motor aus.

»Bleibt im Wagen«, sagte er. »Ich bin gleich wieder zurück.«

Ich wartete nervös, während er in der Dunkelheit verschwand, und fragte mich, ob Bären wohl in der Lage waren, Autotüren zu öffnen. Dann zuckte ich blinzelnd zusammen. Gleißendes Licht vertrieb die Dunkelheit.

Dort auf der Lichtung stand Danny Auerbachs Blockhaus, von einer ganzen Batterie von Flutlichtern ins rechte Licht gerückt.

Als Hütte konnte man es wirklich nicht bezeichnen.

Kapitel 5

So etwas wie Danny Auerbachs Blockhaus hatte ich noch nicht gesehen.

Das Gebäude breitete sich über die Lichtung aus und wuchs am Berg empor wie die Wurzeln eines riesigen Baumes. Es schlang sich um Felsbrocken herum, überbrückte Wasserrinnen und wand sich um junge Bäume.

An manchen Stellen war das Haus ein Stockwerk hoch, an anderen drei. Überall sah man Balkone, Veranden und Vorbauten. Das Haus schien Dutzende von glänzenden Fenstern zu besitzen, in allen Formen und Größen: Bullaugen, Sterne, Achtecke, massive Scheiben aus Spiegelglas, winzige Vierecke mit Bleiverglasung. Aus den verschieden hohen Dächern ragten mindestens sechs steinerne Kamine, drei Wetterfahnen und ein unbeflaggter Fahnenmast empor. Der größte Kamin gehörte zum zentralen Teil des Aerie, ein nach vorn strebendes Satteldachhaus, dessen Fassade fast gänzlich aus Glas bestand und das in die Lichtung ragte wie der Bug eines Schiffes.

»Wow«, sagte ich leise.

»Ganz schön cool, was?«, meinte Toby.

»Es ist … herrlich«, brachte ich hervor und wünschte, mir wäre ein grandioseres Wort eingefallen. »Es ist zauberhaft, es ist unglaublich, es ist besser als …« Ich verstummte und wandte mich so rasch mit einem skeptischen Blick an Toby, dass sich mein Sitzgurt über der Brust zusammenzog. »Gibt es einen verrückten Nachbarn, der mit einer Flinte herumläuft?«

Toby sah mich verwundert an. »Die Südseite des Bergs ist seit fünf Generationen im Besitz der Auerbachs, Lori. Sie haben nie jemand Fremdem erlaubt, hier zu bauen. Unser nächster Nachbar ist Dick Major, und der wohnt am Rand der Stadt, dort wo die unbefestigte Straße beginnt.« Er zeigte auf das östliche Ende des Blockhauses. »Mein Apartment liegt hinter der Garage, und ich besitze kein Gewehr.«

»Nichts für ungut«, meinte ich und lehnte mich zurück. Meine größten Sorgen hatten sich zum Glück zerstreut. Es handelte sich bei dem Blockhaus keineswegs um eine heruntergekommene Hütte, und es gab keinen verrückten Nachbarn. So weit, so gut. Aber warteten wir mal ab, was mit der Kanalisation los war.

Toby ließ den Wagen wieder an, fuhr am Hauptgebäude vorbei und parkte den Van vor einer kurzen, breiten Treppe, die zu einer beeindruckenden Holztür führte, in die man fliegende Adler geschnitzt hatte.

»Willkommen im Aerie«, sagte Toby. »Ich kümmere mich um das Gepäck. Sie und Annelise können die Jungs nach oben bringen. Wahrscheinlich sollen sie gleich ins Bett.«

Ich schaute mich zu den Zwillingen um, die beide noch tief schliefen. »Sie sollten in der Tat längst im Bett sein, aber ich kann leider weder den einen noch den anderen tragen, weil ich mich vor einigen Wochen an der Schulter verletzt habe und mich noch immer etwas schwach fühle. Macht es Ihnen etwas aus …«

»Kein Problem«, meinte Toby und stieg in die klare Nachtluft hinaus.

Eine Stunde später lagen die Jungs in ihren Betten, und Annelise genoss ein wohlverdientes Schaumbad in einem Badezimmer, das einer Königin zur Ehre gereicht hätte. Toby und ich saßen auf einem voluminösen weichen Ledersofa im Wohnzimmer und tranken vor einem lodernden Kaminfeuer heiße Schokolade.

»Sind Sie sicher, dass wir die Familienschlafzimmer benutzen dürfen?«, sagte ich zum dritten oder vierten Mal.

Toby nickte. »James hat mir eine Nachricht hinterlassen, in der er das noch ausdrücklich betont. Er dachte, Sie würden gerne gemeinsam auf einem Flur wohnen, aber wenn Sie umziehen wollen …«

»Nein, nein«, versicherte ich rasch. »Es soll alles so bleiben, wie es ist.«

Will und Rob hätten sich von mir losgesagt, wenn ich sie aus dem Zimmer vertrieben hätte, das Toby ihnen gegeben hatte. Es war ein echtes Schlafzimmer für Jungs. Das Mobiliar war kindgerecht und aus grobem Holz gebaut. Die Griffe der Kommode waren Hufeisen, die Kopfteile der Betten waren Karrenräder, und die metallenen Fassungen der Nachttischlampen hatten die Form von sich aufbäumenden Wildpferden. Auf dem Dielenboden lagen bunte Indianerteppiche, auf den Betten Indianerdecken, und an den Wänden hingen farbenprächtige Bilder von Cowboys bei der Arbeit.

Die Krönung war jedoch der Durchgang in der hinteren Wand, der in ein riesiges Spielzimmer führte. Die Schränke quollen von Spielzeug und Brettspielen schier über, und in der hinteren Ecke stand ein Indianerzelt. Die Hauptattraktion bildete jedoch das Fort mit der Strickleiter, der Rutschbahn und dem Turm. Annelise und ich waren uns sofort einig, dass sich dieses Fort noch als Gottesgeschenk entpuppen könnte, wenn Sommerstürme die Zwillinge ans Haus fesseln würden. Es gab zwar ein großes Fenster im Spielzimmer, aber zum Glück keine Veranda, keinen Balkon und keinen

Vorbau, von dem mein abenteuerlustiger Nachwuchs möglicherweise fallen konnte.

Auch Annelise hätte sich wahrscheinlich jedem Versuch widersetzt, sie aus dem Zimmer zu vertreiben, das Danny Auerbach für sie ausgesucht hatte, sowohl aus praktischen als auch aus ästhetischen Gründen. Ihr Zimmer lag dem der Zwillinge genau gegenüber, es verfügte über ein luxuriöses Bad, es war geschmackvoll möbliert und hatte einen eigenen kleinen Balkon.

Das Elternzimmer am Ende des Flurs war sparsam, aber ganz wunderbar mit schlichten Pinienholzmöbeln eingerichtet. An den Fenstern hingen weiße Vorhänge, flauschige weiße Teppiche bedeckten den glatt polierten Parkettboden, und eine weiße Steppdecke über einem weißen Federbett lag auf dem übergroßen Bett. Vor dem Kamin aus glatten Flusssteinen standen zwei weiß gepolsterte Sessel, und das Badezimmer erwies sich als geräumige Luxusoase, inklusive eines mit Zedernholz verkleideten Whirlpools, einer gläsernen Duschkabine und Doppelwaschbecken, die in ein antikes Sideboard eingelassen waren.

Im Schlafzimmer führte eine Doppeltür auf ein Sonnendeck hinaus, von dem aus man auf die Lichtung vor dem Aerie sah. Ich hatte keineswegs den Wunsch, die Suite gegen ein anderes Zimmer zu tauschen.

»Es ist nur etwas seltsam«, sagte ich zu Toby. »Weil in den Schränken die Kleider der Auerbachs hängen. Man kommt sich wie ein Störenfried vor.«

»Aber das sind Sie nicht«, entgegnete Toby. »James Blackwell sollte die Sachen der Familie nachschicken, aber wahrscheinlich ist er nicht mehr dazu gekommen. Ich kümmere mich gleich morgen darum. Aber wenn Sie lieber in eines der Gästezimmer ziehen wollen ...«

»Nein, danke«, sagte ich bestimmt. »Ich bleibe lieber

in der Nähe meiner Söhne und Annelises. Wie viele Kinder hat Danny Auerbach?«

»Drei«, antwortete Toby. »Zwei kleine Söhne und eine Tochter im Teenageralter.«

Ich sah mich in dem prächtigen Raum um. »Sie müssen die glücklichsten Kinder auf der Welt sein«, sagte ich.

Das große Zimmer war das Zentrum des Gebäudes, eine riesige offene Fläche, die durch die Einrichtung in drei voneinander getrennte Bereiche eingeteilt war. Die ultramoderne Küche und der Essbereich nahmen, durch eine Frühstückstheke mit einer Oberfläche aus Granit abgetrennt, die hintere Hälfte des Raumes ein. Der Wohnbereich füllte die vordere Hälfte – und er füllte sie wirklich.

Er war praktisch vollgestopft – mit Ledersofas und Sesseln, Holzbänken, Pinientischen, indianischen Teppichen, geschnitzten Truhen und einem bunt bemalten Klavier, das aussah, als hätte es mal in einem Bordell gestanden. In gläsernen Vitrinen wurden Familienfotos präsentiert, dazu Steine, Federn, Knochen, alte Löffel, Geweihe und merkwürdig geformte Wurzeln. Indianische Körbe, Petroleumlampen, alte Cowboyhüte und Zinnplatten füllten die diversen Regale, die an den Balkenwänden standen. Auf den Sofas und Ottomanen lagen Quilts, mit denen man sich an kühlen Abenden zusätzlich wärmen konnte. Ein Teil des Mobiliars befand sich vor der großen Glasfassade, ein anderer vor dem riesigen Kamin, nichts war streng geordnet, und die Stücke sahen aus, als sei in ihnen gewohnt worden.

Ein wüstes Durcheinander also, in das ich mich auf den ersten Blick verliebte. Das Aerie war kein Traumhaus, das ein angesagter Innenarchitekt eingerichtet hatte. Es war ein echtes Heim, in dem echte Menschen lebten, lebensfrohe Menschen, die von der Welt fasziniert waren und sich mit deren Farben und Formen und ihren schönen Erinnerungen umgaben.

»Es ist wunderbar«, murmelte ich. »Einfach nur wunderbar.«

»Das finde ich auch«, stimmte Toby zu. »Haben Sie Ihren Mann erreicht?«

»Ja«, sagte ich. »Er wollte, dass ich den Laptop benutze, damit ich per Video mit ihm kommunizieren kann, aber ich kenne mich mit solchen Dingen nicht aus. Zum Glück funktioniert mein Handy. Wie man telefoniert, weiß ich.«

»Wie spät war es in England, als Sie mit ihm gesprochen haben?«

»Halb fünf morgens«, sagte ich schuldbewusst. »Bill war ziemlich groggy, deshalb habe ich nur kurz mit ihm telefoniert.«

»Ich wundere mich, dass Sie nicht groggy sind«, sagte Toby.

»Ich muss erst ein bisschen runterkommen.« Ich prostete ihm mit dem Becher zu. »Mit heißer Schokolade klappt das immer. Danke.« Ich trank einen Schluck und fragte: »Leben Ihre Großeltern noch in Bluebird?«

»Nein, aber sie sind beide hier beerdigt. Sie wollten es so, sie liebten Bluebird. Großvater war der Stadtarzt. Er hoffte immer, dass mein Vater seine Praxis übernehmen würde, aber Dad ging im Osten zur Schule und beschloss, dort zu bleiben. Ich bin in Connecticut aufgewachsen, aber die Sommerferien habe ich immer hier verbracht. Ich finde es herrlich hier, ich würde am liebsten hier leben.«

Die Doppeltüren zum Foyer öffneten sich, und als wir uns umsahen, stand Annelise im Raum. Sie trug einen Bademantel, und ihr prächtiges kastanienbraunes Haar fiel ihr den Rücken hinab.

»Lori«, sagte sie, »kann ich dich kurz sprechen?«

»Ich fülle Ihren Becher auf«, sagte Toby und ging in den Küchenbereich. Ich drehte mich zu Annelise um.

»Was macht die Schulter?«, fragte sie leise.

Ich warf einen Blick zur Küche. Ich wollte nicht, dass Toby uns hörte. Meine Schusswunde war eine Privatsache. Ich wollte nicht, dass in diesen Ferien er oder irgendjemand anders davon erfuhr.

»Meine Schulter ist steif«, sagte ich mit gesenkter Stimme. »Aber das gilt auch für den Rest von mir. Ich fühle mich, als hätten wir die Prärie in einem Planwagen überquert und nicht in einem gut gefederten Van.«

»Ich empfehle ein heißes Bad.« Sie kam näher und beugte sich zu mir. »Wenn du irgendwelche … bösen Träume hast … du weißt, wo du mich findest.«

Ich war leicht irritiert, sprach jedoch leise weiter. »Hat Bill dich gebeten, nicht nur auf die Jungen, sondern auch auf mich aufzupassen, solange wir hier sind? Das hätte er nicht tun brauchen. Es geht mir gut.«

»Im Flugzeug sah es nicht so aus«, erinnerte sie mich.

»Aber im Van ging es mir gut«, konterte ich. »Ich bin eingeschlafen und aufgewacht, wie ein ganz normaler Mensch. Ich beabsichtige, das auch weiterhin so zu tun.«

»Natürlich«, sagte Annelise. »Aber wenn du Probleme hast …«

»Danke«, sagte ich scharf und richtete mich auf. »Gute Nacht, Annelise.«

»Gute Nacht, Lori.« Sie wünschte auch Toby eine gute Nacht und verließ den Raum.

Ich machte mir in Gedanken eine Notiz, Bill darauf hinzuweisen, dass ich durchaus keine Nanny brauchte.

»Wie sind Ihre Eltern so?«, fragte ich Toby, als er aus

der Küche zurückkam. »Allzu fürsorglich, nehme ich an.«

»Allerdings.« Er reichte mir den Becher und setzte sich wieder auf das Sofa. »So sind Eltern nun mal. Deshalb war ich ja so gerne bei meinem Großvater. Er behandelte mich stets wie einen Erwachsenen. Ich durfte schon mit acht oder neun Feuerholz hacken, mit einer richtigen Axt.« Toby lächelte. »Im Osten hätte man Grandad wahrscheinlich wegen Vernachlässigung der Aufsichtspflicht verhaftet, aber in Bluebird störte so etwas niemanden. Für einen Jungen gab es keinen schöneren Platz.«

»Ihren Großvater hätte ich gerne kennengelernt.« Düster starrte ich in die Flammen des Kamins. »Es wäre schön, zur Abwechslung mal als Erwachsener behandelt zu werden.«

»Es war toll«, sagte er. »Ich konnte im ganzen Tal herumstreifen. Nur hier oben hinauf durfte ich nicht.«

»Wieso?«, fragte ich.

»Das Aerie wurde auf dem Gelände der alten Lord-Stuart-Mine errichtet«, erläuterte er. »Bis vor zwei Jahren standen auf dieser Lichtung noch halb verfallene Gebäude und verrostete Maschinen. Mr Auerbach benutzte ein paar Holzbalken der alten Minengebäude für den Bau des Aerie, aber als ich ein Kind war, war dieser Ort eine Todesfalle. Grandad machte mir unmissverständlich klar, dass ich ihn nie mehr besuchen durfte, wenn er mich hier oben erwischen sollte. Er hatte Angst, dass ich in einen der Minenschächte fallen könne.«

»Minenschächte?«, wiederholte ich entsetzt. »Hier oben gibt es Minenschächte?«

»Hunderte«, sagte Toby. »Aber die meisten sind eingezäunt, und als Mr Auerbach das Aerie bauen ließ, sorgte er dafür, dass der Eingang zur Lord-Stuart-Mine von einem Ingenieursteam versiegelt wurde. Hier oben ist alles bombensicher, Lori, Sie brauchen keine Angst zu haben, dass Will oder Rob irgendwo hineinfallen könnten. Mr Auerbach hat ja auch Kinder«, fügte er beruhigend hinzu.

Erleichtert trank ich einen Schluck Schokolade. »Wie oft wohnen die Auerbachs im Aerie?«

»Seit Weihnachten sind sie nicht mehr hier gewesen«, antwortete Toby. »Mr Auerbach ist ein vielbeschäftigter Mann.«

»Wenn er keine Zeit hat, das Aerie zu benutzen«, sagte ich, »warum hat er es dann überhaupt gebaut?«

Toby grinste. »Er hat meinem Grandad erzählt, seine Eltern hätten ihm als Kind nicht erlaubt, ein Baumhaus zu bauen. Diese Blockhütte ist sozusagen sein Baumhaus.«

»Ein ziemlich beeindruckendes Baumhaus«, sagte ich und deutete auf eine Tür neben dem Kamin. »Wo geht's da lang?«

»Zur Bibliothek.«

»Es gibt eine Bibliothek?«, fragte ich ungläubig und musste über meine eigene Naivität lächeln. »Um die Wahrheit zu sagen, Toby, ich ging davon aus, dass dieses Blockhaus einigermaßen … primitiv sei. Ich war mir nicht mal sicher, ob es hier Innentoiletten gäbe, geschweige denn eine Bibliothek.«

Toby rollte mit den Augen. »Mrs Auerbach und ein Plumpsklo? Niemals. Sie steht auf Komfort. Das Bad vor dem Haus und einen Kinosaal hat sie den Bauplänen von Mr Auerbach hinzugefügt, und die Bibliothek wurde auch auf ihren Wunsch eingerichtet. Haben Sie Lust auf eine Führung?«

»Sparen wir uns das für morgen auf«, schlug ich vor, und wir verfielen in ein behagliches Schweigen.

Erst nachdem bereits eine Weile verstrichen war, fiel mir auf, dass mein Blick auf eine Locke von Tobys hellblondem Haar gerichtet war, die im Glanz des Kaminfeuers schimmerte. Zeit, schlafen zu gehen. Ich trank meinen Becher aus, aber bevor ich ihn in die Küche bringen konnte, hatte Toby ihn mir schon abgenommen.

»Ich spüle ab«, sagte er. »Sie hatten einen anstrengenden Tag, Lori. Ich lösche nachher alle Lichter.«

»Gibt es schon Pläne für morgen?«, fragte ich und stand auf.

»An Ihrer Stelle würde ich es ein, zwei Tage locker angehen lassen«, riet er und erhob sich. »Sie sollten sich erst an die Höhe gewöhnen, bevor wir irgendwelche Touren machen. Eile mit Weile.«

»Also schön, Eile mit Weile. Frühstücken Sie doch mit uns. Wir dürften so gegen acht aufstehen«, fügte ich hinzu, auch wenn ich wusste, dass ich viel früher wach sein würde. »Spätestens um neun steht das Frühstück auf dem Tisch. Danach können Sie uns das Aerie zeigen.«

»Klingt gut.« Er nahm ein Schlüsselbund aus seiner Hosentasche und reichte es mir. »Damit können Sie jede Tür im Aerie öffnen. Ich habe auch einen, also können Sie ihn unbesorgt verlieren. Mein Apartment liegt da drüben.« Er deutete auf einen Flur am Ende der Küche. »Ich bin froh, dass Sie hier sind, Lori. Für einen allein ist das Aerie zu groß. Bis morgen.«

»Gute Nacht. Und vielen Dank, Toby. Ich kenne James Blackwell nicht, aber besser als Sie kann er auch nicht sein.«

»Oh, danke, Ma'am.« Das seidige blonde Haar fiel Toby ins Gesicht. »Das ist mir jetzt fast peinlich.«

Ich sah ihn misstrauisch an. »Haben Sie jemals zuvor ›Ma'am‹ zu einer Frau gesagt?«

»Noch nie.« Er warf den Kopf zurück und lächelte. »Aber es schien mir angebracht.«

Ich lächelte und gab ihm einen Klaps auf die Schulter, bevor ich mich auf den Weg in meine Suite machte. Es war schon sehr spät, also duschte ich, anstatt ein Bad zu nehmen, zog ein Nachthemd aus Flanell an, entfachte ein Feuer im Kamin und setzte mich in den Sessel, der davor stand, mit Reginald im Arm und dem blauen Tagebuch auf dem Schoß. Kaum hatte ich es aufgeschlagen, kräuselte sich auch schon Tante Dimitys altmodische Handschrift über die Seite.

Ist der Boden aus Lehm? Leckt das Dach? Gibt es eine Außentoilette?

»Nein, nein und definitiv nein«, entgegnete ich. »Es ist wunderbar, Dimity. Das Tal ist wunderbar, das Haus ist wunderbar, und Toby ist auch ganz wunderbar. Alles ist wunderbar.«

Du wirkst aufgekratzt, meine Liebe. Hast Du getrunken?

»Ja, aber nur heiße Schokolade«, sagte ich. »Ich bin nicht betrunken, Dimity, ich bin in Ekstase, ich bin euphorisch und vor allem unendlich erleichtert, dass dieses Haus so wunderbar ist ...« Ich riss mich zusammen und fügte hinzu: »Vielleicht ist es die Höhenluft.«

Höhenrausch? Vielleicht. Und wer, wenn ich fragen darf, ist Toby?

»Toby Cooper«, antwortete ich. »Er ist in letzter Minute für den eigentlichen Hausmeister eingesprungen.«

Und er ist also auch wunderbar. Darf ich annehmen, dass er auch sehr gut aussieht?

Ich wand mich in meinem Sessel. Tante Dimity wusste nur allzu genau, dass mein Vorstrafenregister nicht ganz makellos war, was attraktive Männer, die nicht mein Ehemann waren, betraf. Ich hatte mein Ehegelübde niemals gebrochen, aber es hatte Augenblicke gegeben, in denen ich mich nur verschwommen daran hatte erinnern können. Wenn ich Dimity verriet, dass Toby Cooper süß wie ein Cockerspaniel war, ein großer, breitschultriger, männlicher Cockerspaniel, wäre sie auf falsche Gedanken gekommen. Daher spielte ich sein gutes Aussehen etwas herunter.

»Ach, er ist noch ein Kind, Dimity«, sagte ich versonnen. »Ein netter Junge. Er ist einundzwanzig und geht noch aufs College.«

Gut. An ganz jungen Männern hast Du nie besonderes Interesse gezeigt. Was ist mit dem eigentlichen Hausmeister?

»James Blackwell? Er hat vor zwei Tagen gekündigt, ich weiß nicht, warum. Laut Danny Auerbach ist er einfach gegangen.«

Vielleicht hatte er den verrückten Nachbarn satt.

»Es gibt keinen«, sagte ich fröhlich. »Wir haben den ganzen Berg für uns.«

Vielleicht war Mr Blackwell überarbeitet.

»Kaum. Hier war seit Weihnachten kein Mensch.«

Dann war er vielleicht einsam.

»Für einen ist das Haus wirklich schrecklich groß«, stimmte ich zu und dachte an Tobys Worte. »Aber es ist grandios, Dimity. Es gibt jeden Luxus, aber man fühlt sich doch wie in einem Familienheim. Ich weiß nicht, warum die Auerbachs nicht öfter hier wohnen. Sie haben noch so viele Sachen hier, dass sie kaum mehr als eine Reisetasche packen müssten.«

Was haben die Auerbachs zurückgelassen?

»Alles Mögliche«, sagte ich. »Eine Bluse und zwei Paar Hosen in meinem Schrank, ein paar T-Shirts und Turnschuhe im Kinderzimmer.«

Klingt nach einem verlassenen Schiff. Warum hat die Familie nach dem Weihnachtsurlaub ihre Sachen nicht mitgenommen?

»Sie sind reich«, sagte ich. »Wahrscheinlich haben sie verschiedene Garderoben in verschiedenen Häusern.«

Haben sie denn ihre ganze Garderobe zurückgelassen?

»Nein, nur ein paar Einzelteile hier und da.«

Nur ein paar einzelne Stücke. Das hört sich an, als seien sie hastig aufgebrochen. Höchst interessant.

»Wirklich?«, fragte ich unsicher. Es war nach Mitternacht, und es war ein langer Tag gewesen. Ich war zu müde, um Tante Dimitys Überlegungen zu folgen.

Allerdings. Wenn die Auerbachs in Eile gepackt haben, haben wir es mit zwei abrupten Abreisen zu tun – der der Familie und der Blackwells. Wenn das Haus so wunderbar ist, wie Du behauptest, warum hatten sie es dann so eilig?

»Keine Ahnung«, murmelte ich.

Vielleicht solltest du Bill bitten, sich das etwas genauer anzusehen. Vielleicht weiß er von einem familiären Notfall, der die Auerbachs an Weihnachten getroffen hat. Und vielleicht kann ihm Mr Auerbach auch sagen, warum James Blackwell gekündigt hat.

»Das werde ich«, sagte ich und unterdrückte ein Gähnen. »Ich werde Bill morgen fragen. Oder heute. Ich komme ein bisschen durcheinander mit der Zeit.«

Kein Wunder. Verzeih meinen Wortschwall, Liebste. Du bist bestimmt erschöpft. Wir setzen das Gespräch fort, wenn Du richtig ausgeschlafen hast. Aber vergiss nicht, Bill davon zu erzählen. Ich mag keine überstürzten Abreisen, besonders nicht, wenn es keine Erklärung für sie gibt.

»Ich denk dran, Dimity«, versprach ich.

Schlaf gut, meine Liebe.

»Ich glaube, heute Nacht werde ich das auch«, sagte ich zu Reginald, während die königsblaue Tinte langsam verblasste.

Ich legte das Tagebuch auf den Nachttisch und nahm Reginald mit zu mir ins Bett, als Schutz vor meinen wiederkehrenden Albträumen. Ich lag noch kurz wach und beobachtete die Schatten der Flammen, die an der Decke tanzten. Ich fragte mich, warum jemand ein solch prächtiges Schiff verlassen sollte, aber immer wieder tauchte Tobys Gesicht vor mir auf und lenkte meine Gedanken in eine andere Richtung.

»Wie ein Cockerspaniel«, murmelte ich und schlief mit einem Lächeln auf den Lippen ein.

Kapitel 6

Ich erwachte aus einem obskuren Traum, in dem heldenhafte Hunde und sinkende Schiffe auftauchten. Durch die Flügeltüren und die Fenster strömte helles Sonnenlicht. Ein Blick auf den Wecker zeigte mir, dass es kurz nach halb neun war. Ich schlug das Federbett zur Seite und rollte mich mit Reginald im Arm aus dem Bett. Langsam ging ich auf die Türen zu. Ich konnte es kaum glauben. Seit man auf mich geschossen hatte, war ich jeden Tag noch vor Sonnenaufgang erwacht.

Kalte Luft strömte in den Raum, als ich die Türen öffnete, aber die Aussicht ließ mich vergessen, dass ich barfüßig war und nur ein Nachthemd trug. Mein Sonnendeck ragte nur einen knappen Meter über den Boden, aber von hier aus konnte ich das gesamte Tal übersehen. Der glitzernde See, die dichten grünen Wälder, die Berge mit ihren schneebedeckten Gipfeln vor einem Himmel, der so blau strahlte, dass man ihn nicht ansehen konnte, ohne zu blinzeln. Die Landschaft war einfach grandios, extrem, fast schon beunruhigend durch ihre Ausmaße. Nichts hier wirkte gezähmt oder zurückhaltend.

»Reginald«, murmelte ich, »irgendwie ist es hier anders als in Finch.«

Ich zitterte und legte die Arme schützend um mich und meinen rosa Hasen, bevor mir klar wurde, was der Wecker mir hatte sagen wollen.

»Halb neun!«, japste ich. »Toby kommt um neun.«

Ich eilte in die Suite zurück, erledigte die morgendliche Routine etwas rascher und zog Jeans an, ein T-Shirt, einen warmen Wollpullover und Turnschuhe. Eigentlich wollte ich ins Wohnzimmer laufen, aber auf halber Strecke durch den Flur gab ich auf. Nachdem ich helle Punkte vor meinen Augen tanzen sah, setzte ich den Weg in gemäßigter Geschwindigkeit fort und stieß die Doppeltüren auf. Sofort stieg mir der betörende Duft von gebratenem Speck in die Nase. Die Zwillinge saßen auf Hockern an der Frühstückstheke, Annelise machte sich mit mehreren Pfannen am Ofen zu schaffen, und Toby stand bei Will und Rob und füllte ihre Gläser mit Orangensaft. Ich kam gerade rechtzeitig, um mitzubekommen, wie er ihnen die eisernen Regeln beibrachte.

»Die erste Regel des Aerie«, begann er, »lasst niemals Essensreste draußen liegen – keinen Hot Dog, keinen einzigen Kartoffelchip, keine Erdnuss. Nichts.«

Ich hatte noch die Hände am Türgriff und hörte mit angehaltenem Atem zu. Wenn Toby ihnen erklärte, dass die Nahrungsreste der Menschen wilde Tiere anzogen, würden die Jungen wahrscheinlich eine Spur aus Erdnüssen legen, um Bären an das Fenster des Spielzimmers zu locken. Aber Toby enttäuschte mich nicht.

»Das ist sehr ungesund für die Eichhörnchen«, fuhr er fort. »Wenn wir die Eichhörnchen füttern, werden sie so fett, dass sie von den Bäumen fallen. BUMMS!« Er knallte die Hand auf die Theke, und die Jungen zuckten zusammen.

»Wir lassen kein Essen draußen«, versprach Will beeindruckt.

»Wir mögen Eichhörnchen«, fügte Rob mit großem Ernst hinzu.

»Die zweite Regel des Aerie«, hob Toby an. »Ihr dürft auf keinen Fall mit Streichhölzern spielen. Es ist hier oben schrecklich gefährlich, wenn der Wald brennt. Ein achtlos weggeworfenes Streichholz« – Toby schnippte mit den Fingern – »und die Eichhörnchen haben kein Zuhause mehr.«

»Wir spielen nie mit Streichhölzern«, verkündete Rob.

»Nie«, bestätigte Will.

»Dann werden wir prima miteinander auskommen«, sagte Toby.

»Morgen zusammen«, rief ich und ging zu meinen Söhnen und umarmte sie, wie ich es immer tat.

»Guten Morgen, Lori.« Annelise bedachte mich mit einem durchdringenden Blick. »Hast du gut geschlafen?«

»Keine Ahnung«, entgegnete ich triumphierend. »Denn ich habe geschlafen!«

»Ich mache ein Tomaten-Spinat-Omelett zu dem gebratenen Schinken«, sagte Annelise und wandte sich wieder ihren Pfannen zu. »Und du errätst nie, was Toby uns zum Frühstück mitgebracht hat.«

»Klapperschlangensteaks?«, riet ich und setzte mich auf einen Hocker.

»Aber doch nicht zum Frühstück«, schalt mich Toby und schob einen großen Teller über die Theke.

»Scones?«, sagte ich ungläubig beim Blick auf die angehäuften Backwaren. »Sie haben Scones mitgebracht?«

»Und hausgemachte Erdbeermarmelade«, fügte Anneliese hinzu, während sie die Omeletts auf unsere Teller gleiten ließ.

Ich schaute von ihr zu Toby hinüber. »Wo um alles in der Welt ...«

»Caroline's Café«, antwortete er. »Carrie Vyne macht eigene Marmeladen und Konfitüren, und sie backt jeden Morgen Scones. Ich bin mit dem Van in die Stadt gefahren und habe ein paar geholt, frisch aus dem Ofen. Ich dachte, das erinnert Sie ein bisschen an zu Hause.«

Ich strahlte ihn an. »Wenn mir jemand erzählt hätte, dass ich mich an meinem ersten Morgen in den Rocky Mountains an hausgemachter Erdbeermarmelade und frischen Scones gütlich tun würde – ich hätte gesagt, träum weiter.«

»Das ist mein Job.« Er tat einen Klacks Marmelade auf ein Scone und reichte es mir. »Träume wahr zu machen.«

Unsere Finger berührten sich, als er mir das Scone gab, und ich spürte ein gewisses Knistern, das nichts mit der Höhe zu tun hatte, also reichte ich das Scone schnell an Rob weiter, schnitt Wills Omelett in mundgerechte Happen und befahl mir streng, mich gefälligst meinem Alter entsprechend zu benehmen.

»Wann sehen wir die Cowboys?«, fragte Rob kauend.

»Erst in zwei, drei Tagen«, sagte ich. »Zuerst müssen wir uns an die Höhe gewöhnen, dann können wir reiten gehen. Aber es gibt eine Menge anderer Dinge zu sehen. Nach dem Frühstück wird uns Toby erst mal das ganze Haus zeigen.«

Rob und Will zeigten sich nicht allzu beeindruckt von der Aussicht, sich das gesamte Haus anzuschauen. Der einzige Raum, der sie wirklich interessierte, war das Spielzimmer. Deshalb schlug ich vor, dass Toby nach dem Frühstück eine kürzere Wanderung mit ihnen machen sollte, derweil Annelise und ich allein das Aerie erkundeten.

»Großartige Idee«, meinte Toby. »Dann sehen wir uns das Adlernest an.«

Die Mienen der Jungs hellten sich sichtbar auf, sie schlangen ihr Frühstück hinunter und rannten hinaus, um ihre Wanderstiefel zu holen. Ich hätte sie in ihre wärmsten Winterjacken gesteckt, wenn Toby mich nicht aufgehalten hätte.

»Leichte Windjacken und Sweatshirts reichen völlig aus«, sagte er. »Beim Wandern wird einem schnell warm.«

»Aber draußen liegt Schnee«, protestierte ich.

»Der ist bis zum Mittag verschwunden«, sagte er lachend. »Hier in Colorado haben wir die vier Jahreszeiten alle an einem Tag. Grandad sagte immer, so müsste eigentlich das Motto des Staates lauten. Sie werden schon sehen.«

Annelise und ich verbrachten eine ganze Stunde damit, das Aerie zu erkunden. Schließlich konnten wir nicht mehr. Nachdem wir durch drei Gästesuiten, den Wäscheraum, das Zimmer mit den Spielautomaten, das Billardzimmer, das Heimkino, die Bibliothek, das Außenbad – das aus einer Sauna, einer Massageecke und einem wunderbar in die Landschaft eingepassten Bad bestand – über unzählige Sonnendecks, Balkone und Veranden gewandert waren, schleppten wir uns ins Wohnzimmer zurück. Wir brauchten ein Glas Wasser und unsere wohlverdiente Pause.

»Zu viele Treppen«, japste Annelise mit bebender Brust. »So als würde man den Mount Everest besteigen.«

»Ohne Sauerstoffflaschen.« Ich zog meinen Pullover aus und machte es mir auf dem Sofa bequem. Kaum hatte ich die Füße hochgelegt, als das Handy klingelte.

»Lori?« Bill klang weitaus besorgter als noch am frühen Morgen. »Warum bist du außer Atem? Du übertreibst doch nicht etwa? Schließlich bist du gerade erst angekommen.«

»Es wird dich sicherlich beruhigen, dass ich während dieses Gesprächs auf einem Sofa lümmele«, sagte ich. »Rob und Will sind mit Toby wandern, aber Annelise und ich lassen es ruhig angehen.«

»Und warum bist du dann außer Atem?«, beharrte Bill.

»Annelise und ich haben eine Wanderung durch das Blockhaus gemacht«, sagte ich. »Es ist wie Versailles. Grandios, aber groß.«

»Ich wusste, dass es dir gefallen würde«, sagte Bill, »Danny Auerbach macht keine halben Sachen. Was Toby Cooper betrifft – ich wusste nichts von einem anderen Hausmeister, bis ich gestern Dannys E-Mail las. Wie macht er sich?«

»Er ist fantastisch. Die Jungen sind schon ganz verrückt nach ihm.« Genau wie du, murmelte mein Gewissen. Ich riet ihm, den Mund zu halten, und wechselte schnell das Thema. »Trotzdem ist diese Sache mit James Blackwell merkwürdig. Hat Danny dir geschrieben, warum er gekündigt hat?«

»Danny hat keinen blassen Schimmer«, sagte Bill. »Blackwell trat seine Stelle als Hausmeister erst kurz vor Weihnachten an. Die Bezahlung war gut, und der Job stellte keine großen Ansprüche an ihn. Danny kann sich nicht erklären, warum der Mann sich so einfach verabschiedet hat. Danny ist deswegen ziemlich sauer, aber er hat mir versichert, dass Toby sich bestens um euch kümmern würde.«

»Heute Morgen hat er uns frisch gebackene Scones aus der Stadt gebracht«, erklärte ich.

»Das sagt alles«, meinte Bill erleichtert. »Ich werde Danny mitteilen, dass ihr zufrieden mit ihm seid.«

Ich richtete mich auf und schaute zu Annelise hinüber, die brav ihr Wasser trank und die Aussicht genoss. Da sie nicht in die Geheimnisse des blauen Tagebuchs eingeweiht war, konnte ich Tante Dimity in ihrem Beisein nicht erwähnen. Also tat ich so, als wäre ich selbst auf die nächste Frage gekommen.

»Bill«, begann ich, »hat es bei den Auerbachs Weihnachten irgendein Problem gegeben?«

»Ich weiß es nicht«, antwortete Bill. »Zu der Zeit hatte ich keinen Kontakt zu Danny. Warum?«

»Er und seine Familie haben das Fest in der Blockhütte verbracht«, erklärte ich. »Bei ihrer Abreise haben sie eine Reihe von Kleidungsstücken zurückgelassen. Es sieht aus, als hätten sie ziemlich hastig gepackt. Ich frage mich, ob etwas geschehen ist, das sie in Panik versetzt hat.«

»Wahrscheinlich haben sie bloß vergessen, richtig nachzuschauen.« Ich hörte die Skepsis, die in Bills Stimme mitschwang. »Und was meinst du mit Panik? Du siehst doch wohl keine Gespenster, Lori? Wie hast du letzte Nacht geschlafen?«

»Wie ein Stein«, entgegnete ich knapp. »Bis halb neun.«

»Kein Albtraum?«, fragte Bill ungläubig.

»Abaddon hat sich gestern freigenommen«, sagte ich. »Ich sehe keine Gespenster, Bill, ich bin nur neugierig. Frag bitte Danny, ob Weihnachten irgendetwas geschehen ist.«

»Okay.« Bill zögerte. »Und du hast wirklich durchgeschlafen?«

»Ich habe die ganze Nacht lang gut geschlafen, und mein unheimlicher nächtlicher Begleiter hat sich nicht gezeigt. Du bist ein Genie. Die Bergluft wirkt wie ein Tonikum.«

»Fein«, sagte er und informierte mich über die letzten Neuigkeiten aus Finch.

Nell Harris war aus Frankreich zurückgekehrt, aber noch hatten die Hochzeitsglocken für sie und Kit Smith nicht geläutet. Peggy Taxman hatte ein lächerlich niedriges Gebot für den Laden des Obst- und Gemüsehändlers gemacht. Es nieselte. Ich versuchte, das Aerie und die Aussicht zu beschreiben, versagte jedoch so kläglich, dass ich es schließlich aufgab und zu Bill meinte, er müsse einfach herkommen und es sich selbst ansehen.

»Ich wünschte, das wäre möglich«, sagte Bill. »Lori, ich weiß, dass du gewisse Zweifel an dieser Reise hattest …«

»Und das war sehr dumm von mir«, unterbrach ich ihn. »Deine Idee war wirklich absolut brillant. Das Einzige, was ich hier vermisse, bist du.«

Nachdem ich ihm versprechen musste, bei meinem nächsten Anruf etwas besser auf den Zeitunterschied zu achten, legte ich auf.

»Der Schnee ist tatsächlich schon weg«, sagte Annelise und wandte sich zu mir. »Kaum noch eine Pfütze zu sehen. Trockene Luft hat auch ihre Vorteile.« Sie kam zum Sofa. »Alles in Ordnung zu Hause?«

»Ich erzähle dir alles, während wir das Mittagessen zubereiten«, sagte ich und erhob mich. »Die Jungen werden ausgehungert sein, wenn sie zurückkommen.«

»Ich verspüre auch so ein leichtes Hungergefühl«, meinte Annelise. »Und nach dem Essen werde ich ein Nickerchen machen.«

»Wir alle werden ein Nickerchen machen«, sagte ich bestimmt. »Eile mit Weile.«

Wir verbrachten fast drei Tage im Aerie, aber niemand langweilte sich. Nach dem Frühstück machten wir eine lange Wanderung, nach dem Lunch ein Nickerchen und vor dem Abendessen eine etwas kürzere Wanderung. Toby packte die Kleidungsstücke der Auerbachs in Pakete und gab sie in Bluebird im Postamt auf. Immer wenn er dort war, brachte er etwas mit, das unsere Ausrüstung ergänzte: breitkrempige Hüte mit Lüftungsschlitzen, stoßdämpfende Wanderstöcke und leichte Stirnlampen für nächtliche Wanderungen. Da es mir meine Schulterverletzung noch nicht erlaubte, einen Rucksack zu tragen, bat ich Toby, mir eine Hüfttasche zu besorgen, mit Taschen für zwei Wasserflaschen und einem Fach mit Reißverschluss für kleinere Teile der Ausrüstung.

Toby nahm jede Mahlzeit mit uns ein, und am Abend saßen wir um das Lagerfeuer beim Außenbad, wo Toby Lieder sang, Geschichten erzählte und wunderbare Marshmellow-Sandwiches zubereitete. Fast bedauerten wir, dass wir die Spielautomaten und den Kinosaal gar nicht benutzten, aber draußen war es einfach zu schön.

Immerhin fand ich schließlich die Zeit, in Mrs Auerbachs Bibliothek zu stöbern. Ich fand dort Bücher über die Fauna und Flora Colorados, seine Geologie, Kunst, Architektur, Folklore, Fotografie und Geschichte, dazu die Biographien berühmter Söhne und Töchter des Staates. Als Bettlektüre wählte ich einen Band über die lokale Töpferkunst, aber weiter als bis zum ersten Abschnitt der Einführung schaffte ich es nicht, weil mir sofort die Augen zufielen. Die dünne Luft wirkte wie ein Betäubungsmittel.

Die Wege um das Aerie herum waren schmal, mit Steinen übersät und von Baumwurzeln durchzogen, was sie weitaus gefährlicher machte als die glatten, ausgetretenen Pfade in der Gegend von Finch. Da ich über sechs Wochen lang bettlägerig gewesen war, hatte ich zunächst Mühe, mit den anderen Schritt zu halten, aber Toby trieb uns nie an, und er fand stets eine Beschäftigung für die Zwillinge, während ich mich langsam die Hügel hinaufquälte und mir einen Eisbeutel für meine Schulter wünschte.

Toby erwies sich als idealer Führer. Mit jedem Tag, an dem unsere Ausdauer größer wurde, dehnte er die Wanderungen geringfügig aus. Er wies uns auf markante Punkte in der Landschaft hin und wiederholte alle Namen so lange, bis wir sie auswendig konnten: Ruley's Peak, Mount Shroeder, Chaney Canyon, Bartos Range. Wir wateten im Willie Brown Creek, picknickten in Getty's Gulch und machten an der geschlossenen Luddington-Mine Fotos von grasenden Maultieren.

Wir mussten stumm stehen bleiben und dem Flüstern der Blätter in den Wipfeln der weißen Espen lauschen. Wir mussten an Ponderosa-Pinien riechen, um den Vanilleduft wahrzunehmen, der aus der tiefgefurchten Rinde drang. Er entdeckte zwei hell leuchtende Mountain Bluebirds, die auf einem alten Zaunpfahl am Rande einer Wiese hockten, und erzählte uns, dass einer der ersten Goldgräber die Stadt nach dem Vogel benannt hatte, weil ein Bluebird ihm angeblich den Weg zu seiner ersten Goldader gewiesen hatte.

Er brachte uns auch dazu, dicke Schichten Sonnencreme aufzutragen, immer bei der Gruppe zu bleiben und auf jeder Wanderung ausreichend Wasser mitzunehmen. Dank seines weisen Rates und des gütigen Wettergottes entgingen wir Sandsturm, Schlangenbiss, Austrocknung, Höhenkrankheit und einer Reihe anderer Übel, die den leichtsinnigen Reisenden in den Bergen erwarteten.

Rob und Will ließen sich von ihrem Abenteuer in luftiger Höhe derart mitreißen, dass sie darauf bestanden, jede Nacht in ihrem Spielzimmer zu »campen«. Es machte ihnen ungeheuren Spaß, am Abend in die Schlafsäcke in ihrem Indianerzelt zu schlüpfen und sich die Stirnlampen aufzusetzen, nachdem ich die Order »Licht aus« gegeben hatte. Ich ließ sie gewähren. Mir reichte der Gedanke, dass die Bären in ihrer Wildnis plüschig und zahnlos waren.

Bill rief an jedem Morgen nach dem Frühstück an,

aber Dimitys dringendste Frage konnte er nicht beant-worten. Danny Auerbach hatte seine E-Mail auf automa-tische Antwort umgestellt, während er irgendwo in Alaska an einem großen Deal bastelte, und Bill hatte ihn bislang auch nicht telefonisch erreichen können. Wir wussten also noch immer nicht, ob an Weihnachten ir-gendetwas vorgefallen war. Dimity fand es höchst ver-dächtig, dass Danny plötzlich nicht mehr erreichbar war. Ich fand, dass die Höhe sie dünnhäutig machte.

Als wir am Freitag um das Lagerfeuer herumsaßen, verkündete Toby, dass die Jungen nun bereit seien, am nächsten Tag reiten zu gehen.

»Ich habe schon bei der Brockman Ranch angerufen, sie erwarten uns«, teilte er uns mit. »Sie stellen auch zwei auf englische Art trainierte Ponys zur Verfügung, so wie Ihr Ehemann es angewiesen hat.«

»Auf englische Art trainierte Ponys?«, fragte Annelise verblüfft.

»Aber ja«, entgegnete Toby. »Die Brockman war frü-her eine richtige Ranch, aber mit Rinderzucht lässt sich längst nicht mehr so viel Geld verdienen wie früher. Deke und Sarah Brockman haben eine Ferienranch dar-aus gemacht. Unter ihren Gästen sind Reiter aus aller Welt.«

Will und Rob waren etwas enttäuscht, dass die Brock-man gar keine »richtige« Farm mehr war, aber sie freu-ten sich dennoch so sehr darauf, wieder in den Sattel zu steigen, dass sie geradezu darum bettelten, früh ins Bett gehen zu dürfen. Ich ließ sie in ihrem Zelt in ihren Schlafsäcken zurück, wo sie zweifellos von Pferden träumten. Ich selbst ging kurze Zeit später zu Bett und träumte von lieben, blauäugigen Cockerspaniels. Abad-don hatte keine Chance.

Kapitel 7

Toby stutzte gleich zwei Mal, als Will und Rob am Samstagmorgen vor ihm aufmarschierten. Sie trugen maßgeschneiderte schwarze Reitjacken, weiße Rollkragenpullover, rehbraune Reiterhosen und lange schwarze Stiefel. Die schwarzen Reithelme hielten sie in den Händen.

»Haben Sie Jeans und Cowboyhüte erwartet?«, fragte ich ihn mit erhobenen Augenbrauen.

»Das tragen jedenfalls die meisten auf der Brockman Ranch«, meinte Toby. »Egal woher sie kommen.«

»Nun, meine Jungen lernten das Reiten in England, und sie sind die englische Reitkleidung gewöhnt.« Ich faltete die zur Unterscheidung dienenden Halstücher der Zwillinge zusammen und steckte sie in die Brusttaschen ihrer Jacken, so dass nur die Spitzen hervorschauten. »Wenn sie sich an ihre Ponys gewöhnt haben, werde ich ihnen vielleicht ein Western-Outfit besorgen, aber bis dahin soll für sie alles so sein wie sonst. Aber ich nehme natürlich auch Sachen zum Umziehen für sie mit, wenn sie mit dem Reiten fertig sind.«

»Können sie denn reiten?«, fragte Toby mit einem weiteren skeptischen Blick auf die formelle Reitkleidung der Jungen.

»Wie der Wind«, sagte ich stolz. »Keine Sorge, niemand, der meine Söhne auf dem Rücken eines Pferdes sieht, wird sich über ihre Kleidung lustig machen.«

Es war der erste Tag, an dem wir nicht wandern gingen. Deshalb hatte sich Annelise für ein hübsches Kleid, eine hellblaue Strickjacke und ein Paar Leinenslipper entschieden, die sie auf einer Wanderung nie hätte tragen können. Ich zog Shorts an, ein T-Shirt und Sneaker, dazu eine Sweatjacke gegen die morgendliche Kühle. Toby trug, was er immer trug: T-Shirt, Flanellhemd, Trekkinghosen und Wanderstiefel. Wir alle hatten die breitkrempigen Hüte auf dem Kopf und reichlich Sonnencreme aufgetragen. Natürlich hatten wir auch die Wasserflaschen nicht vergessen.

Der Morgen war eine Blaupause der vergangenen drei Tage. Die Sonne brannte wie eine Fackel, der Himmel leuchtete verschwenderisch blau, und die Luft war so frisch, dass sie fast knisterte. Bill rief nach dem Frühstück an. Es gab nichts Neues, außer dass der Vikar sich doch gegen eine Rockband entschieden und die alte verlässliche Blaskapelle gebeten hatte, auf dem Dorffest ihr übliches Potpourri von Militärmärschen zu spielen. Die Entscheidung war von den Dörflern innig und lautstark begrüßt worden. Nachdem die Jungen ihren Vater von den Plänen für den Tag informiert hatten – »Wir gehen reiten! Mit Cowboys!« –, stiegen wir alle in den Van.

Toby fuhr auf der Landstraße, die im Westen aus Bluebird führte, über einen Bergpass und hinunter in ein welliges Tal voller Espen, das durch einen von Weiden gesäumten Bach geteilt wurde. Schon als wir den Pass hinabkamen, konnten wir die Brockman Ranch in der Ferne sehen.

Eine unbefestigte Straße führte zu einem großen Blockhaus mit einer breiten Veranda, drei Steinkaminen und einem riesigen Elchgeweih, das über der Eingangstür angebracht war. Hinter dem Haus befanden sich eine große Scheune, eine weiträumige Reitkoppel, dazu diverse Stallungen, Schuppen, Hütten und andere Wirtschaftsgebäude. Eine Reihe rustikal aussehender Blockhütten standen im Schatten der Weiden am Bach. Neben den Hütten, die wahrscheinlich von Touristen bewohnt wurden, parkten Autos und Trailer. Rob und Will haute es beinahe aus ihren Sitzen, als sie die Büffelherde erblickten, die in einiger Entfernung graste. Ein paar Pferde standen in einem der Ställe und fraßen Heu.

»Die Brockmans mussten heute nach Denver«, teilte Toby uns mit, »aber ich habe mit dem Vorarbeiter geredet, Brett Whitcombe, und er hat mir versprochen, sich persönlich um Rob und Will zu kümmern. Ah, da kommt er schon.«

Ein großer, schlanker Mann mit kurzem grauem Haar trat aus dem Haupthaus. Er war vorhersagbar gekleidet, in ausgebleichten Jeans, einem rot karierten Hemd, einem Ledergürtel mit großer silber-türkisfarbener Schnalle und spitzen Cowboystiefeln. In der einen Hand trug er einen zerschlissenen Westernhut, den er sich auf den Kopf setzte, während er auf uns zukam.

»Willkommen auf der Brockman«, sagte er, als er mir die Beifahrertür öffnete. Ich schätzte ihn auf Mitte dreißig, eigentlich zu jung, um graue Haare zu haben, und seine Stimme war rau, aber freundlich. »Sie müssen Mrs Shepherd sein.«

»Lori«, sagte ich und schaute zu ihm hinauf, als ich aus dem Wagen stieg. »Bitte, nennen Sie mich Lori.« Ich zeigte nach hinten. »Annelise, das Kindermädchen, und Rob und Will, meine Söhne.«

»Schönen guten Tag«, sagte er und tippte sich an den Hut. »Ich bin Brett Whitcombe, der Vorarbeiter der Brockman. Alle nennen mich Brett. Schön, dich zu sehen, Tobe«, fügte er hinzu, als Toby um den Van herum kam.

Toby nickte grinsend. »Geht mir genauso, Brett.«

Während Annelise und Toby den Zwillingen aus

dem Van halfen, blieb ich wie angewurzelt stehen. Ich konnte den Blick nicht von Brett abwenden. Der Strohhut warf einen Schatten auf sein Gesicht, also beugte ich mich etwas vor.

»Welche Farbe haben Ihre Augen?«, fragte ich.

»Meine Augen?« Die Frage schien Brett zu überraschen, aber er beantwortete sie. »Meine Frau sagt immer, sie seien veilchenblau, ich sage immer nur blau.«

»Nein, nein.« Energisch schüttelte ich den Kopf. »Sie sind wirklich veilchenblau. Eine sehr ungewöhnliche Farbe. Ich habe sie nur einmal gesehen, zu Hause in England. Bei dem Reitlehrer meiner Söhne.« Ich trat zurück und betrachtete noch einmal den Vorarbeiter, seine große schlanke Gestalt, die kurzen grauen Haare, die veilchenblauen Augen. »Sie sind nicht zufällig mit einem Engländer namens Kit Smith verwandt?«, fragte ich. »Sein voller Namen lautet Christopher Anscombe-Smith.«

Brett warf Toby einen verwirrten Blick zu und sagte höflich: »Ich schätze, es wäre möglich, aber ich weiß es nicht. Ich habe mich nie sehr für Ahnenforschung interessiert.«

»Sie könnten Kits Bruder sein«, schwärmte ich. »Sein Zwillingsbruder. Die Ähnlichkeit ist fast unheimlich. Erkennst du es auch, Annelise?«

»Was soll ich erkennen?«, fragte sie und brachte Rob und Will mit, sodass wir nun alle im Halbkreis um Brett standen.

»Sieht Brett nicht genauso aus wie Kit?«, fragte ich.

Annelise zuckte mit den Schultern. »Kann schon sein, ein bisschen.«

»Ein bisschen?« Ich deutete auf Bretts Gesicht. »Er hat veilchenblaue Augen.«

»Sie sind blau«, sagte Annelise und stupste mich in

die Rippen. »Sie müssen Lori verzeihen. Sie leidet noch immer unter dem Jetlag.«

»Es ist ein langer Flug von England«, sagte Brett verständnisvoll. »Brauchen Sie auch ein Pferd, Annelise?«

»Heute nicht, danke«, antwortete sie. »Lori reitet auch nicht.«

»Mummy hat Angst vor Pferden«, flötete Will.

»Ich habe keine Angst vor Pferden!«, protestierte ich.

»Hast du doch«, widersprach Rob. »Du hast sogar Angst, Toby Karotten zu geben, und der hat keine Zähne mehr.«

»Toby hat keine Zähne?« Brett war erneut verwirrt.

»Toby ist ein Pony«, erklärte Annelise rasch. »Ein älteres Pony in England.«

»Wir haben auf Toby reiten gelernt«, informierte Rob den Vorarbeiter.

»Aber jetzt haben wir unsere eigenen Ponys«, fügte Will hinzu. »Die sind schneller als Toby.«

»Und sie haben mehr Zähne«, fuhr Rob fort. »Sie heißen Thunder und Storm.«

»Wir haben auch eine Katze«, sagte Will. »Sie heißt Stanley. Haben Sie auch Katzen?«

»Kennen Sie Cowboy Sam?«, fragte Rob.

Brett schaute von einem plappernden Zwilling zum anderen und rieb sich grinsend den Nacken. »Meine Frau hat ein paar Katzen, ich habe auch ein paar Cowboys namens Sam gekannt, aber keiner von denen arbeitet auf der Brockman. Die Ponys, die ich für euch ausgesucht habe, sind dort hinten in der Koppel. Wollt ihr sie sehen?«

»Bitte, ja!«, riefen die Jungen im Chor.

»Dann los«, sagte Brett.

Er schlenderte mit den beiden Jungen und Toby voran, aber Annelise hielt mich am Arm fest, bis sie hinter dem Haus verschwunden waren.

»Mal im Ernst, Lori«, schalt sie. »Hast du nicht gemerkt, wie peinlich das Ganze dem armen Mann war? Du hast sogar auf ihn gezeigt!«

»Aber …«, begann ich.

»Kein Aber«, unterbrach Annelise mich streng. »Ab jetzt wird niemand mehr angestarrt. Und auch Kit Smith wird nicht mehr erwähnt. Der arme Kerl kann Kit nicht von einem Loch im Boden unterscheiden, also Schluss damit. Er wird denken, du hättest den Verstand verloren.«

Sie ließ meinen Arm los und folgte der Gruppe.

Ich dachte über die Szene nach und musste Annelise zustimmen. Sie hatte gut daran getan, mich zusammenzustauchen. Langsam ging ich ihr hinterher. Ich hatte weniger Brett als mich selbst in eine peinliche Lage gebracht. Kit Smith, dessen Manieren makellos waren, hätte sich für mich geschämt. Ich beschloss, ihn Brett gegenüber nicht mehr zu erwähnen.

Ein Holzzaun umgab die Reitkoppel. Brett und die Zwillinge standen in der Koppel, bei dem Schwingtor aus Metall. Dort warteten zwei Ponys. Annelise und Toby hatten sich auf die kleine Tribüne auf der anderen Seite der Koppel gesetzt, wo einige Pappeln Schatten spendeten.

Ein halbes Dutzend halbwüchsiger Jungs mit schmuddeligen Cowboyhüten auf dem Kopf hatten sich an den Zaun gestellt, um das Spektakel zu beobachten. Zweifellos hatte die Reitkleidung meiner Söhne sie angelockt. Ich drückte mich an ihnen vorbei und stellte mich wenige Schritte entfernt von Brett, den Zwillingen und den Ponys auf.

Brett hatte zwei Palomino-Ponys ausgesucht. Sie hießen Nip und Tuck und wirkten nicht allzu wild. Während Brett die Regeln der Reiterkoppel erklärte, begutachteten die Zwillinge ihre zukünftigen Reittiere mit fachmännischen Blicken.

»Am Anfang kommt einer nach dem anderen dran«, sagte Brett schließlich. »Und nicht losreiten, bevor ich es sage.«

Er zog Nips Sattelgurt fester an und half Rob in den Sattel. Dann justierte er die Zügel und wollte das Führungsseil ergreifen, um Nip um die Koppel zu führen, aber Rob protestierte.

»Ich weiß, wie das geht«, sagte er ungeduldig.

Brett warf mir einen fragenden Blick zu. Ich nickte bestätigend, und er ließ das Führseil los. Rob ließ Nip einmal im Schritt um den Ring gehen und ließ ihn dann die verschiedenen Gangarten zeigen, vom langsamen Schritt über den Trab bis zum leichten Galopp, bevor er ihn wieder in den Schritt brachte und genau neben Tuck stehen blieb. Will bedachte Brett mit einem Wir-haben's-doch-gesagt-Blick, und ohne große Umschweife half Brett nun auch Will in den Sattel.

»Ihre Jungs sind sehr gut unterrichtet worden«, meinte Brett zu mir, nachdem er über den Zaun geklettert war. »Mein lange verloren geglaubter Zwillingsbruder muss ein guter Lehrer sein.«

Mein Gesicht nahm die Farbe einer Himbeere an.

»Du hast 'nen Zwillingsbruder, Brett?«, fragte einer der Zuschauer.

»So heißt es«, sagte Brett grinsend und stellte mich den jungen Männern vor. »Lori Shepherd, das sind Dusty, Lefty, Happy, Sneezy, Dopey und Doc.«

Beinahe hätte ich »Guten Morgen« gesagt. Erst in letzter Sekunde wurde mir klar, dass ich hier auf den Arm genommen wurde, und ich verzog das Gesicht und stimmte in das allgemeine Gelächter ein. Nachdem die jugendlichen Helfer sich wieder eingekriegt hatten, stellten sie sich mir auf korrekte Weise vor und hießen mich auf der Brockman willkommen. Dann gingen sie zu Annelise hinüber. Ich fragte mich, ob sie den gleichen Trick noch einmal ausprobieren würden.

Annelise hatte die Videokamera, ich bediente den Fotoapparat. Während sie die Action filmte, machte ich Schnappschüsse von den Zwillingen. Schließlich stellte ich mich zu Brett und sah den Jungs bei ihrer liebsten Freizeitbeschäftigung zu.

»Wie gefällt's Ihnen da oben im Aerie?« Brett legte seine Arme auf den obersten Balken. »Macht Toby sich gut?«

»Toby ist großartig«, antwortete ich. »Er tut alles für uns. Wenn ich ihn nicht aufhalten würde, würde er neben allem anderen auch die Wäsche waschen und kochen. Und in das Aerie habe ich mich schon verliebt. Wenn es mir gehören würde und der Weg nicht so weit wäre, würde ich jedes Wochenende hier verbringen. Ich kann kaum glauben, dass es die Auerbachs seit Weihnachten nicht mehr genutzt haben.«

»Ich auch nicht.« Brett schüttelte den Kopf. »Die Auerbachs haben die gesamten Schulferien hier verbracht und fast alle Wochenenden, aber seit sechs Monaten haben sie sich nicht mehr hier blicken lassen. Außer dem Hausmeister hat sich seitdem überhaupt niemand in dem Haus aufgehalten.«

»Wirklich? Ich hatte den Eindruck, dass die Auerbachs das Aerie oft ihren Freunden überlassen würden.«

»In letzter Zeit ist keiner mehr gekommen«, sagte Brett. »Wahrscheinlich ist Bluebird der Art von Leuten, die die Auerbachs kennen, nicht elegant genug. Der Anblick des Sees langweilt sie bald, sie brauchen schicke

Geschäfte und Restaurants. In Caroline's Café kann man prima essen, aber ich würde es nicht schick nennen.«

Ich beobachtete Will und Rob, die ihre Ponys ein paar Achterfiguren traben ließen, und wandte mich wieder an Brett. »Wenn das Aerie seit Weihnachten leer steht, warum haben die Auerbachs einen Hausmeister eingestellt?«

»Nun, genau eben deshalb«, antwortete Brett. »Ein Haus wie das Aerie kann man nicht unbewohnt lassen. Man weiß nie, was dort oben passieren kann – gefrorene Leitungen, Sturmschäden. Jemand muss an Ort und Stelle sein, um nötige Reparaturen sofort durchführen zu können, und James war ein Tausendsassa.«

Ich spitzte die Ohren. »Sie kannten James Blackwell?«

»Ich würde nicht sagen, dass ich ihn kannte«, entgegnete Brett. »Er ist ab und zu hier vorbeigekommen. Er hat sich für die lokale Geschichte interessiert und ein paar Fragen gestellt. Wollte wissen, wie Bluebird so war in den alten Zeiten.«

Ich dachte an die Bücher in der Bibliothek des Aerie. »War James ein Hobbyhistoriker?«

»Schon möglich«, meinte Brett. »Aber ich bin keiner. Ich sagte zu ihm, wenn er was über Bluebird wissen wolle, solle er nach Bluebird gehen. Da hat er mir von Dick Major erzählt.« Brett drehte den Kopf zu mir. »Haben Sie Dick schon kennengelernt?«

»Nein«, sagte ich. »Wir waren noch gar nicht in der Stadt.«

Bretts Augen verengten sich. »Dick Major ist ein Großmaul, das allen auf die Nerven geht. Am besten wäre, er würde dorthin zurückkehren, wo er hergekommen ist, aber es scheint, als wolle er sich in Bluebird einnisten. James hat erzählt, er hätte nicht mal ein Bier in der Bar oder einen Kaffee im Café trinken können, ohne dass Dick aufgetaucht wäre. Dann setzte er sich stets ungefragt zu ihm an den Tisch und warf James an den Kopf, dass er ein fauler Nichtsnutz sei, der Geld von den Auerbachs kassierte, ohne irgendetwas dafür zu tun. Er solle sich einen richtigen Job besorgen und seinen reichen Arbeitgebern nicht mehr auf der Tasche liegen. Einen Penner hat er ihn genannt, vor allen Leuten.«

»Wieso hat Dick Major auf James herumgetrampelt?«, fragte ich.

»Weil James ein leichtes Opfer war«, meinte Brett. »James war nicht von hier, er hatte keine Verwandten oder Freunde, die ihn hätten unterstützen können.«

»Wieso nicht? Ich meine, wieso hatte er keine Freunde?«

»Er war irgendwie schüchtern«, antwortete Brett. »Ein netter Kerl, aber sehr ruhig und in seine Welt vertieft – genau die richtige Zielscheibe für Idioten wie Dick.«

»Ich hasse Typen, die andere schikanieren«, platzte es aus mir heraus.

»Ich auch.« Brett schüttelte den Kopf. »Wenn ich mitbekommen hätte, dass er James fertigmacht, wäre ich eingeschritten, aber Dick ist schlau. In meiner Gegenwart hat er nie sein wahres Gesicht gezeigt. Nach einer Weile mied James Bluebird schließlich. Er blieb einfach im Aerie oder kam höchstens dann und wann zu uns heraus. Ich schätze, er hat zu viel Zeit allein verbracht und angefangen, die ganzen Geschichten zu glauben.«

»Was für Geschichten?«

»Geschichten, die nur Narren glauben.« Er schnaubte verächtlich. »Er versuchte die ganze Zeit herauszufinden, ob nicht doch etwas Wahres an ihnen war. Und dann ist er einfach ohne ein Wort verschwunden. Sie hatten Glück, dass Toby für ihn einspringen konnte.

Toby ist ein feiner Kerl. Ich kenne ihn schon, seit er noch kleiner war als Ihre Jungs.« Brett legte das Kinn auf die Arme und musterte mich von der Seite. »Stimmt es, dass Sie Angst vor Pferden haben?«

»Ähm, ja.« Der abrupte Themenwechsel hatte mich glatt auf dem falschen Fuß erwischt. »Meine Söhne lügen nie, selbst wenn ich's mir wünschen würde.«

»Und Sie sind zum ersten Mal in den Rockies?«, fragte Brett weiter.

»Ja.«

»Nun, dann mache ich Ihnen einen Vorschlag. Lassen Sie Will und Rob einfach den ganzen Tag über hier. Annelise kann gerne bei ihnen bleiben. Dann können sie mit den anderen Gästen Mittag essen und zusammen mit ihnen heute Nachmittag den Ausritt machen. Währenddessen können Sie sich von Toby die Gegend zeigen lassen. Er kennt hier jeden Flecken, der sehenswert ist. Ich bringe die Zwillinge rechtzeitig zum Abendessen zum Aerie zurück.«

»Haben Sie einen Wagen mit Kindersitzen?«, fragte ich.

»Ich kann welche einbauen«, sagte Brett. »Wir haben sie für Gäste auf Lager. Zu uns kommen öfter Eltern mit kleinen Kindern. Dauert keine Minute, bis ich die drin habe. Sie passen genau in meinen Pick-up.«

»Klingt gut«, meinte ich. »Aber ich muss das mit Annelise besprechen. Sie hat sich noch immer nicht ganz an die Höhe gewöhnt und braucht später vielleicht ein Nickerchen.«

»Sie kann gerne eines der Gästehäuser nutzen«, sagte Brett. »Meine Frau wird dafür sorgen, dass sie sich wohlfühlt. Ich passe derweil auf Will und Rob auf.«

»Sehr freundlich von Ihnen«, sagte ich. »Aber ich

weiß gar nicht, ob Annelise den ganzen Tag hier bleiben möchte.«

»Möglicherweise«, begann Brett und schaute auf das andere Ende der Reitkoppel hinüber, »will sie aber auch gar nicht mehr weg.«

Ich folgte seinem Blick und stellte fest, dass sich mittlerweile mindestens ein Dutzend Männer um Annelise geschart hatten. Einige waren Ranchhelfer, andere Gäste, aber allesamt hatten sie die Hüte gelüftet und buhlten um ihre Aufmerksamkeit.

»Das Kindermädchen Ihrer Söhne hat einen Fanclub«, kommentierte Brett mit einem milden Lächeln. »Muss an dem hübschen Kleid liegen, das sie trägt. Die meisten Mädchen hier tragen Jeans.«

»Sie ist verlobt«, informierte ich ihn. »Und extrem vernünftig.«

»Es tut jeder Frau gut zu wissen, dass sie bewundert wird«, meinte Brett. »Auch einer verlobten und vernünftigen.«

Offenbar verstand Brett eine ganze Menge von Frauen. Annelise hatte nicht das Geringste dagegen, den Tag auf der Ranch zu verbringen. Toby seinerseits würde mich begleiten, wohin ich auch wollte. Und mir passte es auch, dass die Zwillinge nach Herzenslust reiten durften, während ich ins Aerie zurückkehrte. Ich hatte Tante Dimity einiges mitzuteilen.

Will und Rob ließen sich immerhin erweichen, kurz von den Ponys zu steigen, um sich von mir einen Abschiedskuss geben zu lassen. Annelise holte ihre zusätzlichen Sachen aus dem Van, und Toby und ich fuhren davon. Das Letzte, was ich hörte, waren die Zwillinge, die Brett mit Fragen zu dem bevorstehenden Ausritt löcherten.

Toby und ich hatten etwa die Hälfte der unbefestigten Straße zurückgelegt, als uns ein Mädchen auf einer Appaloosa-Stute entgegenkam. Sie war nicht ganz zwanzig, war schlank und hatte lange Beine, ein makelloses ovales Gesicht, eingerahmt von ungebändigten goldenen Locken, die im Sonnenlicht wie Kornseide glänzten. Sie hielt an, als wir näher kamen, und sah uns mit Augen an, die wie dunkle Saphire leuchteten.

»Howdy, Belle!«, rief Toby, als wir langsam an ihr vorbeifuhren.

»Belle?«, fragte ich matt. »Wer ist das?«

»Die Tochter von Deke und Sarah Brockman«, antwortete Toby. »Sie hat im vergangenen Herbst Brett Whitcombe geheiratet. Es hat Belle zwei Jahre gekostet, ihn vor den Altar zu bekommen. Brett wollte einfach nicht glauben, dass sich so ein schönes junges Ding in einen alten Cowboy wie ihn verliebt hatte. Nicht dass Brett besonders alt ist, er fand sich nur zu alt für Belle. Aber schließlich hat Belle ihn erweichen können. Wie man so sagt, wahre Liebe überwindet jedes Hindernis.« Toby sah mich an. »Alles in Ordnung, Lori? Sie schauen drein, als hätten Sie einen Geist gesehen. Halten Sie Brett etwa auch zu alt für Belle?«

»Aber nicht doch. Wie Sie sagten, wahre Liebe«, murmelte ich und ging nicht weiter auf das Thema ein. Wenn ich Toby erzählt hätte, dass Belle Whitcombe Nell Harris wie aus dem Gesicht geschnitten war, einer jungen Frau, die es sich in den Kopf gesetzt hatte, einen Mann mit veilchenblauen Augen zu heiraten, der doppelt so alt war wie sie, hätte er mich sicherlich sogleich in die nächstgelegene psychiatrische Klinik ausfliegen lassen. Aber Tante Dimity würde ich davon erzählen. »Ich weiß, wir wollten eigentlich eine Tour machen, Toby, aber ich möchte lieber ins Aerie zurück. Ich fühle mich etwas müde.«

»Ist Ihre Schulter steif geworden?«, fragte er.

»Was wissen Sie von meiner Schulter?«, fragte ich abrupt.

»Sie haben doch erwähnt, dass Sie sich vor einigen Wochen an der Schulter verletzt hätten«, sagte er. »Und wenn Sie erschöpft sind, reiben Sie sich die Schulter. Wenn es wirklich wehtut, empfehle ich ein langes heißes Bad im Außenbecken.«

Der Gedanke, Toby einzuladen, mir bei dem heißen Bad im Außenbecken Gesellschaft zu leisten, war verlockend, aber ich konnte es nicht riskieren. Wenn Toby meine Narbe sah, würde er zweifellos Fragen stellen, die zu beantworten ich nicht die Absicht hatte. Vier Nächte in Folge hatte Abaddon keinen Zugang in meine Träume gefunden, und so sollte es auch bleiben. Den Schuss zu beschreiben würde meinen schwarzäugigen Teufel vielleicht wieder herbeilocken.

Abgesehen davon musste ich Tante Dimity umgehend mitteilen, was ich auf der Brockman Ranch gesehen und gehört hatte. Ich konnte das blaue Tagebuch sicher nicht mit in die Badewanne nehmen. Ich war nicht einmal sicher, ob die Art von Tinte, mit der Dimity schrieb, verlief, wenn sie nass wurde, aber ich wollte auch das nicht riskieren.

»Mit der Schulter ist alles in Ordnung«, sagte ich brüsk. »Ich brauche nur ein bisschen Schlaf. Fahren wir zum Aerie zurück.«

»Ihr Wunsch ist mir Befehl«, sagte Toby und wendete in Richtung Bluebird.

Kapitel 8

Als wir zum Aerie zurückgekehrt waren, blieb Toby draußen, um Gestrüpp zu beschneiden und ein paar Schösslinge zu fällen, die zu nahe an der Feuerstelle wuchsen, als wolle er Brett Whitcombes Bemerkung illustrieren, dass man einen Ort wie das Aerie nicht zu lange unbeaufsichtigt lassen durfte. Haus und Grundstück, belehrte mich Toby, nachdem er sich das T-Shirt ausgezogen und die Axt ergriffen hatte, mussten ständig in Schuss gehalten werden, damit sie nicht von dem umgebenden Wald verschlungen wurden.

Eine schwächere Frau als ich hätte ihm noch ein Weilchen bei seiner schweißtreibenden Arbeit zugesehen, aber entgegen Tante Dimitys Auffassung war ich sehr wohl zur Selbstdisziplin fähig. Ich empfahl mich und begab mich in meine Suite. Der Vormittag war so schön, dass ich am liebsten die Türen zum Balkon geöffnet hätte, aber ich konnte nicht riskieren, dass Toby mich von dort unten scheinbare Selbstgespräche führen hörte.

»Ich könnte ihm Tante Dimity nicht erklären, selbst wenn ich wollte«, sagte ich zu Reginald, während ich das blaue Tagebuch vom Nachttisch nahm. »Also lassen wir die Balkontüren erst mal schön geschlossen.« Ich zwickte dem rosafarbenen Häschen in die Ohren, setzte mich in den Sessel am Kamin und schlug das blaue Tagebuch auf. »Dimity?«, sagte ich aufgeregt. »Bist du da? Ich habe dir so viel zu erzählen.«

Die geschwungenen Buchstaben in Königsblau erschienen auf der Seite.

Haben wir endlich etwas von Danny Auerbach gehört? Wissen wir jetzt, warum er mit seiner Familie das Aerie verlassen hat?

»Zu Danny komme ich gleich. Aber zuerst muss ich dir von etwas anderem berichten.« Ich machte eine dramatische Pause. »Doppelgänger!«

Ich weiß, was ein Doppelgänger ist, meine Liebe. Warum willst Du über dieses Thema reden?

»Weil ich heute Morgen gleich zwei Doppelgänger gesehen habe, auf der Brockman Ranch.« Ich stürzte mich in eine detaillierte Beschreibung meiner Begegnung mit Belle und Brett Whitcombe und wartete gespannt auf Dimitys Reaktion. Sie fiel eher enttäuschend aus.

Das klingt in der Tat sehr nach Nell Harris und Kit Smith.

»Sie sind exakt wie Nell und Kit«, sagte ich. »Ist das nicht unglaublich?«

Man sagt, jeder Mensch habe einen Doppelgänger, Lori.

»Aber sie sehen nicht nur gleich aus«, beharrte ich. »Belles Vater ist der Besitzer der Brockman Ranch, und Brett ist hier als Vorarbeiter beschäftigt. Nells Vater ist der Besitzer von Anscombe Manor, wo Kit als Stallmeister arbeitet. Und Brett wollte Belle nicht heiraten, weil er glaubte, zu alt für sie zu sein – genau wie Kit! Das ist doch fantastisch!«

Es gibt solche Zufälle, Lori. Ich würde dem nicht zu viel Bedeutung beimessen.

»Oh, ich messe dem viel Bedeutung bei«, beharrte ich. »Verstehst du denn nicht, Dimity? Das ist ein Omen, ein gutes Omen. So wie es mit Belle und Brett geklappt hat, wird es auch bei Nell und Kit der Fall sein.« Ich neigte den Kopf zur Seite und fügte nachdenklich hinzu: »Vielleicht sollte ich Belle fragen, wie sie Brett dazu gebracht hat, sie zu heiraten. Nell wäre bestimmt dankbar für ein paar Tipps.«

Unterstehe Dich, dergleichen zu tun! Wirklich, Lori, Du kannst Dich nicht in das Privatleben anderer Menschen einmischen, nur weil sie Dich an Leute erinnern, die Du kennst.

»Wahrscheinlich nicht«, räumte ich zögernd ein. »Aber wenn ich sie erst besser kenne …«

Aber Du müsstest sie mehrere Jahre kennen, um ihr eine solche Frage stellen zu können. Hast Du vor, so lange auf Aerie zu bleiben, bis Rob und Will zu alt für Ponys sind?

»Nein«, sagte ich lachend. »Also gut, Dimity, ich werde die Sache auf sich beruhen lassen. Und wenn ich sonst noch jemanden sehe, der mich an zu Hause erinnert, halte ich den Mund. Ich möchte auch nicht wieder von Annelise den Kopf gewaschen bekommen. Nach ihrer Standpauke kam ich mir vor, als hätte sie mich dabei erwischt, wie ich Graffiti auf die Mauer des Pfarrhauses sprühe.«

Danken wir dem Herrn für Annelises Verstand und ihre guten Manieren. Lass es Dir gesagt sein, Lori, niemand hört es gerne, wenn man ihm sagt, dass er genau so sei wie jemand anderes. Wir glauben nur allzu gerne, dass wir einzigartig sind. In neun von zehn Fällen stimmt das nicht, aber wir glauben es nun mal gerne. Sind Deine Begegnungen mit diesen Doppelgängern alles, was Du an Neuigkeiten mitbringst?

»Ich fange gerade erst an«, sagte ich und lehnte mich zurück. »Du hast mich doch gebeten, herauszufinden, warum James Blackwell das Aerie so abrupt verlassen hat.«

In der Tat.

»Nun«, begann ich, »ich glaube, ich weiß die Antwort. Oder den Teil einer Antwort. Oder etwas, was die Antwort sein könnte, wenn ich der Sache erst einmal gründlich nachgegangen bin.«

Lori, Du sollst hier doch überhaupt nichts nachgehen. Du

machst Ferien. Du sollst Dich entspannen. Ich wünschte, ich hätte nichts von meinen Zweifeln erwähnt.

»Aber du hast sie erwähnt«, erinnerte ich sie. »Und es hat gar keinen Sinn, mir zu raten, ich solle sie vergessen.«

Ich weiß. Wenn es darum geht, ein Geheimnis ans Licht zu befördern, bist Du wie ein Bluthund. Andererseits hüpfst Du wie ein Känguru von einem voreiligen Schluss zum nächsten.

»Ich weiß«, räumte ich ein. »Aber dieses Mal bin ich sicher, dass ich eine Spur habe. Ziemlich sicher.«

Nun gut, dann lass mich Deine Theorie hören – oder das, was eine werden könnte.

Ich grinste und fuhr voller Selbstvertrauen fort. »Ich habe auf der Ranch einige sehr interessante Dinge erfahren. Brett Whitcombe hat mir erzählt, dass ein großmäuliger Angeber namens Dick Major James Blackwell das Leben schwergemacht haben soll, wann immer er sich in der Stadt blicken ließ. Er hat ihn vor allen Leuten beleidigt, hat ihm vorgeworfen, er sei ein fauler Nichtsnutz, der sich einen richtigen Job suchen solle, anstatt sich von seinen Arbeitgebern fürs Nichtstun bezahlen zu lassen. Ich glaube, Dick Major hat James aus dem Aerie vertrieben.«

Willst Du damit sagen, dass James Blackwell einen angenehmen und zweifellos auch lukrativen Job gekündigt hat, nur weil ihn ein Großschwätzer aus dem Ort auf dem Kieker hatte?

»Ja«, bestätigte ich. »Brett Whitcombe hat mir erzählt, dass James ein stiller, schüchterner Mann gewesen sei, genau der lammfromme Typ, der sich von einem großkotzigen Angeber vertreiben lässt.«

Aber James Blackwell war bereits sechs Monate als Hausmeister tätig, bevor er kündigte. Warum hat es so lange ge-

dauert, bis Dick Major ihn davongeekelt hat, wenn er so schüchtern und lammfromm war?

Ich überlegte leicht verunsichert. »Jeder kann bis zu einem bestimmten Punkt einstecken, Dimity«, sagte ich schulterzuckend. »Vielleicht hat James Blackwell sechs Monate gebraucht, bevor seine persönliche Schmerzgrenze erreicht war. Oder vielleicht ...« Ich zögerte kurz, denn mir war eine andere, bessere Erklärung eingefallen. »Vielleicht hat James etwas über Dick Major gehört, das ihm Angst eingejagt hat. Brett Whitcombe meinte, dass James ihn gefragt habe, ob einige von den Geschichten, die man sich im Ort erzählte, wahr seien.«

Und ging es bei diesen Geschichten auch wirklich um Dick Major?

»Das weiß ich nicht«, musste ich gestehen. »Brett hat sie mir nicht erzählt. Vielleicht wollte er mich nicht beunruhigen, da ich ja im Aerie wohne. Aber vielleicht hat James das Haus ja verlassen, weil er gehört hatte, dass Dick auch gewalttätig werden konnte. Was, wenn James davor Angst hatte, dass aus Dicks verbalen Nadelstichen echte Fausthiebe werden könnten?«

Ich kann Deine Fantasie nur bewundern, Lori, aber ich frage mich doch, ob Deine Sichtweise nicht durch das gefärbt ist, was Dir letztens zugestoßen ist. Es ist noch nicht so lange her, dass Du um Dein Leben fürchten musstest, weil ein mordlüsterner Irrer Dich bedrohte.

»Es gibt eben solche Zufälle«, meinte ich leichthin. »Wenn Kit und Nell nicht die einzigen Kit und Nell auf der Welt sind, dann kann Abaddon nicht der einzige verrückte Mörder sein.«

Du scheinst in Känguru-Laune, Lori. Mit einem einzigen furchtlosen Gedankensprung hast Du einen großmäuligen Querulanten in einen verrückten Mörder verwandelt.

»Aber was, wenn er genau das ist?«, fragte ich. »Das

könnte erklären, warum die Auerbachs so überhastet aufbrachen. Vielleicht hatten auch sie Angst vor ihm.«

Warum sollte Danny Auerbach seinen Hausmeister dieser Gefahr aussetzen? Warum sollte er zusehen, wie Du, Annelise, zwei kleine Kinder und der junge Toby das Aerie beziehen, wenn er glaubte, von einem gefährlichen Irren bedroht zu werden? Und warum in aller Welt sollte Danny vor diesem Irren davonlaufen? Danny ist ein wohlhabender und einflussreicher Geschäftsmann. Wenn er seine Familie in Gefahr glaubte, würde er kaum seine Koffer packen und davonlaufen. Er würde seinen Anwalt unterrichten und die Polizei rufen. Zweifellos besitzt er gute Kontakte zu einigen wichtigen Personen der Exekutive. Wahrscheinlich spielt er mit einigen sogar Golf.

»Ich verstehe, was du meinst«, sagte ich ergeben. »Auch wenn mir meine Theorie gefällt, ein wenig löcherig ist sie schon.«

Deine Theorie ist löcheriger als ein Sieb. Ich schlage vor, dass Du sie stopfst, bevor Du weitere voreilige Schlüsse ziehst.

»Kein Problem«, meinte ich. »Ich frage Toby, ob er irgendwelche düsteren Geschichten über Dick Major gehört hat. Wenn nicht, mache ich mich nach Bluebird auf und klinke mich in das lokale Gerüchtenetzwerk ein. Irgendjemand wird mir schon die Wahrheit verraten. In einer kleinen Gemeinschaft bleibt nichts unbemerkt.«

Eine ausgezeichnete Idee. Ich würde Dir Glück wünschen, aber Du wirst keins brauchen. Seit Du nach Finch gezogen bist, kennst Du Dich in Gerüchteküchen ganz gut aus. Du nimmst sicherlich Toby mit, wenn Du nach Bluebird gehst, oder?

»Sicher«, antwortete ich. »Er muss mich den Bürgern vorstellen. Wieso?«

Mir wäre es lieber, dass Du jemanden bei Dir hast, wenn

Du auf Dick Major triffst. Ich sähe es ungern, wenn solch ein grober Klotz Dir den Urlaub verderben würde.

Ich musste lächeln, als Dimitys elegante Handschrift verblasste. Ich klappte das Tagebuch zu und legte es zurück auf den Nachttisch. Vergnügt rieb ich meine Handflächen aneinander. Seit auf mich geschossen worden war, hatte ich keinen Klatsch mehr ausgetauscht. Es wurde Zeit, dass ich wieder in Übung kam.

Es war fast zwei, als ich das Wohnzimmer betrat. Toby bereitete in der Küche einen späten Lunch zu. Er hatte bereits den Teakholztisch gedeckt, der auf dem Frühstücksdeck stand. Dort genossen wir nicht nur unser Mahl, sondern auch den Sonnenschein und die Aussicht. Ich wartete, bis er seinen Obstsalat aufgegessen und einen ersten Bissen vom Rosmarin-Hähnchen-Croissant genommen hatte. Dann fragte ich, ob er irgendwelche Geschichten über den berüchtigten Dick Major kenne.

»Geschichten über Dick?« Toby stieß einen leisen Pfiff aus und rollte mit den Augen. »Mehr, als ich zählen kann. Ich habe den Mann noch nie getroffen, aber seit seiner Ankunft in Bluebird hat er sich reichlich unbeliebt gemacht. Ich kenne Namen für ihn, die ich besser nicht erwähne.«

»Nicht gerade der Beliebteste, was?«, sagte ich.

»Er ist so beliebt wie ein Moskitoschwarm.« Toby spießte ein Stückchen kalten Spargel auf. »Wo haben Sie von Dick Major gehört?«

»Auf der Ranch«, antwortete ich. »Brett Whitcombe hat mir erzählt, dass Dick es auf James Blackwell abgesehen hatte.«

»Das überrascht mich nicht«, meinte Toby. »Dick scheint ein Typ zu sein, dem es Spaß macht, andere einzuschüchtern.«

»Ist er gefährlich?«, fragte ich.

»Dick ist eine Plage, aber kein Gangster«, sagte Toby abfällig. »Er hat so oft Streit mit seinem Nachbarn angezettelt, bis der arme Mann schließlich ans andere Ende der Stadt gezogen ist, nur um seine Ruhe zu haben. Das hat sich herumgesprochen. Das Haus neben Dicks steht noch immer leer.«

»Wann ist er nach Bluebird gekommen?«, fragte ich. Vielleicht gab es eine Verbindung zwischen seinem Eintreffen und dem Aufbruch der Auerbachs.

»Vor ungefähr einem Jahr.«

»Vor einem Jahr?«, sagte ich enttäuscht. »Nicht erst kurz vor Weihnachten?«

»Ich bin ziemlich sicher, dass er lange vor Weihnachten hier war«, sagte Toby. »Warum interessiert er Sie so sehr?«

»Ich habe mich gefragt, warum James Blackwell gekündigt hat«, sagte ich. »Vielleicht war er es leid, sich von Dick schikanieren zu lassen.«

»Sie könnten recht haben, auch wenn das bedeuten würde, dass ich meinen Job ausgerechnet Dick Major verdanke.« Toby grinste verdammt charmant und aß weiter.

»Wieso sind Sie Dick bislang nie begegnet?«, fragte ich.

»Pures Glück.« Toby deutete mit seiner Gabel auf meinen Teller. »Wie schmeckt das Croissant?«

»Wunderbar«, antwortete ich. »Alles schmeckt köstlich, aber Sie hätten sich nicht so viel Mühe machen müssen.«

»Hab ich auch nicht«, meinte Toby grinsend. »Ich hab's aus dem Café mitgebracht.«

Ich biss herzhaft in mein Croissant. Wenn Caroline's Café auch nur im Entferntesten Sally Pyne's Teestube in

Finch glich, wäre es das Klatsch- und Tratsch-Epizentrum von Bluebird – der ideale Startpunkt für meine Tour durch die örtliche Gerüchteküche. Aber noch bevor ich einen Besuch in der Stadt vorschlagen konnte, klingelte mein Handy. Ich entschuldigte mich bei Toby und ging ins Wohnzimmer.

»Lori?« Bills Stimme klang so deutlich, als stünde er neben mir. »Ich habe endlich Danny erreicht.«

»Hast du herausgefunden, was Weihnachten geschehen ist?«, fragte ich sofort.

»Nicht genau«, antwortete Bill. »So wie es aussieht, war es Florence, die darauf bestanden hat abzureisen.«

»Florence?«

»Dannys Frau. Sie wollte jedoch nicht erklären, warum sie das Haus verlassen sollten, und sie ist nicht die Sorte Frau, die man ins Kreuzverhör nehmen kann. Danny selbst wäre geblieben. Aber Florence hat mittlerweile eine solche Abneigung gegen das Aerie entwickelt, dass sie sich weigert, es je wieder aufzusuchen. Danny hat es sogar zum Verkauf angeboten.«

»Das Aerie steht zum Verkauf?« Ich fühlte mich, als hätte mir jemand einen Schlag in den Magen verpasst. »Das glaube ich einfach nicht.«

»So sind die Besitzer von Immobilienfirmen, Lori«, sagte Bill. »Sie bauen und verkaufen.«

Ich ließ meinen Blick durch das Wohnzimmer wandern und schüttelte den Kopf. Federn, Knochen, merkwürdig aussehende Äste, die Ernte von diversen Familienwanderungen, all das hatte man liebevoll in den rustikalen Vitrinen ausgestellt. Tobende Kinder hatten an den gemütlichen Möbeln ihre Spuren hinterlassen. In der Küche hatte man zusammen gekocht und um den großen Esstisch herum gesessen. Man brauchte auch nicht viel Fantasie, um sich vorzustellen, wie sich Danny, seine Frau, die Söhne und die Tochter an Weihnachten um den Kamin versammelt hatten, Weihnachtslieder sangen, Marshmallows rösteten und heißen Apfelwein tranken. »Nicht das Aerie«, sagte ich bestimmt. »Er hat das Aerie nicht gebaut, um es zu verkaufen. Es ist Dannys Baumhaus, Bill.«

»Sein was?«, sagte Bill.

»Sein ganzer Stolz«, erläuterte ich. »Wenn du mich fragst, ihm ist das Aerie so wichtig wie uns das Cottage. Ich kann nicht glauben, dass er es verkaufen will. Seit wann ist es auf dem Markt?«

»Seit kurz nach Weihnachten«, antwortete Bill.

»Und was sollen wir tun, wenn hier ein potenzieller Käufer erscheint?«, fragte ich. »Uns im Wald verstecken?«

»Für die Zeit eurer Anwesenheit hat Danny natürlich alles auf Eis gelegt«, beruhigte Bill mich. »Und um die Wahrheit zu sagen, er findet gar keine Käufer. In den letzten sechs Monaten ist er bereits zweimal mit dem Preis heruntergegangen, aber niemand hat ein Angebot abgegeben. Ich glaube, langsam bereut er seine Entscheidung, an einem solch abgelegenen Ort gebaut zu haben.«

»Es ist herrlich hier«, sagte ich.

»Aber es ist nicht Aspen«, meinte Bill.

»Es ist besser als Aspen. Es würde Danny das Herz brechen, wenn er das Aerie verkaufen würde«, sagte ich traurig, und in diesem Augenblick fasste ich einen Entschluss. Ich wusste nicht, was Florence das Aerie so verleidet hatte, aber ich war willens, es herauszufinden. Wenn Dick Major schuld daran war, würde ich dafür sorgen, dass er es zutiefst bereute. Ich wusste, wie es ist, wenn man einen Ort, den man liebt, verlassen muss. Ich wollte nicht, dass Danny und seiner Familie das Gleiche zustieß.

»Danny hat mir von dem Verkauf ganz im Vertrauen erzählt«, sagte Bill. »Behalte es also bitte für dich.«

»Weiß Toby davon?«

»Toby Cooper? Ich glaube kaum.«

»Aber Toby geht davon aus, dass er den ganzen Sommer hier verbringen kann«, sagte ich. »Wenn Danny das Aerie verkauft, nachdem wir weg sind, verliert er seinen Job.«

»Danny hat in sechs Monaten kein einziges Angebot bekommen«, sagte Bill geduldig. »Wenn nicht ein Wunder geschieht, kann Toby den Job behalten, bis das College wieder anfängt.«

»Das hoffe ich.«

»Wir können nur abwarten«, meinte Bill. »Sicher ist das eine ganz unglückliche Situation, aber lass uns nicht darüber grübeln, Lori. Du bist zu deinem Vergnügen dort. Ich möchte nicht, dass du dich wegen Dingen auf die Palme bringen lässt, die du sowieso nicht beeinflussen kannst.«

Ich hockte bereits auf der Palme und war keineswegs davon überzeugt, dass ich die Dinge nicht beeinflussen konnte. Bill verschwieg ich das allerdings. Er hätte sich nur die Schuld dafür gegeben, mich beunruhigt zu haben.

»Bist du auf der Ranch?«, fragte er.

»Nein, aber du glaubst nicht, wen ich dort gesehen habe ...«

Bills Reaktion auf meine Beschreibung von Belle und Brett Whitcombe war noch blasierter als die Dimitys, was mich unendlich fuchste. Er glaubte, dass ich eine solch starke Ähnlichkeit zu erkennen glaubte, weil ich Heimweh hatte. Sein mitleidiger Tonfall erzürnte mich so sehr, dass ich mir schwor, beim nächsten Mal auf der Ranch Fotos von Belle und Brett zu machen, um meine Behauptungen zu belegen.

»Lass dich dabei aber nicht von Annelise erwischen«, mahnte Bill. »Sie wird deine Kamera konfiszieren, und du musst dich in eine Ecke stellen, bis du versprichst, brav zu sein. Ich rufe dich morgen wieder an, Liebes.«

Ich hätte schwören können, dass er das Gespräch mit einem leisen Glucksen beendete.

Aus diesem Grund trat ich recht mürrisch auf die Veranda hinaus, aber Toby verbesserte meine Stimmung mit dem Vorschlag, am nächsten Tag den Gottesdienst in Bluebird zu besuchen. Ich versicherte ihm, dass ich mir keine schönere Art vorstellen konnte, meinen ersten Sonntag in Colorado zu verbringen. Meiner Erfahrung nach war der Platz vor der Kirche nach der Sonntagsmesse der ideale Ort, etwas vom örtlichen Klatsch mitzubekommen. Auch wenn Toby durch die Information, dass Dick Major schon lange vor Weihnachten nach Bluebird gekommen war, meine Lieblingstheorie zunichtegemacht hatte, war ich nach wie vor davon überzeugt, dass dieser Rüpel irgendetwas mit dem Verschwinden James Blackwells als auch der Abreise der Auerbachs zu tun hatte. Ich war entschlossen, ihn zu entlarven, bevor die Woche um war.

Meine Lauschaktion musste jedoch um einen Tag verschoben werden, weil Will und Rob darauf drängten, an der Cowboymesse auf der Brockman Ranch teilzunehmen, die sich als ganztägige Veranstaltung entpuppte. Nach dem Gottesdienst, bei dem Country-Gitarren und Cowboy-Jodler erschallten, fand ein großer Picknick-Lunch statt, dem ein Rodeo folgte, bei dem meine Söhne Tricks auf den Ponys zeigten, die ich noch nie gesehen hatte und eigentlich auch lieber nicht gesehen hätte. Ich setzte ein wohlwollendes Lächeln auf, während sie sich auf den Ponys präsentierten, aber hinterher taten mir die Finger weh, weil ich mich so fest an den Tribünensitz geklammert hatte.

Das Rodeo zog sich bis zum abendlichen Barbecue hin, das mit einem Lagerfeuer beendet wurde, an dem man Cowboylieder sang und dramatische Cowboygedichte rezitierte. Als wir uns verabschiedeten, schlug Brett vor, die Zwillinge und Annelise am nächsten Morgen vom Aerie abzuholen und sie für einen weiteren Tag auf dem Ponyrücken zur Ranch zu bringen.

Nachdem ich mich mit Annelise besprochen hatte, nahm ich das Angebot dankbar an. Ich wusste, dass meine Söhne zufrieden gewesen wären, wenn sie den Rest der Ferien im Sattel hätten verbringen dürfen. Mir fiel auch auf, dass selbst die vernünftige Annelise ihre ersten Erfahrungen mit dem Cowboy-Charme offensichtlich genoss.

Es war fast Mitternacht, als wir das Aerie mit zwei todmüden, aber hochzufriedenen kleinen Cowboys erreichten. Ich hatte ein paar heimliche Aufnahmen von Brett und Belle gemacht. Wenn ich gewusst hätte, wie man Bilder per Laptop übertragen kann, hätte ich sie noch in der Nacht Bill gemailt.

Kapitel 9

Unsere nächtlichen Festivitäten machten weder Will noch Rob etwas aus. Montagmorgen krabbelten sie ebenso munter wie früh aus ihrem Zelt, zogen ihre frisch gewaschene Reitkleidung an und plapperten wie die Elstern mit ihrem Vater, als der um neun Uhr anrief. Nach einem raschen Frühstück stellten sie sich an die Fensterfront und hielten Ausschau nach Brett Whitcombes Pickup. Er kam um Viertel vor zehn und holte die Zwillinge und Annelise ab. Toby und ich waren uns selbst überlassen.

»Wie wäre es, wenn wir heute unseren Ausflug nach Bluebird machen?«, fragte ich, als wir den Geschirrspüler beluden. »Ich möchte die Stadt erkunden.«

»Klingt gut.« Er schloss die Spülmaschine und lehnte sich dagegen, die Arme vor der Brust verschränkt, und sah mich herausfordernd an. »Fahren oder gehen?«, fragte er.

»Gehen«, antwortete ich tapfer. »Es sei denn, Sie finden, es sei zu weit für mich.«

»Es ist nicht zu weit«, entgegnete er. »Wenn wir den leichtesten Weg nehmen, brauchen wir höchstens zwanzig Minuten. Sie kommen nicht mal ins Schwitzen.«

»Nur weil es bergab geht.«

»Sie schaffen das schon, Lori«, meinte Toby aufmunternd. »Schnappen Sie sich Ihren Hut und ziehen Sie sich die Wanderschuhe an. Es ist mal wieder ein herrlicher Tag in Colorado.«

Mir schien, als sei jeder Tag in Colorado herrlich. Seit

unserer Ankunft hatte ich nicht ein einziges Wölkchen am Himmel gesehen, und der Schnee, der mich noch am Flughafen in Angst und Schrecken versetzt hatte, lag nur noch auf den schattigsten Gipfeln. Obwohl es erst zehn Uhr morgens war, konnte ich mich in Shorts und T-Shirt auf den Weg machen, auch wenn ich vorsichtshalber eine Regenjacke mit in Tobys Rucksack packte. Ich erinnerte mich an seine oft wiederholte Warnung, dass das Wetter in den Bergen rasch umschlagen kann.

Der Pfad in die Stadt begann an der Westseite der Lichtung vor dem Aerie. Er war breit und eben, und die Fichtennadeln bildeten einen weichen Teppich, der wie Weihrauch duftete. Das warme Sonnenlicht drang flackernd durch den Schutz der Bäume.

»Wir befinden uns auf dem Lord-Stuart-Pfad«, informierte Toby mich. »Früher fuhr hier eine Schmalspurbahn, die die Hauptmine mit dem weiterverarbeitenden Hüttenwerk in Bluebird verband.«

»War die Lord-Stuart-Mine denn so ergiebig?«, fragte ich.

»Sie war die größte im ganzen Tal«, antwortete Toby. »Grandad hat mir erzählt, dass hier bis zu zweihundert Männer arbeiteten. Sie gingen neben dem Schienenstrang zur Mine hinauf. Ihre Unterkünfte waren in Bluebird. Der Lord-Stuart-Pfad war seinerzeit eine Hauptverkehrsstraße.«

»Kein Wunder, dass es sich hier so leicht läuft«, sagte ich. »Ich mag Hauptverkehrsstraßen.«

»Sehen Sie«, meinte Toby zufrieden.

Am Rand des ausgetretenen Pfades blühten die verschiedensten Wildblumen. Ich versuchte, die bildreichen Namen zu behalten, die Toby aufzählte – die Sonnenbraut, der Blutstorchschnabel, die Götterblume, der weiße Trompetenbaum – aber als er auf ein »rosa Katzenpfötchen« deutete, prustete ich los.

»Rosa Katzenpfötchen?«, sagte ich. »Sie machen Witze.«

»So heißt sie nun mal«, beharrte Toby. »Es gibt auch Alpenkatzenpfötchen. Eigentlich kann man ›Alpen‹ vor jeden Pflanzennamen setzen, ohne viel falsch zu machen. Alpensonnenblume, Alpenlilie, Alpenklee …«

»Alpenmagnolie«, ergänzte ich, »Alpeneukalyptus …«

»Alpenpalme, Alpenrübe«, fuhr er fort.

Als wir zur Alpenbougainvillea kamen, kicherten wir so hemmungslos, dass wir stehen bleiben mussten. Ich lehnte mich an eine Tanne, völlig außer Atem, und mir wurde klar, dass ich seit dem Schuss auf mich nicht mehr richtig gelacht hatte. Bill hatte sich fast übermenschlich um mich gekümmert, und meine beste Freundin Emma hatte mir tapfer Beistand geleistet, aber Toby, der nichts von meinem Beinahezusammenstoß mit Gevatter Tod wusste, hatte mir etwas geschenkt, von dem ich erst jetzt merkte, wie sehr ich es gebraucht hatte: eine gesunde Portion Albernheit. Als wir unseren Weg nach unten fortsetzten, bedankte ich mich stumm bei ihm.

Der Lord-Stuart-Pfad war so wunderschön gewesen und wir hatten so viel Spaß gehabt, dass ich fast enttäuscht war, als wir den Stadtrand und die asphaltierte Lake Street erreichten. Das erste Haus, das wir sahen, hatte eine wunderbare Aussicht auf den See. Allerdings hatte jemand ganze Müllberge darum herum aufgetürmt. Empört starrte ich auf rostige Bettfedern, mehrere alte Waschmaschinen und schimmelige Matratzen, ein verschlissenes Kunststoffsofa, eine Autoheizung und unzählige andere Gegenstände, die irgendwann einmal einen Archäologen interessieren würden. Bei mir erzeugten sie nur Abscheu.

»Beurteilen Sie Bluebird nicht nach Dick Majors Haus«, bat Toby.

»Hier wohnt Dick Major?« Abrupt blieb ich stehen und sah mir das Haus genauer an. Das Dach schien intakt, aber die Farbe an den Mauern blätterte ab, und fast alle Fenster waren mit Brettern zugenagelt. »Was für eine Müllhalde.«

Toby legte die Finger auf die Lippen und zog mich fort. »Lassen Sie uns schnell weitergehen, Lori. Sie wissen ja, ich bin Dick noch nie begegnet, und ich will mein Glück nicht herausfordern.«

»Sorry«, sagte ich, während wir weitergingen. Ich sah über die Schulter zurück. Wie konnte jemand nur inmitten dieses Unrats leben? »Womit verdient er sein Geld? Ist er Schrotthändler?«

»Keine Ahnung«, antwortete Toby.

»Ich wette, sein Nachbar ist nur deshalb weggezogen, weil er den Geruch der schimmeligen Matratzen nicht mehr aushalten konnte«, kommentierte ich.

»Mag sein.« Toby ging schneller.

Mit jedem Schritt wurden die Häuser adretter. Keines war so gepflegt wie die Häuser in Finch, aber die meisten strahlten einen etwas abgewetzten Charme aus. Besonders gefiel mir ein winziges viktorianisches Cottage, das man lavendelfarben gestrichen hatte, mit hellvioletten Zierleisten. Lupinen, Akelei und vorwitzige Mohnblumen wuchsen in verschwenderischer Pracht im Vorgarten und drängten sich mitsamt einiger leuchtender Alpenblumen fast durch den Zaun.

Die meisten Geschäfte Bluebirds befanden sich auf der Stafford Avenue, einen Block von dem Highway entfernt, der die Stadt in zwei Hälften teilte. Die Gebäude waren aus Holz oder Backstein, in einem viktorianischen Stil, der vermuten ließ, dass sie noch vor der Jahrhundertwende gebaut worden waren. Welchem Zweck sie auch immer gedient hatten, heute beherbergten die Häuser eine Mixtur aus Läden für den alltäglichen Bedarf und solchen, die Reisende oder Touristen aufsuchten.

Der Eisenwarenladen lag neben *Eric's Mountain Bikes*, der Gemüseladen neben dem Antiquitätengeschäft, das sich sinnigerweise *Hauptader* nannte, das Postamt neben einer Kunstgalerie, die Aquarelle einer örtlichen Künstlerin namens Claudia Lechet ausstellte. *Sweet Jenny's Ice Cream Emporium* hatte sich auf *Süßes nach alter Art* spezialisiert, und *Crazy Chris'* Campingbedarf hatte gerade Köder im Sonderangebot für alle, die auf dem Lake Matula oder an den Strömen, die durch das Vulgamore-Tal flossen, Forellen angelten.

Toby und ich besuchten *Dandy Don's*, eine Mischung aus Drogerie und Souvenirgeschäft, wo ich ein paar Postkarten mit Bergmotiven erstand, die denen ähnelten, die wir auf unserer Wanderung gesehen hatten. Da ich stets darauf achte, kleine lokale Geschäfte zu unterstützen, erwarb ich auch noch eine Tüte mit Akeleisamen für Emma, ein Paar vergoldeter Espenblatt-Ohrringe für Annelise, ein Paar Wildledermokassins für mich und zwei niedliche Stofftiere – Büffel –, die Rob und Will an ihren ersten Besuch im Wilden Westen erinnern sollten.

Es wimmelte nicht gerade von Touristen auf der Stafford Avenue, aber ein paar gab es doch, die hier und dort ihre Nase in einen der Läden steckten, Eiswaffeln schleckten, Karten studierten oder einander unter dem Schild von *Altman's Saloon*, HIER GIBT'S DEN WELTBERÜHMTEN ALTMAN-BURGER, fotografierten. Während ich eine Familie beobachtete, die sich für die Kamera in Pose setzte, dachte ich daran, was es doch für eine

Schande wäre, wenn Querulanten wie Dick Major solchen Menschen mit einer unflätigen Bemerkung oder einer obszönen Geste die Laune verderben würden.

Erfreut stellte ich fest, dass man sich große Mühe gegeben hatte, die Hauptstraße zu verschönern. An den altmodischen, schmiedeeisernen Straßenlaternen hingen Körbe mit vielfarbigen Mohnblumen, neben manch einer Ladentür stand eine reich verzierte Holzbank. Ein großes Banner spannte sich über die Straße und verkündete: GOLDRAUSCH-FEST IN BLUEBIRD, 8. bis 10. JULI, aber mein Blick fiel eher auf eine bescheidene Holztafel, die über einer Tür zu unserer Rechten hing.

»Caroline's Café!«, rief ich. »Nichts wie rein. Ich könnte ein kaltes Getränk vertragen, und Sie könnten mich Carrie Vyne vorstellen. Ich möchte ihr gerne sagen, wie gut alles geschmeckt hat, was Sie aus ihrem Café mitgebracht haben.«

»Nach Ihnen«, sagte Toby.

Eine Ladenklingel ertönte leise, als er die Tür mit dem Spitzenvorhang für mich aufhielt. Ich ging hinein, blieb kurz stehen und sah mich völlig bezaubert um. Caroline's Café erinnerte mich an die Teestube daheim in Finch. Auch hier war alles charmant durcheinandergewürfelt, Tische, Stühle und Geschirr, und fast hätte mich das Heimweh gepackt.

»Wo ist Carrie Vyne?«, flüsterte ich.

»Dort hinter der Theke mit den Backwaren.« Toby flüsterte ebenfalls. »Was ist los?«

»Nichts«, sagte ich und atmete erleichtert auf, während wir uns zu einem freien Tisch begaben.

Wenn Carrie Vyne auch noch wie Sally Pyne, Besitzerin von Finchs einziger Teestube, ausgesehen hätte, wäre ich wahrscheinlich auf der Stelle in Ohnmacht gefallen. Zum Glück verhielt es sich anders. Beide Frauen waren im mittleren Alter, aber Sally war klein und rund, Carrie groß und stattlich. Sallys grelle Jogginganzüge waren in Finch ein beliebtes Gesprächsthema, Carries Aufmachung lud kaum zum Tratschen ein. Sie trug Jeans, Turnschuhe und eine hellrosa Hemdbluse. Sally hatte ihr stahlgraues Haar kurz geschnitten, Carries Haar fiel ihr in sanften Wellen bis auf die Schultern und rahmte ein von Falten durchzogenes, aber freundliches Gesicht ein.

»Schon wieder da, Toby?«, sagte sie gut gelaunt, als sie an unseren Tisch kam, um Wasser in die Gläser einzuschenken, die bereits dort standen. Ihre Stimme klang hell und musikalisch, im Gegensatz zu Sally Pynes rauem Stakkato.

»Wohin sollte ich sonst für ein zweites Frühstück gehen?«, entgegnete Toby mit einem Grinsen. Er deutete mit der Hand auf mich. »Carrie, das ist Lori Shepherd, Lori, das ist Carrie. Lori ist die Frau, von der ich dir erzählt habe, Carrie. Sie wohnt im Aerie.«

»Freut mich, Lori«, sagte sie.

»Mich auch«, erwiderte ich. »Und noch mehr als das. Wir lieben das Essen, das uns Toby vom Café heraufbringt – die Hörnchen, die Marmeladen, die belegten Croissants. Sie sind eine großartige Köchin und eine begnadete Bäckerin.«

»Aber nicht doch«, sagte Carrie und errötete leicht. »Gefällt es Ihnen dort oben?«

»Aber ja«, sagte ich. »Leider kann ich Ihnen meine Söhne nicht vorstellen. Sie sind auf der Brockman Ranch zum Reiten.«

»Ich hörte bereits, dass sie zwei sehr gute kleine Reiter sind«, sagte Carrie.

Fast hätte ich gesagt: »Das glaube ich gerne«, aber ich hielt mich gerade noch zurück. Es freute mich, dass Carrie ihr Ohr am Puls von Bluebird zu haben schien, aber ich wollte sie nicht beleidigen, indem ich anklingen ließ, sie sei eine Klatschbase.

»Sie machen sich ganz gut«, meinte ich.

»Oh, besser als gut«, entgegnete Carrie. »Nach dem, was ich gehört habe, werden sie bis zum Ende der Woche Kälber einfangen können.«

»Oh Gott, ich hoffe nicht«, sagte ich beunruhigt.

»Brett passt schon auf sie auf«, meinte Carrie beruhigend. Sie stellte die Karaffe mit Wasser auf dem Tisch ab. »Was kann ich Ihnen bringen, Lori? Was Toby will, weiß ich bereits.«

»Ich nehme das Gleiche wie Toby.«

»Kommt sofort.«

Carrie ging hinter ihre Theke zurück und kam ein paar Minuten später wieder an unseren Tisch, mit zwei Gläsern eiskalter Limonade, zwei kleinen, nicht zusammenpassenden Tellern und einem größeren, auf dem Kekse lagen, die mir verdächtig bekannt vorkamen.

»Calico Cookies!«, jubelte Toby. »Meine Lieblingssorte! Danke, Carrie. Was ist heute drin?«

»Sag du's mir«, entgegnete sie mit einem Augenzwinkern und wandte sich einem anderen Gast zu.

Toby nahm einen Keks, biss hinein und kaute langsam und konzentriert.

»Schokoladenstückchen«, murmelte er, »getrocknete Cranberrys und … Mandeln?« Er erwachte aus seiner Trance und bat mich zu probieren. »Carrie fügt dem Grundrezept jeden Tag andere Zutaten hinzu. Man weiß nie genau, was einen erwartet. Aber wenn ich in der Stadt bin, benutzt sie eines nie – Kokosnuss. Sie weiß, dass ich Kokosnuss nicht ausstehen kann.«

Ich starrte die Kekse an, als seien es Handgranaten. Wenn Toby die Wahrheit sagte – und ich hatte keinen Grund anzunehmen, dass er es nicht tat -, dann handelte es sich bei Carrie Vynes Calico Cookies um das Pendant zu Sally Pynes Crazy Quilt Cookies. Auch die enthielten kein Kokos. Ich führte einen Keks an den Mund, biss hinein und schmeckte die bekannte Mischung aus süß und leicht würzig. Langsam legte ich den Keks auf meinen Teller.

»Wissen Sie, woher sie das Rezept hat?«, fragte ich mit leicht zitternder Stimme.

»Ich glaube, das stammt von ihr«, sagte Toby. »Sind sie nicht großartig?«

»Das sind sie«, sagte ich und schaute zur Tür, wo gerade eine große Frau mit einem gegerbten Gesicht und einer mit Glasperlen verzierten Brille in das Café gestürmt kam.

Tobys Augen folgten meinem Blick, er seufzte leise und murmelte: »Schnallen Sie sich lieber an. Maggie Flaxton ist im Anmarsch.«

»Carrie!«, bellte Maggie Flaxton. »Warum hängt in deinem Fenster noch immer kein Plakat, das auf das Goldrausch-Fest aufmerksam macht? Wie sollen die Leute kommen, wenn wir keine Reklame machen?«

»Das Banner hängt doch genau vor meinem Laden«, sagte Carrie nachsichtig. »Alle meine Gäste erkundigen sich nach dem Fest.«

Die große Frau schnaubte skeptisch und baute sich vor mir auf. »Was ist mit Ihnen? Haben Sie sich nach dem Fest erkundigt?«

»Ich bin gerade erst gekommen«, sagte ich und kämpfte gegen den Drang an zu salutieren. »Aber ich wollte gerade …«

»Sie wohnen oben bei den Auerbachs, stimmt's?«, unterbrach Maggie Flaxton mich.

»J-ja«, brachte ich schüchtern hervor. Das musste an ihrem Feldwebelton liegen.

»Ich wette, Sie bleiben nicht lange«, röhrte sie. »Keiner bleibt lange, und wer kann es Ihnen verübeln? Ich würde es keine fünf Minuten dort oben aushalten. Aber wenn Sie im Juli noch hier sein sollten, könnten wir Ihre Hilfe gebrauchen. Alle Mann an Deck, heißt es beim Goldrausch-Fest. Toby zum Beispiel leitet den Wettbewerb im Holzhacken.« Sie wandte sich wieder an Carrie Vyne. »Ich will ein Schild in deinem Fenster sehen, bevor es dunkel wird.«

»Es wird da sein«, entgegnete Carrie ergeben.

»Besser wär's«, grummelte Maggie. »Ich kann nicht alles selber machen.« Mit tiefen Furchen auf der Stirn wirbelte sie herum und stampfte aus dem Café.

»Puh.« Toby wischte sich imaginären Schweiß von der Stirn. »Ich glaube, wenn sie wollte, könnte sie die Weltherrschaft ergreifen.«

»Gehört ihr ein Gemüseladen?«, fragte ich.

»Ja, und der Rest der Stadt, wenn man sie so sieht. Woher wussten Sie das?«, fragte Toby.

»Einfach mal geraten«, antwortete ich.

Ich aß meinen Keks auf und beschloss, Toby gegenüber keinesfalls zu erwähnen, wie sehr Maggie Flaxton einer Bewohnerin Finchs glich, Peggy Taxman. Ich hatte Tante Dimity versprochen, dass ich zu niemandem mehr über Doppelgänger sprechen würde, und ich würde mein Versprechen halten. Außerdem wollte ich nicht, dass Toby glaubte, ich hätte einen Sonnenstich.

»Ich frage mich, warum sie es keine fünf Minuten im Aerie aushalten würde«, sagte ich.

»Ich nicht«, entgegnete Toby mit dem Anflug eines Lächelns. »Das Aerie ist ihr zu entlegen. Wenn Maggie die Peitsche schwingt, braucht sie Publikum.«

Einen Augenblick später klingelte die Ladenglocke

erneut, und ein kleiner Mann mit schütterem Haar betrat fast vorsichtig das Café.

»Keine Bange, Greg«, rief Carrie ihm zu, »Maggie ist fort.«

»Greg Wilstead«, flüsterte Toby mir zu. »Der schüchternste Mann von Bluebird.«

»Lori!« Carrie sah lächelnd zu mir herüber. »Wenn sich deine Jungen für Eisenbahnen interessieren, solltet ihr Greg einen Besuch abstatten. Er hat eine riesige Anlage in seiner Garage aufgebaut, stimmt's, Greg?«

Der kleine Mann zog den Kopf ein, murmelte etwas Unverständliches und wich meinem Blick aus.

»Danke, Carrie, ich werde dran denken«, sagte ich benommen, während vor meinem geistigen Auge der schüchterne Glatzkopf George Wetherhead auftauchte, Finchs Experte für elektrische Eisenbahnen.

»Lori wohnt oben im Haus der Auerbachs«, erklärte Carrie.

Greg Wilstead hob den Kopf und sah mich mit einem Ausdruck an, der nichts anderes als blankes Entsetzen deutlich machte.

»Oh mein Gott«, hauchte er und verließ das Café, nachdem er noch schnell ein Hörnchen gekauft hatte.

»Was sollte denn das?«, fragte ich und sah ihm nach.

»Keine Ahnung«, sagte Toby. »Probieren Sie die Limonade, Lori. Sie wird jeden Morgen aus frisch gepressten Früchten gemacht.«

Ich hatte nur einmal an der Limonade genippt – sie war wirklich herrlich erfrischend –, als die nächsten Gäste das Café betraten, ein Pärchen mittleren Alters, beide extrem gebräunt und übergewichtig in bunten T-Shirts und weiten Shorts. Sie gingen sofort zur Theke und bestellten ein Dutzend Donuts, ein Dutzend Schweineöhrchen und dazu noch ein Dutzend Blaubeertörtchen.

Während sie darauf warteten, dass Carrie ihre Bestellung einpackte, ließen sie ihre Blicke durch das Café gleiten. Als sie Toby sahen, erhellten sich ihre Mienen.

»Howdy, Tobe«, rief die Frau.

»Wie läuft's so, Tobe?«, fragte der Mann.

»Prima. Setzt euch doch zu uns, solange ihr wartet.« Als die beiden an unserem Tisch Platz genommen hatten, wandte sich Toby zu mir. »Nick und Arlene Altman betreiben Bluebirds beliebteste Gaststätte, Lori.«

»Altman's Saloon?«, riet ich. »Dort, wo es die weltberühmten Altman-Burger gibt?«

»Das ist wahr«, sagte Nick stolz. »Arlene macht die größten und saftigsten Hamburger in den Rockies.«

»Wir sind ein familienfreundliches Lokal, Lori«, teilte Arlene mir mit. »Sie können Ihre Kleinen gerne mitbringen, wenn Sie mal bei uns vorbeischauen wollen.«

»Und deren attraktives Kindermädchen auch«, fügte Nick hinzu. »Die Boys von der Brockman haben mir viel von ihr erzählt.«

»Männer«, sagte Arlene und schnalzte mit der Zunge.

»Sicher hat Toby Ihnen schon verraten, dass ich meinen eigenen Gerstensaft braue«, sagte Nick zu mir, ohne sich weiter um seine Frau zu kümmern. »Trinken Sie gerne Bier, Lori?«

Hinter seinem Rücken schüttelten Toby und Arlene energisch den Kopf.

»Ach, wissen Sie«, sagte ich auf das Signal hin. »Eigentlich trinke ich kaum Alkohol.«

»Vielleicht fangen Sie damit an, wenn Sie zu lange im Aerie bleiben«, gluckste Nick.

»Unsere Bestellung ist fertig, Nick«, sagte Arlene, und die beiden wuchteten sich von ihren Stühlen hoch.

»War mir ein Vergnügen, Lori«, sagte Nick. »Und sehen Sie sich vor, okay?«

»Sei endlich still, Nick«, sagte Arlene. »Hören Sie gar nicht auf meinen Mann, Lori. Er ist wie ein Fesselballon, voller heißer Luft.«

»Nein, das bin ich nicht«, sagte Nick und strich über seinen imposanten Bauch. »Das kommt von deinen großen, saftigen Hamburgern.«

Er gluckste noch immer, als sie bezahlten und auf die Straße hinaustraten.

Nachdem die Tür zugegangen war, beugte sich Toby zu mir.

»Probieren Sie niemals, wirklich niemals Nicks Bier«, sagte er. »Ich musste an meinem achtzehnten Geburtstag davon trinken, er hat es mir spendiert. Am nächsten Morgen hat mir der Kopf nur so gedröhnt. Das Zeug ist lebensgefährlich.«

Standhaft verkniff ich es mir, ihn auf die auffallende Ähnlichkeit zwischen dem fassförmigen Nick Altman und dem gleichermaßen beleibten Dick Peacock hinzuweisen, Wirt des Peacock's Pub in Finch, der einen Wein machte, den man als Lösungsmittel benutzen konnte. Stattdessen sprach ich Nicks ziemlich beunruhigende Bemerkungen bezüglich des Aerie an.

»Warum hat Nick gesagt, ich solle mich dort oben vorsehen?«, fragte ich.

»Wahrscheinlich fürchtet er, dass Sie sich überanstrengen«, sagte Toby. »Er und Arlene halten nicht viel von Bewegung.«

»Ach«, tat ich erstaunt.

Toby lachte auf, doch als die Ladenglocke ein weiteres Mal ertönte, brach er unvermittelt ab.

»Oh nein«, murmelte er. »Das Glück hat mich verlassen.«

»Du bist früh dran heute, Dick«, sagte Carrie. »Was kann ich für dich tun?«

Ich schaute verstohlen über die Schulter und erhaschte einen ersten Blick auf den berüchtigten Dick Major.

Kapitel 10

Dick Major sah weder wie ein gefährlicher Irrer noch wie ein Schrotthändler aus. Er wirkte wie ein gutmütiger Onkel, und zu meiner ungeheuren Erleichterung ähnelte er niemandem aus Finch.

Sein Gesicht war rund und rosig, ein silbernes Brillengestell rahmte die hellblauen Augen ein, und sein grau meliertes Haar war auf sehr präzise Weise kurz geschnitten. Er trug ein kurzärmeliges gelbes Hemd, eine helle Baumwollhose und abgewetzte braune Wildlederschuhe. Er war nicht groß, aber ziemlich stattlich, da er breite Schultern und einen tonnenförmigen Oberkörper hatte, über den sich das Hemd spannte.

Als er Carries Frage beantwortete, klang seine Stimme erstaunlich hoch für einen Mann von solcher Statur. Er schien die Freundlichkeit in Person.

»Das Übliche?«, fragte Carrie.

»Sicher«, sagte er. »Schwarzer Kaffee und zwei Donuts mit Gelee. Gibt's heute Schweineöhrchen?«

»Aber ja«, sagte Carrie.

»Dann leg noch zwei dazu«, sagte Dick. »Ein großer Kaffee, bitte.«

»Der Kaffee dauert noch ein paar Minuten«, sagte Carrie. »Ich brühe gerade frischen auf.«

»Dann warte ich.« Dick Major wandte sich von der Theke ab und ließ einen scheinbar wohlwollenden Blick über die Gäste des Cafés schweifen. Seine hellblauen Augen leuchteten auf, als er Toby und mich entdeckte, und auf seinem Gesicht breitete sich ein Grinsen aus. Als

117

er sich unserem Tisch näherte, überkam mich ein unangenehmes Gefühl. Seine Augen waren irgendwie merkwürdig. Er riss sie zu weit auf und blinzelte kaum. Ich fragte mich, ob er irgendwelche Medikamente nahm.

»Dick Major«, sagte er und streckte mir eine große Hand mit dicken Fingern entgegen. »Sie sind die kleine Lady, die oben bei den Auerbachs wohnt?«

»Ja.« Nach einem kurzen Zögern schüttelte ich seine fleischige Pranke. Ihr Griff war nicht so fest, wie ich erwartet hatte. »Danny Auerbach ist ein alter Freund meines Ehemanns.«

»Aber Ihr Ehemann ist nicht hier«, bemerkte Dick, noch immer mit einem Grinsen auf den Lippen. »Nur Sie und Ihre kleinen Racker und diese … wie nennen Sie sie, Nanny? Muss schön sein, wenn man sich ein Kindermädchen leisten kann.«

Ich wusste nicht recht, was ich darauf erwidern sollte, aber Toby ersparte mir die Mühe.

»Sie sind nicht allein im Aerie«, sagte er bestimmt. »Ich bin auch dort.«

»Das habe ich gehört.« Dicks Oberlippe kräuselte sich abfällig, während er Toby von oben bis unten musterte, das manische Grinsen kehrte zurück, als er seine Aufmerksamkeit wieder mir zuwandte. »Und es gefällt Ihnen? Sie genießen es? Sehen sich alles an? Bleiben Sie länger?«

»Es gefällt uns ausgezeichnet, nicht zuletzt dank Toby«, antwortete ich und betonte den Namen unseres Hausmeisters. »Ich weiß noch nicht, wie lange wir bleiben. Zwei, drei Wochen, vielleicht einen Monat, vielleicht auch für den ganzen Sommer. Wir schauen mal, wie es so läuft.«

Dick beugte sich vor und stemmte sich mit seinen schinkengroßen Händen auf dem Tisch ab. »Ich würde meine Frau und meine Kinder nicht dort oben allein lassen, in der Obhut eines kleinen College-Boys. Aber vielleicht sind Sie mutiger als ich.«

Toby scharrte mit den Füßen, aber ich bedeutete ihm, ruhig zu bleiben. Ich wollte nicht, dass er sich mit Dick Major anlegte. Genauso gut hätte sich ein Chorknabe mit einem Catcher messen können.

»Ich bin sicher, dass Toby uns beschützen könnte, sollte das nötig sein«, versicherte ich. »Aber warum sollte es?«

»Wissen Sie es denn nicht?« Dick beugte sich noch weiter vor, bis sein riesiges, rosiges, grinsendes Gesicht nur wenige Zentimeter von meinem entfernt war. »Auf dem Auerbach-Haus liegt ein Fluch.«

Eine Sekunde lang starrte ich ihn mit offenem Mund an, bevor ich in schallendes Gelächter ausbrach. Dick Major konnte ja nicht wissen, dass auf meinem Nachttisch im Aerie ein todsicheres Fluch-Warnsystem lag. Wenn Tante Dimity auch nur den leisesten Hauch des Bösen in unserem Feriendomizil wahrgenommen hätte, hätte sie sofort Alarm geschlagen. Ihr Schweigen entlarvte Dicks düstere Kunde als harmloses Gewäsch.

Meine Reaktion schien ihm den Wind aus den Segeln zu nehmen. Er wich zurück, das Grinsen verschwand, und er sah mich verunsichert an.

»Wahrscheinlich bin ich wirklich mutiger als Sie«, sagte ich, als ich mich beruhigt hatte. »Ich glaube nicht, dass auf dem Aerie ein Fluch liegt.«

»Deine Bestellung ist fertig, Dick!«, rief Carrie.

»Komme gleich!«, antwortete er. Sein Grinsen kehrte mit voller Kraft zurück. Er beugte sich zu mir herab, stupste mich sanft unters Kinn und sagte leise: »Man kann den Glauben auch wechseln, kleine Lady. Sie werden schon sehen.«

Er wandte sich ab, ging zur Kasse, bezahlte und drohte mir neckisch mit dem Finger, als er das Café verließ.

»Wow«, sagte Toby und sah mich mit einer Mischung aus Überraschung und Bewunderung an. »Sie könnten Maggie Flaxton Konkurrenz machen, Lori. Ich habe noch nie gehört, dass jemand Dick Major mitten ins Gesicht gelacht hat.«

»Eigentlich wollte ich ihm die Hand brechen«, sagte ich und fuhr mir angewidert übers Kinn.

»Ich auch«, sagte Toby.

»Was hat er erwartet?«, fragte ich erbost. »Dass ich vor Schrecken bibbere? Meine Sachen packe und zum Flughafen rase? Nur weil er an irgendwelche absurden Flüche glaubt?«

»Ich denke, genau das hat er beabsichtigt«, meinte Toby. »Er hat versucht, Ihnen Angst einzujagen.«

»Nun, da hat er Pech gehabt.« Ich schaute aus dem Fenster. Draußen gingen sonnengebräunte Touristen vorbei. »Das Aerie ist also verflucht. Lächerlich. Ich habe noch nie in einem Haus gewohnt, das weniger verflucht ist, außer meinem Cottage zu Hause in England. Die Atmosphäre dort oben ist gut und gesund. Ich fühle mich sicher. Ich habe zum ersten Mal die Nacht durchgeschlafen, seit ich …« Ich brach ab, bemerkte Tobys neugierigen Blick und fuhr fort: »Seit ich mich an der Schulter verletzt habe.«

»Wie ist das denn passiert?«, fragte Toby.

»Ich bin vom Pferd gefallen«, log ich und wich seinem Blick aus.

»Ach so. Deshalb fürchten Sie sich vor Pferden. Muss ein böser Sturz gewesen sein.«

»Ja, ziemlich übel. Aber worauf ich hinauswill – das Aerie sendet gute Vibrationen aus.«

»Das finde ich auch«, sagte Toby.

»Aber eines ist seltsam«, fuhr ich nach einem kurzen Schweigen fort. »Dick Major scheint nicht der Einzige zu sein, der glaubt, dass auf dem Aerie ein Fluch liegt. Der Gedanke scheint hier weit verbreitet zu sein. Das würde erklären, warum Maggie Flaxton keine fünf Minuten dort oben verbringen würde und warum Greg Wilstead ausgesehen hat wie ein verängstigtes Kaninchen, als Carrie ihm erzählte, dass wir im Aerie wohnen.«

»Greg sieht immer aus wie ein verängstigtes Kaninchen«, warf Toby ein.

»Ich wette, Nick Altman glaubt auch daran«, fuhr ich fort, ohne auf seine Bemerkung einzugehen. »Er glaubt, dass der Fluch mich in die Trunksucht treiben wird.« Ich griff nach einem zweiten Keks. »Warum erzählen Sie mir nicht etwas über diesen Fluch, Toby? Die Kinder aus der Stadt müssen Ihnen in den Sommerferien doch auch damit gekommen sein. Haben Sie nicht Ihren Großvater gefragt?«

»Natürlich habe ich das getan.« Toby legte seinen vierten Keks wieder auf den Teller und sah mich eindringlich an. »Grandad meinte, dass ein vernünftiger Mensch nicht eine Hirnzelle damit verschwenden würde, über so etwas nachzudenken. Er war Arzt, ein Mann der Wissenschaft. Er hatte für Aberglauben nichts übrig.«

»Und Sie?«, fragte ich ungerührt.

»Ich halte mich auch für einen vernünftigen Menschen«, antwortete er. »Ich verbreite keinen abergläubischen Unfug.«

»Deshalb haben Sie die Geschichte uns gegenüber nicht erwähnt«, sagte ich nickend.

»Das stimmt. Geistergeschichten, die man sich am Lagerfeuer erzählt, sind eine Sache, aber Flüche können einen belasten. Grandad würde sich meiner schämen, wenn ich an solchen Unsinn glauben würde, und ich würde mich schämen … wenn ich Sie beunruhigt hätte.«

»Sie haben mich nicht beunruhigt«, sagte ich. »Ich möchte nur mehr darüber wissen. Selbst vernünftige Menschen interessieren sich für lokale Legenden.« Ich lächelte herausfordernd. »Kommen Sie schon, Toby, erzählen Sie mir von dem Fluch. Ich werde auch nicht ohnmächtig. Ich bin die Frau, die Dick Major ins Gesicht gelacht hat, schon vergessen?«

Toby seufzte entnervt, gab aber nach. »Grandad hat mir erzählt, dass es auf dem Gelände der Lord-Stuart-Mine nach ihrer Schließung im Laufe der Jahre immer wieder Unfälle gegeben hat, ein paar davon tödlich. Erwachsene, aber auch Kinder, die sich dort herumtrieben. Schließlich bildete sich unter ein paar Leuten – leicht beeinflussbare, abergläubische Leute – die Meinung heran, dass der Ort verhext sei.«

»Wie ist es zu den Unfällen gekommen?«

»Was glauben Sie?«, entgegnete Toby. »Wenn Leute auf alten Maschinen herumklettern, wenn sie in baufälligen Gebäuden herumstöbern, dann muss etwas passieren. Deshalb hat mir Grandad ja auch verboten, dort zu spielen, als ich klein war. Er wollte nicht, dass ich den Rest des Sommers mit dem Bein in Gips verbringen musste – oder Schlimmeres.«

Bei Tobys Worten fiel mir etwas ein, das Tante Dimity vor nur wenigen Wochen mir gegenüber erwähnt hatte, obwohl es mir wie ein Jahrhundert vorkam. *Wenn Du bestimmte Leute von einem Ort fernhalten willst, musst Du ihnen Angst einjagen. Man erzählt ihnen, dieser Ort sei verhext oder verflucht oder er bringe Unglück.* Mir schien, als habe der Fluch in der Vergangenheit durchaus etwas Gutes gehabt – nämlich die Kinder von einem extrem gefährlichen Spielplatz fernzuhalten –, aber so wie es aussah, hatte der Fluch überlebt, auch wenn sein Zweck obsolet geworden war.

»Heute ist es dort oben nicht mehr gefährlich«, fuhr Toby fort. »Mr Auerbach hat die Gegend sichern lassen, alles aufgeräumt und die Mine verschlossen. Und was immer die Leute sagen – Maggie, Nick, Greg, Amanda, Dick ...«

»Wer ist Amanda?«

»Die örtliche Hexe«, antwortete Toby kurz. »Sie glaubt an eine Menge Unfug. Aber mir ist es egal, was diese Leute sagen. Das Aerie ist nicht verflucht.«

»Das habe ich nie angenommen.« Versöhnlich hielt ich ihm die Hand hin. »Danke für die Aufklärung.«

Plötzlich tauchte Carrie Vyne an unserem Tisch auf und setzte sich auf den Stuhl, den Arlene Altman geräumt hatte. Auch wenn immer mehr Kunden kamen, schien sie sich darauf verlassen zu können, dass ihre beiden matronenhaften Verkäuferinnen mit den sich mehrenden Bestellungen zurechtkamen.

»Ich hoffe, Dick Major ist Ihnen nicht zu nahe getreten«, sagte sie mit besorgter Miene. »Normalerweise kommt er nicht vor Mittag. Ich hätte ihn am liebsten hinausgeworfen, aber ...«

»Sie führen ein Geschäft«, unterbrach ich sie mit einem verständnisvollen Nicken. »Sie können es sich nicht leisten, Stammkunden zu vergraulen, auch wenn sie so ... ungewöhnlich ... sind wie Dick.«

»Er ist nicht von hier«, sagte Carrie, als würde das Dicks aufdringliches Gebaren erklären. »Er kam vor zwei Jahren nach Bluebird, zusammen mit seiner Frau und seiner Tochter. Die Tochter ist abgehauen, sobald sie ihren Führerschein hatte, und die Frau folgte ihr ein paar

Wochen später. Ich schätze, sie hat es nicht mehr ausgehalten.«

»Hat was nicht ausgehalten?«, fragte ich.

»Auf einer Müllhalde zu leben.« Carrie deutete mit dem Kinn in die Richtung, in der Dicks Haus lag. »Es ist der ganzen Stadt ein Dorn im Auge, aber Dick macht keinerlei Anstalten, den Unrat wegzuräumen. Außerdem hat er sich dauernd mit seinen Nachbarn gestritten. Ich schätze, seiner armen Frau stand das Ganze bis hier. Schließlich hat sie sich davongemacht.«

»Jede Frau mit ein bisschen Selbstachtung hätte das getan«, sagte ich. »Wissen Sie, woher er kommt?«

»Von irgendwo aus dem Osten«, antwortete Carrie. »Er behauptet, er sei wegen der Gesundheit in die Berge gezogen. Ich wünschte nur, er hätte sich andere Berge ausgesucht.« Sie lächelte spitzbübisch. »Man hat sich im Stadtrat bereits darüber unterhalten, ob man vor seinem Haus nicht ein Schild aufstellen sollte: *Vorsicht, mürrischer alter Mann.*«

Ich lachte anerkennend und fragte: »Was fehlt ihm denn?«

»Er hat erzählt, dass er einen Arbeitsunfall gehabt hat«, sagte Carrie. »Er muss eine gute Abfindung von seiner Firma bekommen haben, denn er geht hier keiner erkennbaren Arbeit nach.«

»Nimmt er Medikamente?«, fragte ich eingedenk Dicks seltsam starren Blicks.

»Wenn, bezieht er sie nicht von *Dandy Don's*«, sagte Carrie. »Und ich habe auch nicht gehört, dass er öfter Päckchen mit der Post bekommt.«

Ich fing an, diese Frau zu lieben. Sie war besser informiert als ein FBI-Agent.

»Ich frage mich, was ihm zugestoßen ist«, sinnierte ich. »Er sieht ziemlich fit aus, bis auf den Bierbauch.«

»Könnte der Rücken sein«, meinte Carrie und neigte den Kopf. »Man sieht's den Menschen nicht an, aber der Rücken kann einen schnell flachlegen. Und die Schmerzen können einen ziemlich unerträglich machen. Ich hatte mal Ischias, und bis es besser wurde, bin ich jedem in meiner Nähe gewaltig auf die Nerven gegangen.«

Wir unterhielten uns eine Weile über die Schrecken des Ischias, wechselten zu Rheuma und Arthritis und wandten uns den Übeln von Asthma, Allergien und Migräne zu, bevor ich das Gespräch wieder in die von mir gewollte Richtung lenkte.

»Ich habe gehört, dass Dick dem alten Hausmeister des Aerie, James Blackwell, ziemlich zugesetzt haben soll«, sagte ich.

»Oh ja, er war ganz schrecklich zu James«, erwiderte Carrie und nickte betrübt.

»Ist er handgreiflich geworden?«, fragte ich.

Carrie schüttelte den Kopf. »Oh nein, so ist Dick nicht. Er hat noch nie die Hand gegen jemanden erhoben. Er sucht sich die Schwachstellen der Leute aus.« Carrie verschränkte die Arme auf dem Tisch und beugte sich vor, die klassische Tratsch-Pose. »Er hat James jedes Mal angeschnauzt, wenn er ihn hier traf. Arlene Altman sagt, dass es im Saloon genauso war. Nach einer Weile kam James nicht mehr in die Stadt. Und schließlich verschwand er ganz. Wirklich schade. Er war ein netter Mann.«

Ich verschränkte ebenfalls meine Arme. Ein eindeutiges Signal. »Dick hat mir erzählt, das Aerie sei verflucht.«

»Oh nein, nicht schon wieder diese alte Geschichte«, schnaubte Carrie unwirsch. »Da hat kaum noch jemand drüber geredet, bis die Auerbachs ihr Haus bauten, und dann fing alles wieder von vorne an. Ich sag's Ihnen, manche Leute glauben einfach alles. Ich hoffe, Dick hat Sie nicht beunruhigt.«

»Mich nicht«, sagte ich. »Aber vielleicht James. Ich habe gehört, dass James versucht hat herauszufinden, ob an den alten Geschichten etwas Wahres sei. Vielleicht haben ihn Dicks Geschichten so beeindruckt, dass auch er irgendwann an den Fluch glaubte.«

»Das bezweifle ich«, sagte Carrie. »Nur Narren und Kinder nehmen so etwas ernst, und James Blackwell ist keines von beiden. Der Mann war alles andere als einfältig. Er war gebildet und belesen, hatte immer ein Buch dabei, wenn er hierher kam, und er war höflich und anständig. Ich vermisse ihn.«

Ihre Worte brachten etwas ans Tageslicht, das ich in einer dunklen Ecke meines Gedächtnisses vergessen hatte, eine Erinnerung, die ich auch Tante Dimity nicht mitgeteilt hatte. Es war etwas, was Brett Whitcombe gesagt hatte, während wir den Zwillingen beim Reiten zusahen. James habe sich für die Geschichte des Ortes interessiert und gefragt, wie es in den alten Tagen in Bluebird zugegangen sei.

»Ein Hobbyhistoriker«, murmelte ich vor mich hin.

»Wie bitte?«, sagte Carrie.

Ich stützte mich noch etwas stärker auf und sah sie eindringlich an. »James Blackwell hat sich für die Geschichte von Bluebird interessiert. Vielleicht hat er etwas herausgefunden, das ihn an Dicks Gerede von dem Fluch glauben ließ.«

»Ich kann mir nicht vorstellen, was das sein soll«, meinte Carrie. »Aber wenn Sie etwas über lokale Geschichte erfahren wollen, sprechen Sie am besten mit Rose Blanding, Pastor Blandings Frau. Sie leitet die Bluebird Historical Society im alten Schulgebäude, wo auch das Touristenbüro ist, aber nur von neun bis eins. Dann übernimmt Claudia Lechat.«

»Die Künstlerin«, sagte ich eingedenk des Schildes im Fenster der Kunstgalerie.

»Claudia macht ein wenig von allem«, schmunzelte Carrie. »Sie hat sogar das Schild *Vorsicht, mürrischer alter Mann* entworfen. Aber was Bluebird betrifft, ist Rose die Expertin. Pastor Blanding und sie wohnen direkt neben der Lutheranerkirche zum Guten Hirten, draußen am See. Toby kann Ihnen den Weg zeigen. Um Viertel nach eins ist sie zu Hause.«

»Ich möchte sie lieber nicht in ihrem Heim stören«, wandte ich ein.

»Oh, Sie stören sie nicht«, versicherte Carrie. »Rose ist die Frau eines Pastors. Ihre Tür steht immer offen, für jedermann. Man muss noch nicht mal Lutheraner sein.« Sie schaute zu den vollbesetzten Tischen und lächelte entschuldigend. »Ich könnte den ganzen Tag hier sitzen und mit Ihnen reden, Lori, aber ich mache mich besser wieder an die Arbeit. Die Lunchgäste kommen langsam.«

»Vielleicht sollten wir auch gleich noch etwas bestellen«, schlug Toby vor. Er sah mich mit einem Schulterzucken an. »Warum bleiben wir nicht auch zum Lunch? Wir können ja doch erst in einer Stunde zu Mrs Blanding.«

»Ich nehme das Gleiche, was Toby bestellt«, sagte ich ohne zu zögern. »Außerdem würde ich gerne eine Schachtel Calico Cookies mitnehmen. Meine Söhne haben bereits festgestellt, dass die Keksdose im Aerie erschreckend leer ist.«

Carrie senkte bescheiden den Blick. »Glauben Sie, dass meine Kekse Ihren kleinen Jungen schmecken werden?«

»Auf jeden Fall«, beruhigte ich sie.

Da ich Tante Dimity etwas versprochen hatte, ließ ich unerwähnt, dass Rob und Will sich bereits in Carrie Vynes Kekse verliebt hatten, eine halbe Welt entfernt.

Kapitel 11

Kurze Zeit später brachte uns Carrie Vyne eine Mahlzeit, nach der wir es ohne Probleme bis zum Abendessen aushalten konnten: Brokkoli-Cremesuppe, Sauerteigbrot, ein großzügig bemessenes Stück Quiche Lorraine und süße rote Trauben, alles hausgemacht, bis auf die Trauben natürlich, aber die kamen immerhin von einem Weingut in Colorado. Um ein Uhr packten wir unsere Sachen zusammen, bezahlten, dankten Carrie für ihre Gastfreundschaft und machten uns auf den Weg.

Toby zeigte mir diverse Sehenswürdigkeiten und teilte ein paar Kindheitserinnerungen mit mir, während wir die Stafford Avenue hinunter zum See schlenderten. Ich hörte ihm jedoch nicht wirklich zu. Er trug die Keksschachtel, ich meine Tüte mit den Mitbringseln von *Dandy Don's*. Wir hatten breitkrempige Hüte auf, und unsere Wanderstiefel waren staubig. Wir hätten wie zwei unbeschwerte Touristen ausgesehen, wäre ich nicht so verschlossen und nachdenklich gewesen.

Je mehr ich darüber nachdachte, desto überzeugter war ich, dass James nicht so überhastet gekündigt hatte, weil ihn Dick Major tyrannisiert hatte. Ich war vielmehr sicher, dass der berühmte Fluch James in die Flucht geschlagen hatte. Danny Auerbachs Ex-Hausmeister mochte der vernünftigste Mensch auf der Welt sein, aber ich wusste besser als die meisten anderen, dass unter bestimmten Bedingungen jeder beeinflussbar war.

Wenn jemals ein Mensch zur richtigen Zeit am richtigen Ort gewesen war, um sich einen Schrecken einjagen zu lassen, dann James. Er hatte fast ein halbes Jahr ganz allein im Aerie gelebt. Das Haus lag weit genug von Bluebird entfernt, um einem einsamen Bewohner das Gefühl der Isolation zu vermitteln, und da sich in diesen sechs Monaten weder die Auerbachs noch einer ihrer Freunde hatten blicken lassen, blieben James nur die Routinearbeiten. Ansonsten hatte er genug freie Zeit, um sich Gedanken darüber zu machen, ob an den Gerüchten, die er überall hörte, etwas Wahres sei. Nicht nur Dick Major hatte ihm davon erzählt, auch viele scheinbar vernünftigere Bewohner von Bluebird.

Wenn James Blackwell so wissensdurstig war, wie Carrie Vyne ihn einschätzte, dürfte es ihm ein Anliegen gewesen sein, mehr über die Gerüchte herauszufinden. Er hatte Brett Whitcombe befragt, hatte in den Büchern der Bibliothek des Aerie nach Hinweisen gesucht. Einige hatte er offenbar sogar mit ins Café genommen, um dort weiterzulesen, während er seinen Kaffee trank. Vielleicht hatte er auch die örtliche Historical Society besucht.

Der eine hatte ihm vielleicht gesagt, dass es sich bei dem Fluch um blühenden Unsinn handele, ein anderer hatte womöglich geschworen, dass es ihn wirklich gab. Neugierig und gelangweilt wie er war, hatte er so lange nachgeforscht, bis er vielleicht die eine Information gefunden hatte, die ihn an den Fluch glauben ließ. Es war nicht schwer, sich vorzustellen, was als Nächstes geschehen war.

James lag nächtelang wach, dachte über den Hinweis nach und ließ sich von seltsamen Geräuschen, die ihn zuvor nie gestört hatten, in Angst und Schrecken versetzen. Ein harmloses Stolpern erinnerte ihn plötzlich an die Unfälle, einige davon tödlich, die jene lokale Legende inspiriert hatten. Er schlief immer weniger, stolperte immer öfter. Schließlich hatte die Angst den gesunden Menschenverstand besiegt.

Als gebildeter, intelligenter Mann hatte er sich sicherlich geschämt, seinem Arbeitgeber von seinen Ängsten zu berichten. Schließlich hatte er seine Sachen gepackt und war geflohen, ohne eine neue Adresse zu hinterlassen. Er hatte sich genauso plötzlich und unerklärbar davongemacht wie die Auerbachs selbst.

»Ich frage mich, ob Florence Auerbach von dem Fluch wusste«, überlegte ich laut.

»Ich habe keine Ahnung«, sagte Toby leicht gereizt. »Und ich kann nicht verstehen, warum Sie sich mit diesem Unsinn beschäftigen, wenn Sie all das …«, er fuhr mit dem Arm durch die Luft, »… um sich herum haben.«

»Hm? Was?« Ich schreckte aus meinen Gedanken auf und bemerkte erst jetzt wirklich, dass Toby mich von der Stafford Avenue an den mit Kieseln bedeckten Weststrand des Lake Matula geführt hatte. Mir bot sich ein wunderschöner Anblick.

Der lange schmale See lag zu unseren Füßen, eine leichte Brise kräuselte die Oberfläche des Wassers und schuf unzählige flüssige Facetten, die in der Sonne glänzten wie Katzengold. Etwas höher gelegen stand zu unserer Linken eine weiß angestrichene Kirche, deren Turmspitze vor dem Hintergrund der dunklen Fichten glänzte. Daneben erhob sich ein Haus im viktorianischen Stil, mit einer ganz umlaufenden Veranda und einem Türmchen mit üppigen Verzierungen, das fast so hoch war wie der Kirchturm. Das Haus war in gedecktem Taubengrau gestrichen, aber auch das konnte die flamboyante Architektur nicht verbergen.

»Es ist fantastisch«, sagte ich, vor Freude lachend. »Wie aus einem Märchen.«

»Ich bin froh, dass es Ihnen aufgefallen ist«, sagte Toby ironisch. »Das ist das Pfarrhaus, in dem Mr und Mrs Blanding wohnen.« Er fuhr mit der Spitze seines Schuhs durch die Kiesel. »Ich wünschte, ich hätte Ihnen nie von diesem Fluch erzählt, Lori. Wenn Sie sich nicht vorsehen, wird er noch zur Obsession.«

»Wenn ich das leiseste Zeichen von Obsession zeige«, sagte ich fröhlich, »haben Sie meine Erlaubnis, mich in den See zu werfen.«

»Ich werde es tun«, warnte mich Toby und drohte mir mit dem Zeigefinger.

Der Weg zum Pfarrhaus dauerte nur ein paar Minuten. Die Haustür war geöffnet, wie Carrie Vyne vorausgesagt hatte, aber die Fliegentür dahinter war verschlossen. Ich hob die Hand, um auf den Klingelknopf zu drücken, als wir von drinnen Stimmen hörten, die näher kamen. Toby erkannte sie sogleich.

»Das sind Rufe und Lou Zimmer«, sagte er strahlend. »Die Zimmer-Brüder werden Ihnen gefallen, Lori. Sie sind einzigartig.«

Nach meinen Erfahrungen auf der Brockman Ranch und in Caroline's Café war ich mehr als gewillt, seiner Behauptung zu widersprechen, aber ich biss mir auf die Zunge, was mir zunehmend schwerer fiel, als die beiden fraglichen Herren an der Tür standen.

Die Zimmers waren zierlich und sehr alt und glichen einander wie ein Ei dem anderen, von den Spitzen ihrer braunen Lederschuhe bis zu den Glatzköpfen. Sie hielten die gleichen Strohhüte in der rechten Hand und trugen die gleichen Manschettenknöpfe an ihren weißen gestärkten Hemden. Die Hemden steckten in adretten beigefarbenen Hosen mit Bügelfalten. Als sie die Stimmen erhoben, ähnelten sie einander so sehr, dass man im Dunkeln nicht hätte sagen können, wer gerade sprach.

Das Einzige, woran ich sie im hellen Licht des Tages unterscheiden konnte, war die Tatsache, dass einer von ihnen eine braune Aktentasche in der Hand hielt.

»Äußerst nett von dir, Rose«, sagte der mit der Aktentasche. »Wir bringen die Landkarten zurück ...«

»... sobald wir sie durchgesehen haben«, führte der andere den Satz fort. »Wir dürften schnell herausgefunden haben ...«

»... wo sich früher die Escalante-Schmiede befunden hat«, fuhr der Erste fort. »Der alte Lou glaubt, es sei auf der First Street gewesen ...«

»... und der alte Rufe schwört, es sei die Third«, sagte Lou. »Aber das kriegen wir raus. Erst einmal vielen Dank...«

»... für die Leihgabe«, beendete Rufe.

»Oh ... mein ... Gott«, hauchte ich.

Bluebird schien über eine ganze Armee von Doppelgängern zu verfügen. Einige hatte ich ja bereits getroffen, aber dass es hier auch das Gegenstück zu den Schwestern Pym in Finch geben würde, hätte ich mir nicht träumen lassen. Sie sprachen sogar in deren berühmten Pingpong-Stil. Wenn ich mich nicht an Tobys Arm festgehalten hätte, wäre ich wahrscheinlich zu Boden gesunken.

Rufe und Lou wurden von einer schlanken Frau mittleren Alters begleitet. Ihr dunkles Haar war von grauen Strähnen durchzogen, ihre Haut sonnengebräunt. Sie hatte sich dem warmen Wetter entsprechend gekleidet, trug einen roséfarbenen Leinenrock, eine ärmellose Seidenbluse und ausgesprochen praktische Schuhe. Auch wenn sie die feine, leicht pedantische Aura einer ältlichen Lehrerin verbreitete, hatte ich es doch sicherlich mit Rose Blanding zu tun, der Frau des Pfarrers.

»Lasst euch Zeit«, beruhigte sie die Brüder. »So bald

müsst ihr mir die Karten nicht zurückbringen. Ich weiß, dass ihr gut damit umgeht.« Sie schaute auf, sah mich und Toby durch das Fliegengitter und lächelte breit. »Seht her, Jungs, noch mehr Besucher.«

»Der kleine Tobe!«, rief Rufe aus.

Ein identisches Lächeln breitete sich auf den Gesichtern der Zimmers aus, als Mrs Blanding mit ihnen auf die Veranda hinaustrat. Sie begrüßten Toby herzlich, erkundigten sich nach seiner Familie und versicherten ihm, dass er noch ein ganzes Stück gewachsen sei, seit sie ihn das letzte Mal gesehen hatten. Toby stellte mich ihnen vor, wobei das gar nicht nötig schien. Sowohl die Zimmers als auch Mrs Blanding wussten bereits, wer ich war, wo ich wohnte und mit wem.

»Rufus und Louis sind die ältesten Bürger Bluebirds«, informierte mich Mrs Blanding mit einem liebevollen Blick auf die beiden Greise. »Genau genommen ist Rufe allerdings zwei Minuten älter als Lou. Ihre Geburtsurkunden sind in der Historical Society ausgestellt.«

Rufe nickte. »Einige sind der Meinung, wir hätten die Stadt gegründet ...«

»... aber so alt sind wir nun auch nicht«, sagte Lou.

Die Brüder kicherten vergnügt und wandten sich an Toby.

»Dann erzähl mal, Toby«, sagte Rufe. »Hat's irgendwelchen Ärger ...«

»... gegeben im Auerbach-Haus?«, fragte Lou.

»Nein«, antwortete Toby brüsk. »Alle sind gesund, fröhlich und amüsieren sich.«

»Hoffen wir, dass dich dein Glück nicht verlässt.« Rufe sah auf die Aktentasche herab. »Nun, dann wollen wir mal. Müssen diese Landkarten studieren. Schön, Sie kennengelernt zu haben, Lori. Würde uns freuen, auch mal Ihren Jungen ...«

»... zu begegnen«, sagte Lou. »Und ihrer hübschen Nanny.«

Die Zimmer-Brüder zwinkerten uns gleichzeitig zu, setzten sich ihre Strohhüte identisch schräg auf den Kopf und stiegen sachte die Stufen hinunter. Ich schüttelte den Kopf, als könne ich ihn dadurch frei bekommen, aber es nutzte nichts, denn auch Rose Blanding erinnerte mich an jemanden, den ich aus Finch kannte, Lilian Bunting, die Frau des Pastors der Kirche St. George's. In diesem Fall verblüffte mich die Ähnlichkeit jedoch nicht ganz so sehr. Die Frauen von Pastoren haben sicherlich eine Menge gemeinsam, egal, wo sie lebten.

»Werden sie gut nach Hause kommen, Mrs Blanding?«, fragte ich besorgt, als ich sah, wie die Brüder die Straße zum See hinunterwackelten.

»Keine Sorge«, beruhigte sie mich. »Rufe und Lou sehen gebrechlich aus, aber sie sind zäh wie Leder.«

»Das wundert mich nicht«, murmelte ich. »Wie die Pyms.«

»Wenn ich Sie Lori nennen soll«, fuhr sie fort, »müssen Sie Rose zu mir sagen. Bitte, lassen Sie Ihre Sachen hier vorne und kommen Sie ins Wohnzimmer. Kann ich Ihnen etwas zu essen oder ein kaltes Getränk anbieten? Sie sehen aus, als seien Sie zu Fuß vom Aerie gekommen.«

Wir legten unsere Taschen und Tüten auf einen Tisch in der Eingangshalle und folgten Rose in einen großen Raum mit hoher Decke, von dem aus man eine wunderbare Aussicht auf Lake Matula hatte. Während Toby erklärte, dass wir uns schon im Café gestärkt hatten, sah ich mir das Wohnzimmer genauer an.

Und es gab eine Menge zu sehen. Das schlicht bemalte Äußere des Hauses verbarg ein Interieur, das eine Hommage an den klassischen viktorianischen Stil war. Die Tische waren aus schwerem Nussbaumholz, die Sofas und Stühle mit üppigen Stoffen bezogen, und die Wände waren mit einer Velourstapete bespannt, die aussah, als sei sie aus Seidenbrokat. Faltenreiche Vorhänge, die mit Kordeln zurückgebunden waren, hingen an den Fenstern, und das polierte Eichenparkett bedeckte ein Teppich mit einem wirbelnden Blumenmuster.

Zierliche Etageren enthielten eine vorzügliche Sammlung von viktorianischen Erinnerungsstücken: mit Perlen versehene Damentaschen, lederne Babyschuhe, mit Stickereien verzierte Handschuhe, winzige Brillen, kobaltblaue Medizinflaschen, liebevoll gestaltete Valentinskarten und gefederte Fächer. Auf einem kleinen Tisch mit Marmorplatte neben dem Plaudersofa am Erkerfenster stand ein Stereoskop, und ein breiter Schal mit Paisleymuster lag dekorativ auf dem Stutzflügel. Toby und ich setzten uns auf das gefranste, flaschengrüne Samtsofa, Rose nahm uns gegenüber Platz, in einem Sessel mit niedrigen Lehnen und geflochtener Borte.

»Sie haben ein wunderschönes Heim«, sagte ich.

»Gefällt es Ihnen?«, fragte Rose und ließ den Blick wie beiläufig durch den Raum schweifen. »Früher war es mal ein Bordell.«

»Ein Bordell ...?« Ich kriegte vor Staunen den Mund nicht zu. »Direkt neben einer ... Kirche?«

»Am Anfang nicht, aber später schon.« Rose lehnte sich zurück und lächelte nonchalant. »Es ließ sich kaum vermeiden. Es gab eine Zeit in Bluebird, in der auf eine Schule oder Kirche etwa zwanzig Freudenhäuser kamen.«

Meine Augenbrauen schnellten hoch. »Das ist eine

Menge ... Unterhaltung ... für solch eine kleine Gemeinde.«

»Damals war Bluebird keineswegs klein«, erklärte Rose. »1865 lebten fast elftausend Menschen in diesem Tal, und die große Mehrheit davon ...« Sie brach ab und wandte sich Toby zu. »Verzeih mir, Toby, ich will dein nobles Geschlecht keineswegs in ein schlechtes Licht rücken, aber die Männer, oder doch die meisten von ihnen, die damals den größten Teil der Einwohner ausmachten, verlangten nach dieser Art der Unterhaltung, wie Sie es so behutsam nannten, Lori.«

»Wie sonst?«, sagte ich trocken.

»Viele von ihnen waren Junggesellen«, fuhr Rose fort, »manche taten auch nur so. Das Goldfieber ergriff Büroangestellte, Vertreter, Farmer und Fabrikarbeiter, nicht nur, weil sie sich schnellen Reichtum erhofften, sondern auch, weil es ihnen die Chance bot, ihrem engen Leben zu entkommen – alles hinter sich zu lassen und alle Regeln zu vergessen.«

»Und deshalb gab es so viele Bordelle«, warf ich ein.

»Und Trinkhäuser und Spielcasinos. Aber mit der Zeit kamen auch respektable Frauen nach Bluebird und zähmten einige der wilden Tiere.« Rose machte eine Pause, senkte den Blick und lächelte verschämt. »Verzeihen Sie, ich rede zu viel. Das ist eine der Gefahren, wenn man die Frau eines Geistlichen und zugleich die Vorsitzende einer historischen Gesellschaft ist.«

»Hören Sie bitte nicht auf!«, bat ich sie. »Es ist faszinierend. Ich hatte ja keine Ahnung, dass Bluebird einst eine Metropole war.«

Rose fuhr nur allzu gerne fort. »Zwischen 1865 und 1870 verdoppelte sich die Einwohnerzahl Bluebirds. Metzger, Bäcker, Friseure, Schmiede – jeder Beruf wurde gebraucht, um die Bedürfnisse der Mine und der Minenarbeiter zu befriedigen, und viele Geschäftsleute brachten ihre Familien mit.«

»Familien, die Schulen und Kirchen brauchten«, ergänzte ich.

»Und noch viel mehr«, sagte Rose. »In jenen Tagen gab es in Bluebird eine Oper, ein Theater, eine Zeitungsredaktion, zwei Hotels, fünf Pensionen, sieben Anwaltskanzleien, vier Debattierclubs und zahllose Spielhöllen, Saloons und Hurenhäuser. Und nicht weniger als sieben Kirchen. Ich müsste nachschlagen, um Ihnen die genaue Anzahl von Geschäften zu nennen, die damals in Bluebird existierten, aber Sie konnten hier fast alles bekommen, was es auch in Denver gab. Sieben Mal am Tag hielt hier ein Personenzug.«

Ich sah sie erstaunt an. »Was ist geschehen? Nicht dass Bluebird nicht reizend wäre, so wie es ist«, fügte ich rasch hinzu, »aber es ist kaum mehr eine Metropole.«

»Boom und Crash«, entgegnete Rose lakonisch. »1893 fiel der Preis für Silber in den Keller, damals, als das Land zur Goldwährung überging. Die Silberadern versiegten, die Minenarbeiter suchten sich andere Jobs, und die Geschäfte machten Pleite. Bluebird schrumpfte. 1930 lebten nur noch etwa tausend Menschen im Vulgamore-Tal. Die Regierung entschied, dass sich das Tal gut für den Bau eines Wasserreservoirs eignen würde, zum Teil auch, weil nur noch so wenige Einwohner umgesiedelt werden mussten.«

»Moment mal«, sagte ich und schaute zum Erkerfenster hinaus. »Wollen Sie damit sagen, dass Bluebird einst dort stand, wo jetzt der Lake Matula ist?«

»Genau«, sagte Rose. »Und ich kann es beweisen. Möchten Sie ein Foto von Bluebird in seiner Blütezeit sehen?«

»Sehr gerne«, sagte ich.

Rose ging aus dem Wohnzimmer und kehrte kurz darauf mit einem länglichen, gerahmten Foto in Sepiatönen zurück, das fast einen Meter lang war. Toby und ich rückten beiseite, damit sie sich zwischen uns setzen konnte, und sie stellte das Bild auf ihren Schoß, damit wir es betrachten konnten.

»Es handelt sich um eine Collage«, erläuterte sie, »die ein Fotograf namens Mervyn Blount 1888 zusammengesetzt hat. Mr Blount kam in jenen frühen Tagen in die Stadt, um das Leben der Schürfer zu dokumentieren, und er blieb, um die aufstrebende Stadt zu fotografieren. Er war ein Naturbursche. Diese Fotos hat er von einem Aussichtspunkt auf halber Höhe von Ruley's Peak gemacht, und der Berg ist nicht leicht zu besteigen.«

Neugierig betrachtete ich die Panorama-Ansicht, die Mervyn Blount aus mehreren Bildern zusammengestellt hatte. Das Vulgamore-Tal war kaum zu erkennen. Alle möglichen Gebäude drängten sich um ein paar Straßen herum, die parallel zu einem schmalen Strom auf dem Grunde des Tales verliefen – »Bluebird Creek«, belehrte mich Rose. Aus dem sich schlängelnden Canyon, den wir auf dem Weg von Denver passiert hatten, liefen Eisenbahnschienen, und auf den Berghängen sah man weit und breit kein Stück Wald.

»Wo sind die Bäume?«, fragte ich erstaunt.

»Dienten als Stützen für die Grubenschächte, hielten Öfen in Gang, beherbergten Maschinen und Menschen«, antwortete Rose trocken. »Bergbau war in jenen Tagen nicht gerade umweltfreundlich, ist es heute immer noch nicht.« Sie deutete auf einen unscharfen Komplex von Holzgebäuden an der Nordflanke des Tals. »Die Lord-Stuart-Mine blieb etwas länger offen als die Silberminen, weil sie Gold produzierte, aber die Goldadern versiegten ebenfalls, wie es bei Goldadern nun mal so ist, und 1896 wurde sie geschlossen.«

»Und vierzig Jahre später hat man die Talsperre gebaut und die Stadt untergehen lassen«, sinnierte ich.

»Als sie das Tal fluteten, war von der Stadt nicht mehr viel übrig.« Roses Finger wanderte von der linken zur rechten Seite des Fotos. »Lange vor dem Bau der Talsperre hatten mehrere Überschwemmungen die verbliebenen Einwohner auf die höheren Lagen am Westende des Tals gedrängt. Sie retteten so viel sie nur konnten aus den Ruinen der alten Stadt.«

»Danny Auerbach ist ihrem Beispiel gefolgt«, kommentierte ich. »Er benutzte das Holz der alten Minengebäude für den Bau des Aerie.«

»Spare in der Zeit, so hast du in der Not.« Rose deutete auf das Foto. »Das Pfarrhaus wurde dort errichtet, wo es heute steht, aber die treue Gemeinde des Guten Hirten baute die Kirche 1934 ab, ein Jahr, bevor der Bau des Reservoirs begann, und richtete sie an der heutigen Stelle wieder auf.«

»Direkt neben einem Bordell?«, staunte ich.

Rose lachte. »Unser Haus wurde nur wenige Jahre als Bordell genutzt, danach wohnten sehr anständige Familien darin. Als mein Ehemann und ich vor fünfunddreißig Jahren nach Bluebird kamen und dort einzogen, haben wir erst einmal alles gründlich renoviert. Glücklicherweise erlebte die Stadt damals aufgrund des Tourismus wieder einen kleinen Aufschwung. Heute beuten wir keine Gold- und Silberminen mehr aus, sondern Touristen.« Sie wandte sich zu uns. »Eistee gefällig? Sagt bitte ja. Mein Mund ist vom vielen Reden ganz trocken.«

»Eistee klingt großartig«, sagte Toby. »Aber lassen Sie mich das Foto tragen.«

Nachdem er mit Rose das Zimmer verlassen hatte, ging ich zum Erkerfenster und schaute auf das Reservoir hinaus. Ich versuchte das Foto Mervyn Blounts von der lebhaften Stadt auf die Wellen des Lake Matula zu projizieren, aber es gelang mir nicht. Schwer vorzustellen, dass einstmals Rauchwolken den kristallklaren Himmel verdunkelt hatten, dass das Pfeifen der Dampfloks das Vogelgezwitscher übertönt und dass eine lebhafte Gemeinschaft das Tal von einem Ende zum anderen mit Leben erfüllt hatte.

Rose kehrte mit Toby zurück, der auf einem Rosenholztablett eine Glaskanne und drei hohe Gläser balancierte. Er stellte das Tablett auf den runden Tisch neben Roses Sessel und nahm wieder auf dem Sofa Platz, während sie die Gläser füllte und sie uns reichte. Erst nach meinem ersten Schluck Eistee merkte ich, wie durstig ich war. Rose trank ihr Glas mit einem Schluck halb leer.

»Ah, das ist schon besser«, sagte sie.

»In England, wo ich lebe«, meinte ich nachdenklich, »hätte man Danny Auerbach niemals gestattet, die alten Minengebäude abzureißen. Dort wären sie wegen ihres historischen Wertes geschätzt worden, und der National Trust hätte sie bewahrt.«

»Die Lord-Stuart-Mine war zuletzt nichts weiter als ein gefährlicher Schandfleck«, entgegnete Rose. »Außerdem liegt sie auf Privatgelände, und Mr Auerbach hatte durchaus das Recht zu verfahren, wie es ihm passte. Den Auerbachs gehört seit 1860 Land hier oben, als sie einigen bankrotten Schürfern ihre Claims abkauften. Zum Glück investierten sie die Einnahmen aus der Mine sehr geschickt, sodass sie ihren Wohlstand mehrten, auch als die Mine geschlossen wurde. Im Gegensatz zu ihren Arbeitern«, fügte sie in leicht missbilligendem Ton hinzu. »Die meisten von ihnen lebten von der Hand in den Mund. Aber lassen Sie mich nicht von den Arbeitsbedingungen in den Minen anfangen. Ich würde Sie zu Tode langweilen.«

»Bis jetzt haben Sie es nicht«, sagte ich aufrichtig. »Sie haben mir eine ganz neue Welt eröffnet. Es war faszinierend.«

»Danke«, sagte Rose. »Ich freue mich stets, wenn ich mein Wissen über Bluebird mit anderen teilen kann.«

»Was ist mit seinen Volkslegenden?«, fragte ich.

Toby gab einen leisen Seufzer von sich, er wusste, worauf ich hinauswollte. Das Eis klirrte, als Rose einen weiteren Schluck trank, bevor sie antwortete.

»Man sagt, dass man in einer stillen Nacht die Kirchenglocken vom Grunde des Lake Matula hören kann«, sagte sie. »Dort soll auch ein Geisterzug auf den alten Schienen fahren.« Sie kicherte leise und schüttelte den Kopf. »In langen Wintern erzählt man sich gerne Geschichten.«

»Haben Sie die Kirchenglocken schon mal gehört?«, fragte ich.

»Natürlich nicht«, antwortete Rose gutmütig. »Und wer behauptet, er habe sie läuten hören, hat zu viel Zeit in Altman's Saloon verbracht.«

»Dann dürfte der Anblick des Geisterzugs wohl auch nicht zu Ihren Erfahrungen gehören«, sagte ich.

»Richtig. Selbst wenn ich an die Legende glauben würde, das Wasser ist überhaupt nicht klar genug, um bis auf den Grund des Sees schauen zu können.« Roses Augen verengten sich. »Ich glaube, ich kann mir denken, warum Sie sich für Geisterzüge und gespenstisches Glockenläuten interessieren, Lori. Sie haben von dem Fluch gehört, stimmt's?«

Ich nickte. »Und ich würde gerne mehr hören.«

»Warum?«, fragte Rose scharf. »Glauben Sie etwa an so etwas?«

»Nein«, antwortete ich. »Aber ich finde es interessant. Warum glauben so viele Leute in der Stadt noch immer an den Fluch, wenn er seinen ursprünglichen Zweck längst nicht mehr erfüllt?«

Rose stellte ihr Glas auf das Tablett, stützte sich mit den Ellbogen auf den Lehnen des Sessels ab und verschränkte die Finger. »Und welchem Zweck hat er Ihrer Meinung nach gedient?«

»Er hat die Kinder vom Minengelände ferngehalten«, sagte ich. »Wahrscheinlich sind dadurch ein paar Leben gerettet worden.«

»Ich verstehe.« Rose runzelte leicht die Stirn. »Wer hat Ihnen von dem Fluch erzählt?«

»Die üblichen Verdächtigen«, warf Toby ein und verdrehte die Augen. »Aber ich muss mich ebenfalls schuldig bekennen. Ich habe Lori die blutigen Details erzählt, nachdem sie mich lange genug bearbeitet hatte.«

»Was für Details?«, erkundigte sich Rose.

Toby zuckte mit den Schultern. »Ich habe ihr erzählt, was mein Großvater mir erzählt hat. Dass Kinder zu Schaden gekommen sind, die in den alten Gebäuden gespielt haben, bis die Leute geglaubt haben, das Gelände sei verhext.«

»Wenn es nur so simpel wäre ...« Rose tippte die Daumenspitzen aneinander und erhob sich. Sie ging zu einem kleinen Sekretär in der Ecke und holte einen modernen Schlüssel aus einer der Schubladen. »Wie wär's mit einem Spaziergang?«

»Gerne«, sagte ich und stand ebenfalls auf. »Dank Toby bin ich in Bestform.«

»Ich bin immer für einen Spaziergang zu haben«, fügte Toby hinzu.

»Gut.« Rose ging in die Eingangshalle und bedeutete uns, ihr zu folgen. »Wenn ihr die wahre Geschichte des Fluchs der Lord-Stuart-Mine erfahren wollt, dann folgt mir.«

Kapitel 12

Toby und ich nahmen Hut und Sonnenbrille mit, bevor wir das Haus verließen, und Rose Blanding setzte sich einen Strohhut auf, der auch als kleiner Sonnenschirm durchgegangen wäre. Sie band die rosafarbenen Schleifen fest unter dem Kinn zusammen. Wanderstiefel musste sie nicht anziehen. Ihre klobigen Schuhe mit den dicken Sohlen schienen auch für das raueste Terrain geeignet. Sie zog die Vordertür zwar zu, als wir aus dem Pfarrhaus traten, schloss sie jedoch nicht ab.

»Hat nie jemand bei Ihnen eingebrochen?«, fragte ich, als wir die Stufen hinuntergingen.

»Nicht ein einziges Mal in fünfunddreißig Jahren.« Sie zeigte auf die Häuser, die sich eines nach dem anderen an Bluebirds abschüssige Straßen reihten. »Einbrecher haben's schwer in Bluebird. Es gibt zu viele Augen, die hinter zu vielen Vorhängen hinausschauen. Es ist einer der großen Vorteile, wenn man in einer neugierigen Nachbarschaft wohnt.«

»Wie wahr«, sagte ich eingedenk der sich ständig bewegenden Vorhänge in Finch. »In einem kleinen Ort bleibt nichts unbemerkt.«

»Jedenfalls nicht lange«, fügte Rose weise hinzu.

Sie führte uns durch Bluebirds Seitenstraßen, wobei sie unterwegs jeden begrüßte, dem wir begegneten, hin zur katholischen St.-Barbara-Kirche, die am Ende der Garnett Street stand, an der Nordseite des Tals. Hinter der Kirche führte eine unbefestigte Straße den Berg hinauf und verschwand schließlich im Wald. Als Rose auf diese Straße zuging, blieb Toby abrupt stehen.

»Ich weiß, wohin wir gehen«, sagte er und betrachtete den Weg unwillig.

»Natürlich«, sagte Rose. »Aber sag nichts. Es soll ja eine Überraschung für Lori sein.«

»Tolle Überraschung«, murmelte Toby, bevor er weiterging.

Die Straße war so breit, dass wir bequem nebeneinander gehen konnten. Die Bäume standen so dicht, dass ich mir wünschte, ich hätte mein Sweatshirt mitgenommen. Es wurde merklich kühler. Der Weg wirkte sehr gepflegt und stieg nicht sehr steil an, sodass mir das Gehen recht leicht fiel. Nach einer Viertelstunde standen wir vor einem hohen, schmiedeeisernen Tor. Rostflecke wucherten auf dem weißen Anstrich, und auf dem verzierten Bogen stand: Friedhof.

»Wir gehen auf einen Friedhof?«, rief ich aus und legte die Hände auf die Brust. »Ich liebe Friedhöfe.«

»Wirklich?« Toby sah mich an, als sei ich nicht ganz bei Trost.

»Ich besuche immer Friedhöfe, wenn ich auf Reisen bin«, sagte ich zu ihm. »Sie sind still und friedlich und …«

»Voller Leichen«, ergänzte Toby und rümpfte die Nase.

»Sie sind auch voller Erinnerungen«, erwiderte ich enthusiastisch. »Man kann eine Menge über einen Ort erfahren, wenn man seinen Friedhof besucht, stimmt das nicht, Rose?«

»Ich hätte es nicht besser ausdrücken können«, sagte sie. »Gehen wir weiter.«

Das Tor war mit einer Kette und einem Vorhängeschloss gesichert, das Rose mit dem Schlüssel aus dem

Sekretär öffnete. Sie nahm die Kette ab und ließ sie am Torpfosten hängen. Toby stieß das Tor auf, und wir betraten eine Lichtung, deren Schönheit mir den Atem nahm.

Es war, als stünden wir in einer kleinen Kathedrale, deren Säulen aus weißen Espen und deren Dach aus einem dichten Blattgeflecht bestand, das in der Sonne funkelte wie buntes Fensterglas. Die Straße verwandelte sich hier in den Mittelgang, von dem aus ein Irrgarten von verschlungenen Pfaden zu den einzelnen Gräbern führte, die mit Grabsteinen, Kreuzen, Tafeln oder Skulpturen versehen waren. Über uns zwitscherte ein Vogelchor unter den zitternden Espenblättern, als wollte er die Waldesstille ankündigen, die eintrat, als sein Gesang verstummt war.

»Es ist herrlich«, sagte ich leise.

Rose nickte zustimmend, aber Toby schien alles andere als erfreut. »Um Himmels willen, Lori«, sagte er gereizt. »Sie brauchen nicht zu flüstern. Es ist nicht so, dass Sie jemanden aufwecken könnten.«

»Es ist ein geheiligter Ort«, erwiderte ich.

»Für Würmer vielleicht«, murrte er.

»Was für ein Kommentar soll das denn sein?«, fragte ich stirnrunzelnd.

»Ein ehrlicher.« Er zog die Augenbrauen hoch, doch dann sackte sein Kopf herab, und er murmelte zornig: »Hier haben wir letztes Jahr meine Großeltern beerdigt. Sagen wir, es ist nicht mein Lieblingsort.«

»Oh Toby«, sagte ich verlegen. »Ich wusste nicht … das tut mir so leid, Toby. Möchten Sie lieber gehen?«

»Nein, das möchte er nicht.« Rose legte die Hand auf Tobys Schulter. »Versuch, diesen Ort mit den Augen deines Großvaters zu sehen – als Ausdruck der Geschichte. Er hat viel Zeit hier oben verbracht.«

Toby hob den Kopf. »Wirklich?«

»Er fand ihn faszinierend. Und das wirst du auch, wenn du ihm eine Chance gibst.« Sie drückte ihm aufmunternd auf die Schulter. »Bleibst du?«

»Ja.« Toby atmete tief ein und sah uns verlegen an. »Ich bleibe.«

»Dann kommt mit«, sagte Rose forsch.

Wir folgten ihr den Mittelgang hinunter, bis wir zu einer Abzweigung zu unserer Rechten kamen. Ich hatte den Eindruck, dass sie eine schnellere Gangart eingeschlagen hätte, hätte ich nicht mein Interesse an Friedhöfen kundgetan. So ging sie langsam genug, damit ich die Inschriften der Grabsteine lesen konnte, die von der Zeit noch nicht ausgelöscht worden waren.

Es war, als würde man die Immigranten des neunzehnten Jahrhunderts aufrufen: Evgeny Krasikov, Padraig Doherty, Helmut Grauberger, Esteban Fernandez, Miroslav Simzisko, Leslinka Turek, Alexis Laytonikis. Und das waren nur einige der Namen, deren Klang mich an ihre Heimat denken ließ.

»Hier oben ist es ja wie bei den Vereinten Nationen«, sagte ich beeindruckt.

»Stimmt«, meinte Rose. »Die Menschen kamen aus aller Welt nach Bluebird, um hier ihr Glück zu suchen. Es gab sogar eine kleine chinesische Gemeinde und eine Handvoll Sikhs aus Nordindien. Man stelle sich vor, welche Reise sie auf sich genommen haben.«

»In England«, sagte ich, während wir dem Pfad folgten, »liegen die Friedhöfe in der Nähe der Kirchen. Warum liegt der von Bluebird so weit außerhalb?«

»Zum einen aus wirtschaftlichen Erwägungen«, antwortete Rose. »Zu der Zeit, als der Friedhof errichtet wurde, waren die Grundstücke in der Stadt zu teuer, um sie den Toten zu überlassen, und fast der gesamte Rest des Vulgamore-Tals war von Minen durchzogen. An dieser Stelle hat wohl niemand ein Vorkommen an Mineralien vermutet, der Boden ist relativ weich und eben.« Sie blieb vor einer Reihe von zwölf einfachen Steinplatten stehen, in die allesamt der Name Shuttleworth eingemeißelt war. »Die Leute hatten auch Angst vor Seuchen. Epidemien kamen in den Minenorten nicht selten vor.«

»Was für Epidemien?«, fragte ich.

»Ruhr, Cholera, Masern, Malaria, Diphtherie, Pocken ...« Rose hielt den Blick auf die Grabsteine gerichtet, während sie die vielen Krankheiten aufzählte. »Eben die Übel, die überall dort auftauchen, wo schlecht ernährte Menschen auf engem Raum und unter miserablen hygienischen Verhältnissen leben müssen. Hier, die gesamte Familie Shuttleworth wurde von der Grippe dahingerafft, vom Säugling bis zur Großmutter. Die Kirche musste das Begräbnis ausrichten.«

»Die gute alte Zeit«, murmelte Toby düster und sah auf die Gräber der Shuttleworths.

»Disneyworld war es nicht«, stimmte Rose zu. Sie beugte sich herab und legte die Hand auf den kleinsten Grabstein, bevor sie weiterging. »Das Leben der Minenarbeiter war hart und gefährlich. Wer von Krankheit verschont blieb, starb bei Grubenunglücken, erfror oder ertrank. Manche soffen sich zu Tode, andere begingen Selbstmord. Wieder andere kamen bei Schießereien oder Messerstechereien unter Betrunkenen ums Leben. Einige wurden gehängt.«

»Das Gesetz des Wilden Westens?«, hakte ich nach.

»Dieses sogenannte Gesetz fackelte nicht lange«, meinte Rose sarkastisch. »Aber ich weiß nicht, wie oft es auch gerecht war. Aber die meisten Minenarbeiter starben an Silikose.« Sie bemerkte meinen verwunderten Blick und fügte hinzu: »Man nennt es auch Staublunge, es ist eine Form von Schwindsucht, die entsteht, wenn man Quarzstaub einatmet. Atemfilter gab es damals noch nicht.«

»Du meine Güte.« Ich presste die Hände vor die Brust. Roses Litanei des Elends schien nicht zu dem Bild zu passen, das sie zuvor von Bluebird gemalt hatte. »Und in all dem Elend haben sie eine Oper gebaut?«

»Sie brauchten die Oper – genau wie die Debattierclubs und die Baseballteams –, um das Elend für eine Weile zu vergessen«, sagte Rose. »Außerdem hatten sie andere Standards als wir. Es gab keine Antibiotika, die chirurgischen Techniken waren längst nicht so ausgereift. Krankheit und Tod gehörten weit mehr zum täglichen Leben als heute. Natürlich litt man schrecklich, aber man nahm es hin.«

»Aber nicht alle sind jung gestorben.« Toby hatte sich niedergekniet, um die Inschrift auf einem besonders aufwändig verzierten Grabstein zu entziffern. Eine weiße Marmorplatte, auf der ein weinender Engel mit zusammengefalteten Flügeln kniete. »Hannah Lavery wurde fünfundachtzig.«

»Die gute Hannah.« Zum ersten Mal, seit wir das Friedhofstor passiert hatten, sprach Rose mit Zuneigung, als rede sie über eine alte Freundin, die sie sehr geliebt hatte. »Hannah Lavery war die Tochter eines reichen Grubenbesitzers, ein ungewöhnliches Mädchen, aus dem eine wirklich bemerkenswerte Frau wurde. Wann immer Hannah Leid sah, konnte sie sich nicht abwenden. Sie widmete ihr ganzes Leben dem Wohlergehen der Minenarbeiter und ihrer Familien. Sie starb in Washington, wo sie für menschliche Arbeitsgesetze kämpfte, aber sie wollte hier beerdigt werden, bei den Menschen, deren Mühen ihr Gewissen geweckt hatten.«

»Sie hat nie geheiratet«, fiel mir auf.

»Die wohlhabenden Männer der viktorianischen Epoche bevorzugten stille Frauen und keine Rebellinnen«, sagte Rose. »Aber ich glaube, dass Menschen mit einer Mission es immer schwer haben, einen geeigneten Gefährten zu finden. Es ist nicht leicht, sein Herz sowohl einem Partner als auch einer guten Sache zu schenken.«

Ich fuhr mit dem Finger über die Flügel des Engels, bevor ich weiterging, ohne auf die anderen zu warten, angezogen von einem monumentalen Grabstein, der am Ende des Weges im Schatten einer Ponderosa-Pinie stand.

Der strahlend weiße Marmorobelisk thronte hoch über den Grabsteinen aus rauem Granit, die ihn umgaben, und die Inschrift war besonders sorgfältig eingemeißelt worden.

Cyril Pennyfeather
1859 – 1896
Ein lebendiges und heiliges Opfer, das Gott gefällt.
Römer 12,1
Errichtet in Gedenken an einen hingebungsvollen
Lehrer von den dankbaren Familien jener, denen er das
Leben rettete.

»Wer war Cyril Pennyfeather?«, fragte ich, als Toby und Rose herangekommen waren.

»Er war, wie es dort steht, Lehrer«, antwortete Rose. »Er kam 1880 aus England in die Vereinigten Staaten und tauchte 1884 in Bluebird auf. Er und die Männer, die neben ihm begraben sind, starben beim Grubenunglück in der Lord-Stuart-Mine von 1896.«

Ich sah sie an, schaute zu dem Obelisken und begann schweigend die Grabsteine aus rotem Granit zu zählen, die ihn umgaben.

»Zwanzig«, sagte ich schließlich. »Zwanzig Männer starben bei dem Unglück, einundzwanzig mit Cyril. Was geschah damals?«

»Ein Schacht stürzte ein, mit katastrophalen Folgen«, antwortete sie. »Bis heute weiß niemand, warum. Einige behaupteten, dass die Verwalter der Mine billiges, schlechtes Holz eingekauft hatten, um den Schacht abzustützen, der dann einstürzte, aber es konnte nie etwas bewiesen werden. Der Schacht wurde nie ausgegraben, und kurz darauf wurde die Mine geschlossen.«

»Was machte ein Schullehrer in einer Mine?«, fragte Toby.

»Viele seiner Schüler oder ehemalige Schüler arbeiteten dort«, klärte Rose ihn auf. »Als er von dem Einsturz erfuhr, eilte er sofort hinauf und bot seine Hilfe an. Es gelang ihm, mindestens ein Dutzend Männer in Sicherheit zu bringen, bevor er von herabfallendem Gestein erschlagen wurde.« Sie deutete auf die Inschrift. »Wie ihr seht, haben die Familien der Geretteten das Geld für seinen Gedenkstein aufgebracht. Er war bereits vor seinem Tod ein geachteter Mann. Danach …« Rose sah uns an. »Danach begannen die ersten Gerüchte über einen Fluch zu zirkulieren.«

»Ah.« Langsam begriff ich. »Der Fluch der Lord-Stuart-Mine.«

»Genau«, sagte Rose. »Ich bin überzeugt, dass die Lord-Stuart-Mine geschlossen wurde, weil kein Gold mehr aus ihr zu holen war, aber andere glaubten das nicht. Als mein Mann und ich nach Bluebird kamen, nahmen uns Rufe und Lou Zimmer mit zur alten Mine und erzählten uns von dem Unglück. Danach führten sie uns hierher und zeigten uns die Gräber der Verunglückten. Sie berichteten, dass der Einsturz der Höhepunkt einer Reihe von tödlichen Unfällen gewesen sei, die es in der Lord-Stuart-Mine von Anfang an gegeben habe. Sie behaupteten, dass man die Mine 1896 auch dann geschlossen hätte, wenn die Hauptader nicht versiegt wäre.«

»Wegen des Fluchs?«, sagte ich.

Rose nickte. »Minenarbeiter sind abergläubisch, nicht ungewöhnlich für Männer mit gefährlichen Berufen. Wenn sie an den Fluch glaubten, würden sie kaum noch dort arbeiten wollen.«

»Und ohne Minenarbeiter kann man keine Mine betreiben«, warf ich ein.

»Ich glaube nicht, dass der Fluch irgendetwas mit der Schließung der Mine zu tun hatte«, meinte Toby kopfschüttelnd. »Seht ihr denn nicht, dass hier etwas vertuscht werden sollte? Der Minenbesitzer ließ die Lord-Stuart schließen, damit niemand mehr etwas über die mindere Holzqualität herausfinden konnte. Ein solcher Skandal wäre bei den Investoren nicht gut angekommen.«

»Vielleicht wurde der Fluch in die Welt gesetzt, um Neugierige von der Mine fernzuhalten«, sagte ich. »Und die Unfälle, von denen Ihnen Ihr Großvater berichtete, jene in späteren Jahren, verstärkten die ursprüngliche Intension noch.«

»Aber warum glauben sie noch immer an den Fluch?«, wunderte sich Toby. »Die Mine wurde vor über einem Jahrhundert geschlossen. Über Tage sieht man keine Spur mehr davon. Niemand ist je auf dem Grundstück des Aerie verletzt worden, geschweige denn zu Tode gekommen. Aber noch immer glauben viele Leute, dass es dort oben gefährlich ist.«

»Immerhin feiern wir auch noch die Goldrausch-Tage in Bluebird«, erinnerte ihn Rose. »Für manche Leute ist die Vergangenheit stets gegenwärtig. Dein Vorgänger beispielsweise interessierte sich sehr für die Geschichte der Lord-Stuart-Mine.«

»James Blackwell?«, sagte ich beunruhigt.

»James erschien Ende Februar bei der Historical Society«, sagte Rose. »Er suchte Informationen über die Mine. Nachschlagewerke brauchte er nicht, die hatte er alle in Mrs Auerbachs Bibliothek gefunden, aber ich konnte ihm Zeitungsausschnitte, Fotos, alte Akten, Schriftblätter und sonstiges ausleihen. Ein paar Wochen später kehrte er zurück und fragte nach Details zum Unglück von 1896.«

»Haben Sie ihm etwas über den Fluch erzählt?«, fragte ich.

»Das musste ich gar nicht«, sagte Rose. »Er hatte bereits in der Stadt davon gehört, ja, Toby, von den üblichen Verdächtigen. James wollte wissen, ob der Fluch auf irgendwelchen Tatsachen beruhte. Ich erzählte ihm genau das, was ich auch euch erzählte, und ließ ihn seine eigenen Schlüsse ziehen.«

»Schienen ihn die Informationen irgendwie zu beunruhigen?«, fragte ich.

»Nicht dass ich wüsste«, meinte Rose. »Aber ich war auch nicht ganz bei der Sache, ich musste mich um das Sommerfest der Society und die damit verbundene Ausstellung kümmern.« Sie warf einen Blick auf ihre Armbanduhr. »Leider muss ich jetzt zurück ins Pfarrhaus. Maggie Flaxton will um vier vorbeikommen und mit mir über meine Rolle bei den Goldrausch-Tagen sprechen. Ich möchte sie nicht warten lassen.«

»Sicher nicht«, meinte Toby mit einem Schaudern. »Wenn Sie Maggie verärgern, dürfen Sie beim Fest den Eseln im Streichelzoo mit einer Kehrichtschaufel hinterherlaufen.«

154

»Einen Moment«, sagte Rose. »Ich glaube, wir haben noch Zeit für einen Besuch. Gehst du voran, Toby?«

Auf dem Grab von Tobys Großeltern lag ein großer roter Granitbrocken, ähnlich denen, auf die die Zwillinge während unserer Wandertouren geklettert waren. Auf der einen Seite des Steins war ein Rechteck poliert worden, und man hatte die Namen und Daten seiner Großeltern eingraviert, dazu eine einfache Darstellung des nicht zu verkennenden Bergprofils von Mount Shroeder. »Wir sind auf den Mount Shroeder gestiegen, als ich zehn war«, erinnerte sich Toby. »Es war Grandads liebster Tagesausflug. Er liebte die Aussicht, die man vom Gipfel auf das Tal hat.«

»Er hat seine Liebe an Sie weitergegeben«, sagte ich. »Das ist ein wunderbares Erbe.«

Toby kniete sich nieder und wischte ein paar trockene Blätter vom Grab. »Ich frage mich, warum er mir nichts von dem Unglück erzählt hat, als ich ihn nach dem Fluch fragte.«

»Da er ein Mann der Wissenschaft war, wollte er die beiden Dinge wohl nicht miteinander verbinden«, sagte ich.

»Ja.« Toby strich über den Stein. »Weil es da keine Verbindung gibt, nicht wahr, Grandad?«

Als wir den Friedhof wieder verließen, verschloss Rose Blanding das Tor mit Kette und Vorhängeschloss. Dann gingen wir den Weg zurück in die Stadt. Nach der schattigen Kühle des Friedhofs tat es gut, die Wärme der Sonne auf der Haut zu spüren.

»Rose«, sagte ich, »hat Mrs Auerbach Sie jemals nach dem Fluch gefragt?«

»Ich kenne Mrs Auerbach gar nicht persönlich«, antwortete sie. »Sie besuchte nie den Gottesdienst und kam nur selten in die Stadt. Man kann sagen, dass sie sehr zurückgezogen lebte, wenn sie und die Kinder im Aerie wohnten. Aber ich kann mir vorstellen, dass Bluebird jemandem, der im Aerie lebt, nicht viel zu bieten hat. Wie ich hörte, muss es ein wunderbares Haus sein.«

»Wie ich hörte?«, wiederholte ich erstaunt. »Wollen Sie damit sagen, dass Sie noch nie im Aerie gewesen sind?«

»Noch nie.« Sie sah mich mit einem leicht verlegenen Lächeln an. »Um ehrlich zu sein, ich habe ein bisschen darauf gehofft, dass Sie mich einladen würden. Ich wollte schon immer mal sehen, wie es aussieht. Außerdem möchte ich mir das Material holen, das sich James Blackwell von der Society ausgeliehen hat.«

»Er hat die Unterlagen nicht zurückgegeben?«, entgegnete ich.

»Er ist so überhastet aufgebrochen, dass er es einfach vergessen haben wird«, sagte Rose.

»Ich wette, die Dokumente sind in der Bibliothek«, sagte ich zu ihr. »Ich schaue heute Abend nach. Wenn ich sie nicht finde, können Sie mir morgen beim Suchen helfen, wenn Sie zum Lunch kommen. Ist Ihnen halb zwei recht?«

»Ich kann auch früher kommen«, bot Rose an. »Da uns die Mittel fehlen, ist die Society Dienstag, Donnerstag und Sonntag geschlossen.«

»Wie wäre es dann mit zwölf Uhr mittags?«, schlug ich vor.

»Zwölf Uhr passt mir ausgezeichnet«, sagte Rose und ging mit munteren Schritten mit uns zum Pfarrhaus zurück.

Kapitel 13

Toby und ich nahmen unsere Taschen und Pakete vom Tisch in der Eingangshalle und bedankten uns herzlich bei Rose dafür, dass sie so viel Zeit für uns gehabt und uns so viel über Bluebird erzählt hatte. Sie war die geborene Vortragsrednerin, und Toby und ich hatten ihr eine willkommene Gelegenheit geboten, sich zu einem Thema zu äußern, das ihr am Herzen lag.

Wir gingen zur Vordertür hinaus, nahmen jedoch nicht den Weg am See zurück zur Stadt. Stattdessen folgten wir einem Pfad durch den Fichtenwald, der das Pfarrhaus und die Kirche vor der zweispurigen Straße abschirmte, die in die Stadt führte. Toby erklärte mir den Grund. Auch wenn der Weg etwas länger war und die Aussicht nicht ganz so schön, hatten wir auf diese Weise eine viel größere Chance, ein Zusammentreffen mit Maggie Flaxton zu vermeiden. Ich unterstützte seine Entscheidung voll und ganz, hatte ich doch in Finch ähnliche Taktiken angewandt, um einer tobenden Peggy Taxman zu entgehen. Bevor wir den Schutz der Bäume verließen, bat ich Toby, stehen zu bleiben.

»Hören Sie«, sagte ich, »ich wusste nicht, dass Ihre Großeltern erst kürzlich gestorben sind. Wenn ich es gewusst hätte, wäre ich vorhin auf dem Friedhof sicherlich zurückhaltender gewesen. Es täte mir sehr leid, wenn es Sie verletzt hat.«

»Ist schon okay«, entgegnete Toby. »Im Grunde hat es sich als sehr aufschlussreich erwiesen. Ich weiß jetzt, dass Grandma und Grandad zur ... Geschichte Bluebirds gehören.«

»Das tun sie«, sagte ich. »In hundert Jahren werden die Menschen ihren Grabstein genauso faszinierend finden wie wir den von Cyril Pennyfeather.«

»Aber nur wenn sie einen Führer wie Mrs Blanding haben«, meinte Toby.

Ich wollte weitergehen, aber Toby blieb stehen und sah mich nachdenklich an.

»Was gibt's?«, fragte ich.

»Als wir im Café saßen«, begann er zögernd, »haben Sie Carrie Vyne erzählt, dass sich James Blackwell für die Lokalgeschichte interessierte. Sie wussten es schon, bevor uns Mrs Blanding von seinen Besuchen in der Historical Society berichtete. Wie haben Sie das herausgefunden?«

»Brett Whitcombe«, sagte ich. »Er hat mir erzählt, dass James ihn mit Fragen über das Bluebird der alten Tage gelöchert hat. Er erzählte mir auch, dass James ein paar Geschichten auf den Grund gehen wollte, Geschichten, die nur Narren glauben, wie Brett es ausdrückte. Ich bin sicher, dass James sowohl von Brett als auch von Rose Blanding Informationen über den Lord-Stuart-Fluch haben wollte.«

»Mmh.« Toby schob seinen Hut nach hinten. »Übrigens hat James einige Sachen in seinem Apartment zurückgelassen, dort, wo ich jetzt wohne. Ich hätte sie ihm nachgeschickt, aber ich weiß ja nicht, wohin.«

»Tja, er hat keine Adresse hinterlassen.« Ich nickte. »Um was handelt es sich?«

»Sie werden sich wundern. Er hat sie hier in der Nähe gekauft, für die meisten hat er sogar noch die Rechnungen. Ich dachte, er hätte sie für ...« Er beendete den Satz nicht und schaute ins Leere. »Aber nach dem, was Mrs Blanding gesagt hat, bin ich mir nicht mehr so sicher.«

»Wessen sind Sie sich nicht mehr sicher?«, fragte ich nach.

Toby sah mich an. »Vielleicht irre ich mich. Ich zeige Ihnen die Sachen nachher. Ich wüsste gerne, was Sie davon halten.«

Mein Handy klingelte und verscheuchte einen Kanadahäher, der sich uns genähert hatte, für den Fall, dass wir irgendwelche Krümel zu verteilen hätten. Ärgerlich zwitschernd flog er davon. Der Anruf kam von Annelise, die wissen wollte, ob sie mit den Zwillingen zum Dinner auf der Ranch bleiben könnte.

»Wir essen draußen«, erläuterte sie. »Rob und Will sind ganz versessen auf Buffalo-Burger.«

»Und du?«, fragte ich.

»Belle Whitcombe hat mir gestern die kleinen Buffalo-Kälber gezeigt«, sagte Annelise. »Ich werde einen Salat essen.«

»Eine Bauerntochter wird zur Vegetarierin?«, tat ich erstaunt. »Die Kälbchen müssen ja sehr süß gewesen sein.«

»Sie sind göttlich«, sagte Annelise. »Wir sind gegen sieben zurück, spätestens halb acht.«

»Viel Spaß«, wünschte ich ihr. Ich steckte das Handy in meine Tasche und sagte zu Toby: »Wir werden allein zu Abend essen. Annelise und die Jungs bleiben zum Dinner auf der Farm.«

»Wir können was vom Café mitnehmen«, schlug er vor.

»Gute Idee«, sagte ich. »Ich möchte sowieso noch mal in die Stadt. Ich muss ein paar Sachen im Obst- und Gemüseladen für das Mittagessen morgen einkaufen, und ich brauche noch ein Geschenk für Bill.« Ich hielt die

Tüte von *Dandy Don's* hoch. »Komischerweise macht sich mein Mann nicht viel aus Plüschtieren, Blumensamen und Ohrringen.«

Toby lachte, und wir gingen erneut in Richtung Stafford Avenue. Glücklicherweise war Maggie Flaxton zu sehr damit beschäftigt, einen unglücklichen Nachbarn zur aktiven Teilnahme an den Goldrausch-Tagen zu verdonnern, so dass wir unsere Einkäufe völlig unbehelligt erledigen konnten. Danach verbrachte ich zwanzig Minuten in den verschiedensten Läden, ohne eines der vielen kitschigen Souvenirs im Angebot erstanden zu haben. Aber dann hatte Toby eine glänzende Idee.

»Wie wäre es mit einer Geode?«, schlug er vor.

»Fantastisch«, stimmte ich zu. »Was ist das?«

»Eine steinerne Hohlkugel«, erklärte Toby. »Von außen sieht sie nicht nach viel aus, aber die Innenseite ist von Kristallen durchzogen. Wenn man eine Geode in der Mitte aufschneidet, ist es, als schaue man in eine glitzernde Höhle hinein. Sie sind wirklich hübsch, aber nicht kitschig. Grandad hatte eine als Briefbeschwerer in seinem Büro.«

»Ein Mann kann nie genug Briefbeschwerer haben«, beschloss ich. »Wo finden wir Geoden?«

»Bei *Mystic Crystals*«, antwortete Toby prompt. »Auch als der Steinladen bekannt.« Mit schnellen Schritten ging er auf das Ende der Stafford Avenue zu. »Ich hoffe, er hat auf. Amanda hat ihre ganz speziellen Öffnungszeiten.«

»Amanda?« Ich versuchte, Schritt mit ihm zu halten. »Die örtliche Spinnerin?«

Toby schnaufte verächtlich. »Bluebirds Vorzeige-Hippie. Sie leitet eine Kommune in ihrem geodätischen Kuppelbau, zusammen mit ihrer Katze Angelique und einer wechselnden Schar von Freaks, die glauben, dass die Kuppel über einem Strudel erbaut wurde.«

»Müsste sie dann nicht herumwirbeln?«, sagte ich. »Wie Dorothys Haus in *Der Zauberer von Oz?*«

»Es handelt sich nicht um diese Art von Strudel«, sagte Toby. »Laut Amanda ist es der Sammelpunkt für die mystischen Energien des Universums. Meiner Meinung nach ist es der Sammelpunkt für Leute, die zu viel Gras rauchen – biologisch angebautes Gras natürlich.«

»Höre ich da leise Skepsis?«, fragte ich und musste ein Lächeln unterdrücken.

»Sie hören einen ohrenbetäubenden Lärm an Skepsis«, entgegnete Toby. »Verstehen Sie mich nicht falsch, ich mag Amanda ganz gerne, aber bei ihr weiß man nie, welchem Glaubenssystem sie sich als Nächstes verschreibt. Grandad sagte sie immer, sie sei Mitglied im Göttin-des-Monats-Club. Er nannte sie auch die Königin des Hokuspokus.«

»Ich könnte wetten, dass sie ein paar interessante Theorien über den Lord-Stuart-Fluch parat hat«, bemerkte ich grinsend.

»Und ich könnte wetten, dass wir sie alle hören werden«, meinte Toby. »Wappnen Sie sich schon mal.«

»Ich bin gewappnet«, sagte ich.

Ohne Tobys Hilfe hätte ich *Mystic Crystals* sicher auch gefunden, aber ich hätte wohl nicht gewusst, dass man dort Mineralien kaufen konnte. Sie tätigte ihre Geschäfte von einem kleinen viktorianischen Haus aus, das in einem ins Auge springenden Pink gestrichen war, und die beiden leuchtend orange und hellgrün gehaltenen Tafeln links und rechts neben dem Eingang bildeten einen schönen Kontrast.

Auf den Tafeln wurde ein bunter Strauß metaphysischer Dienstleistungen geboten – Handlesen, Tarotkartenlesen, Auralesen, Runenlesen, Kristallkugelvorhersage, psychisches Heilen, Traumdeutung und Rücktransport in ein voriges Leben – dazu Aromatherapie, Heilkräuter, Meditationshilfen und Yoga-Unterricht. Eine langhaarige weiße Katze ruhte im Schaufenster des Ladens unter einer Anzahl von herabbaumelnden Gerätschaften: wirbelnde Prismen, Windspiele, Traumfänger und vielfach geschliffene Kristalle.

»Angelique«, sagte Toby und deutete mit dem Kinn auf die weiße Katze.

»Ich dachte, es sei Amanda«, entgegnete ich trocken.

»Kann nicht sein. Amanda ist eine Rothaarige«, witzelte Toby.

Ich fühlte mich, als sei ich in den Strudel geraten.

»Langsam, langsam.« Ich hielt Toby am Arm, bevor er den Laden betreten konnte. »Amanda Barrow hat rotes Haar?«

»Ja«, sagte Toby. »Sie hat auch Sommersprossen. Und?«

Ich legte die Hand auf die Stirn in einem Versuch, das Wirbeln zu stoppen, aber der Druck schien das Bild, das sich in meinem Kopf drehte, nur zu vergrößern, jenes von Miranda Morrow, Finchs rothaariger sommersprossiger Hexe, die mit einer schwarzen Katze namens Seraphina lebte.

»Alles okay, Lori?«, fragte Toby.

»Ja«, brachte ich heraus. »Mir ist nur ein bisschen schwindelig.«

»Ich hätte nicht so schnell gehen sollen«, sagte er schuldbewusst. »Ich vergesse immer, dass die Stafford Avenue bergauf geht.«

»Ich fühle mich sicher gleich besser«, sagte ich.

»Lassen Sie sich Zeit. Das Geschäft ist ja noch geöffnet.«

Ich schloss die Augen, holte tief Luft und konzentrierte mich auf die unzähligen Unterschiede zwischen Miranda Morrow aus Finch und Amanda Barrow aus Bluebird. Miranda machte ihre Geschäfte via Telefon und Internet, nicht persönlich.

Sie wohnte in einem bescheidenen Cottage aus Stein und nicht in einer geodätischen Kuppel, und sie stellte auch keine grellen Tafeln aus, auf denen sie ihre Dienste anbot. Sie hatte nur ein einziges Mal aus der Hand gelesen, und zwar beim Erntedankfest, wo sie in die Rolle einer wahrsagenden Zigeunerin geschlüpft war, um Geld für die Reparatur des Daches von St. George zu sammeln. Niemand in Finch – nicht einmal Peggy Taxman – würde es wagen, Miranda Morrow als Spinnerin zu bezeichnen.

»Okay«, sagte ich, als ich ein Mindestmaß an geistiger Stabilität erreicht hatte, »mir geht es besser. Auf zu den Geoden.«

»Hier entlang«, sagte Toby.

Er öffnete die Vordertür, und wir betraten einen Raum mit hoher Decke, der von dem betörenden, leicht unangenehmen Geruch von Sandelholz erfüllt wurde. Neben der Kasse auf der Theke brannten ein paar Räucherstäbchen in einem kupfernen Halter. Der Rauch, der nach oben stieg, stellte das einzige Lebenszeichen in dem Laden dar, abgesehen von Angelique. Aber die Katze stieß ein unirdisches Heulen aus, kaum dass sie uns gesehen hatte, und verschwand hinter dem Perlenvorhang der Tür hinter der Theke.

»Ich komme gleich«, ertönte eine Frauenstimme aus dem hinteren Zimmer.

»Amanda sollte diese Räucherstäbchen wirklich nicht unbeaufsichtigt lassen«, murmelte Toby. »Wenn Angelique so durch den Laden fegt und den Halter umschmeißt, geht hier alles in Flammen auf.«

»Sie sollte überhaupt keine Räucherstäbchen abbrennen«, murmelte ich zurück. »Das ist eine Beleidigung der klaren Bergluft.«

Der Raum war in zwei deutlich erkennbare Hälften geteilt. Zu unserer Rechten, im Sonnenlicht, das durch das Vorderfenster strömte, standen gläserne Regale mit Kerzen, Steinpyramiden, Flaschen mit aromatisierten Ölen, Päckchen mit Räucherstäbchen, kupferne Räucherstäbchenhalter, Buddhas aus Onyx, Klumpen aus Quarzkristall, Perlenketten und Körbe mit polierten Steinen. An einem Holzbrett hinter der Theke hingen Halsketten, Ohrringe und Armreifen, ein Holzregal an der anderen Wand enthielt Bücher zu einer Vielzahl metaphysischer Themen und CDs mit New-Age-Musik.

Zu unserer Linken, durch einen Gazevorhang vor dem direkten Einfall des Sonnenlichts geschützt, standen vier Holzstühle um einen runden Holztisch herum, der mit einem runden Samttuch bedeckt war, auf das Sterne gestickt waren. Dahinter befand sich ein großer dunkler Schrank, in dem Amanda Barrow, wie ich vermutete, ihre Arbeitsgeräte aufbewahrte: die Kristallkugel, die Tarotkarten, die Runensteine, vielleicht auch ein Hexenbrett und ein paar Zauberstäbe. Die Wände waren mit Plakaten geschmückt, die Akupunkturstellen anzeigten, Meridianlinien und Sternenkonstellationen.

Toby ignorierte diese Seite und ging auf eine Vitrine zu, in der eine Reihe von Geoden ausgestellt waren, die bereits in der Mitte geteilt waren. Sie waren genau so, wie er sie beschrieben hatte. Blass und langweilig von außen, aber innen funkelten die kristallinen Amethystformationen. Ich nahm einen in die Hand und ging mit ihm ans Fenster, um ihn im Sonnenlicht zu betrachten.

»Es sieht aus wie in dem Song vom *Big Rock Candy Mountain*«, sagte ich lächelnd. »Das wird Bill gefallen. Er ist einer der Männer, die alles haben, aber so etwas hat er noch nicht. Danke, Toby, das war eine großartige Idee. Ich werde auch eine für meinen Schwiegervater kaufen. Ich glaube, sie wird seiner Anwaltskanzlei in Boston das gewisse Etwas verleihen.«

Der Perlenvorhang raschelte, und als ich über die Schulter sah, erblickte ich eine kleine stämmige Frau mittleren Alters, die gerade aus dem Hinterzimmer kam. Ich schätzte sie auf Ende fünfzig, aber sie zog sich an, als sei sie noch ein Teenager. Sie trug eine kurz geschnittene, bestickte Bauernbluse, einen knöchellangen Musselinrock mit Besatz, klobige Arbeitsstiefel aus Leder, ein Halsband aus Apfelkernen und zwei riesige Ohrreifen, die mit Federn akzentuiert waren. Ihr Gesicht, ihr Dekolleté und ihre Arme waren von Sommersprossen bedeckt, und ihr hennarotes Haar fiel ihr fast bis auf die Hüften.

»Hi, Amanda«, sagte Toby.

»Hallo, Toby.« Amanda kam auf uns zu. »Sie müssen Angelique entschuldigen. Ich weiß auch nicht, was in sie gefahren ist. Sie versteckt sich hinten unter der Spüle. Ich habe versucht, sie hervorzulocken, aber ...« Amanda brach mitten im Satz ab und starrte mich an. Sie schnappte nach Luft und riss die grünen Augen auf. Alle Farbe wich aus ihrem Gesicht. Mit einem zitternden Finger deutete sie auf mich.

»Tod!«, schrie sie. »Sie bringen den Tod mit!«

Kapitel 14

Amandas Arm sank herab und sie schwankte, als würden ihre Beine gleich nachgeben. Toby seufzte ungeduldig, aber er legte die Schachtel mit den Calico Cookies in meine Hand und eilte herbei, um die bebende Frau zu einem der Stühle an dem samtbedeckten Tisch zu führen. Ich stand da wie unter Schock. Schließlich legte ich die Geode zurück in die Vitrine und näherte mich mit vorsichtigen Schritten Amanda und Toby.

Die rothaarige Herrin von *Mystic Crystals* saß tief über den Tisch gebeugt auf ihrem Stuhl und rieb sich mit geschlossenen Augen die Schläfen.

»Ja, ja, jetzt verstehe ich«, murmelte sie. »Angelique hat ihn gesehen, hat versucht, mich zu warnen, mich vorzubereiten … ich hätte auf sie hören sollen, aber hätte ich es ahnen können? Der Tod kommt ungebeten, wenn wir ihn am wenigsten erwarten. Selbst wir, die wir ins Jenseits schauen können, werden von ihm überrascht …«

Toby rollte mit den Augen, als wolle er sagen, dass man solch ein Schauspiel gratis mit dazu bekäme, wenn man Amandas Laden aufsuchte, doch dann beugte er sich zu ihr herab und fragte: »Amanda? Soll ich dir ein Glas Wasser bringen, oder etwas anderes?«

»Wasser, ja, Wasser«, flüsterte Amanda. »Wasser, das reinigt, das säubert, das klärt, das …«

»Ich hole es«, sagte ich rasch.

Ich stellte die Kekse und meine Tüte mit den Souvenirs auf einem der leeren Stühle ab und eilte in den hinteren Raum. Der Gedanke, wieder auf eine erbärmlich heulende Angelique zu treffen, behagte mir nicht, noch weniger behagte mir jedoch der Gedanke, allein bei Amanda Barrow zu bleiben. Ich bezweifelte, dass ich in der Lage wäre, sie zu stützen, sollte sie wirklich ohnmächtig werden.

Das Hinterzimmer entpuppte sich als kleine und erstaunlich ordentliche Küche. Nach einer hastigen Suche fand ich ein Glas und ging zur Spüle, nicht ohne Bedenken. Ich fürchtete, jeden Augenblick könnten sich scharfe Klauen in meine Knöchel bohren, aber Angelique hatte offenbar vergessen, was sie so in Aufruhr versetzt hatte. Sie sprang auf das Abtropfbrett und sah interessiert zu, wie ich das Glas mit Wasser füllte. Ich strich ihr über den flauschigen Rücken und ging in den Laden zurück, wo ich das Glas Toby reichte. Ich war mir nicht sicher, ob Amanda es von mir annehmen würde.

Statt zu trinken, tippte Amanda ihre Fingerspitzen in das Wasser, presste sie an ihre Augenlider, ihre Stirn und ihre Brust, benetzte sie erneut und schnippte ein paar Tropfen in die Luft, nach Norden, Süden, Osten und Westen. Endlich öffnete sie die Augen, warf das hennarote Haar über die Schulter und wandte langsam den Kopf zu mir. Ihre grünen Augen suchten meine nähere Umgebung ab, bevor sie mich ansah.

»Er ist fort«, verkündete sie. »Seine Energie ist in eine andere Sphäre übergegangen. Er wollte nicht gerne von Angelique oder mir gesehen werden. Er zieht es vor, sich unbemerkt durch die physische Welt zu bewegen.«

»Wer?«, fragte ich.

»Der männliche Geist, der Sie begleitet hat«, antwortete sie. »Konnten Sie seine Gegenwart nicht spüren?«

Ich fühlte ein Prickeln in meinem Nacken, als sei ein kühler Lufthauch durch den Raum gezogen. Ich kannte nur einen männlichen Geist, der Katzen einen Schrecken einjagen konnte und Hellseherinnen das Fürchten lehrte, und den wollte ich nicht in hundert Meilen Entfernung um mich haben.

»Beschreiben Sie ihn«, forderte ich sie ängstlich auf.

Amanda schloss die Augen, legte die Handflächen auf den Tisch und atmete tief durch die Nase ein. »Helles Haar, schlanker Körperbau, das Glitzern von Brillengläsern. Nein.« Konzentriert legte sie die Stirn in Falten und korrigierte sich. »Ein Kneifer, an einer Kette.«

Ich atmete innerlich auf. Wen immer Amanda da beschrieb, Abaddon war es nicht.

»Ich weiß leider nicht, wovon Sie reden«, sagte ich.

»Er hat sich Ihnen noch nicht preisgegeben, aber ich spüre …« Amanda sah mich eindringlich, fast hungrig an, als verdächtigte sie mich im Gegensatz zu den meisten Menschen, die ihren Laden betraten, auch auf ihrem ausgewiesenen Feld über gewisse Erfahrungen zu verfügen. »Sind Sie je in Kontakt mit der anderen Seite getreten?«

»Welcher anderen Seite?«, fragte ich.

»Der Ewigkeit«, flüsterte sie dramatisch.

»Ich glaube nicht.« Ich schürzte die Lippen und hob die Augenbrauen. »Nein, wahrscheinlich nicht. Ich hätte es doch sicher bemerkt.«

Toby schnaubte leise, und Amanda wartete offensichtlich darauf, dass ich weitersprach, aber ich hatte dem nichts mehr hinzuzufügen. Ich hatte nicht die Absicht, der Königin des Hokuspokus mitzuteilen, dass ich in den letzten sieben Jahren fast täglich in Kontakt mit der »anderen Seite« getreten war. Für mich war Tante Dimity eine liebe Freundin, kein übersinnliches Phänomen. Ich wollte vermeiden, dass ihr Name in einem Zirkel alternder Hippies die Runde machte, die unter einer geodätischen Kuppel Séancen abhielten.

Amanda wedelte mit einer sommersprossigen Hand in die Richtung eines leeren Stuhls. »Kommen Sie, setzen Sie sich zu mir. Erzählen Sie mir von Ihren Träumen.«

»Tut mir leid«, wehrte ich ab. »Ich kann mich nie an meine Träume erinnern.«

Das war natürlich eine glatte Lüge, aber um nichts in der Welt hätte ich dieser Frau von meinem Albtraum erzählt, und genauso wenig wollte ich ihr von den angenehmen Träumen erzählen, in denen heroische blauäugige Cockerspaniel auftauchten, schon gar nicht, wenn Toby dabeistand. Er war nicht dumm, und er hätte auch ohne Amandas Hilfe die Symbolik durchschaut.

»Vielleicht kann die Kugel unsere Suche lenken«, schlug sie vor.

»Eigentlich bin ich nur gekommen, um eine Geode zu kaufen«, sagte ich.

»Sie mögen glauben, dass Sie aus einem ganz trivialen Grund zu mir gekommen sind.« Amanda lächelte nachsichtig. »Aber ich glaube, dass Ihre Schritte von einer größeren Macht gelenkt wurden. Sollen wir nicht doch die Kugel befragen?«

»Ach, was soll's, warum nicht«, stimmte ich ihr leichtfertig zu.

Ich nahm auf einem der Stühle Platz, und nachdem er offensichtlich schwer mit sich ringen musste, schluckte Toby herunter, was immer er an Kommentaren parat hatte, und setzte sich ebenfalls.

Amanda ging zu dem Schrank und holte ein rundes Objekt hervor, das mit einem befransten, seidenen Tuch bedeckt war. Sie stellte das Objekt in die Mitte des Tisches, entfernte das Tuch mit einem eleganten Schwung und enthüllte eine große, ausgesprochen schöne Kristallkugel, die auf einem hölzernen Podest stand. Als sie sich über die Kugel beugte, hielt sie die Hände neben ihr Gesicht, als wolle sie alle Einflüsse von außen abblocken.

Toby lehnte sich mit verschränkten Armen zurück und schaute dem Ganzen argwöhnisch zu, ich jedoch beugte mich vor, stützte die Ellbogen auf den Tisch und legte das Kinn in die gewölbten Hände. Wenn Amanda gesehen hätte, dass mir Abaddons unheiliger Geist auf den Fersen war, wäre ich nervös gewesen. So fühlte ich mich ruhig und entspannt und bereit für ein bisschen Spaß.

»Ich sehe eine lange Reise«, intonierte Amanda. »Sie kommen von weit her.«

Ihr lächerlicher Versuch, mich zu beeindrucken, hätte mich fast laut losprusten lassen. Mittlerweile wusste wahrscheinlich jeder in Bluebird, wer ich war und dass ich in England lebte.

»Sie werden auf einen kleinen, dunklen Fremden treffen«, fuhr sie fort.

»Muss es nicht ein großer, dunkler Fremder heißen?«, murmelte Toby.

Amanda schaute unbeirrt in ihre Kugel, als sei es unter ihrer Würde, auf Tobys Scherz einzugehen.

»Diejenigen, die Sie lieben, werden Sie überraschen«, sagte sie.

Erneut musste ich mir das Lachen verkneifen. An Amandas faulem Zauber war nichts Mystisches. Wahrscheinlich wusste auch sie, wie jeder in Bluebird, von meinen beiden fünfjährigen Söhnen. Man brauchte kaum übersinnliche Kräfte, um vorherzusagen, dass die beiden ihre Mutter das ein oder andere Mal überraschen würden. Will und Rob überraschten mich jeden Tag. Dazu sind Fünfjährige da.

»Der Tod streckte die Hand nach Ihnen aus«, flüsterte Amanda. »Aber Sie entkamen seinem Griff.«

Ich richtete mich auf, und das Lachen in mir erstarb. Sicherlich warf Amanda ihre Pfeile auf gut Glück, aber selbst solche Pfeile finden manchmal ihr Ziel, und dieser hier war mir ein bisschen zu sehr in der Nähe des Zentrums gelandet.

»Er wird wiederkommen, um Sie zu holen«, fuhr sie fort. »Sie riskieren alles, indem Sie unter den Flügeln des Adlers schlafen. Der Todesfluch wird Sie nicht unbeschadet lassen.«

»Jetzt reicht es!« Toby sprang auf und stieß seinen Stuhl beiseite. »Ich wusste, dass du früher oder später auf den Fluch kommen würdest, Amanda, aber ich hätte nicht gedacht, dass du dir eine solch kranke Wendung einfallen lässt. Du behauptest doch immer, dass du deine angeblichen Fähigkeiten nur für das Gute einsetzt, aber ich sehe nichts Gutes daran, jemandem einen solchen Schrecken einzujagen. War James Blackwell auch hier? Hast du ihn auch verängstigt?«

Amanda schaute von ihrer Kristallkugel auf. »Alle meine Konsultationen sind privat, und meine Kunden können auf meine Diskretion vertrauen.«

»Wie praktisch«, höhnte Toby. »So brauchst du dich nicht zu rechtfertigen, wenn du Unsinn redest.«

»Ich gebe nur weiter, was die Kugel mir enthüllt«, sagte Amanda ernst.

»Und was du im Café aufschnappst und was du erfindest«, fuhr Toby sie an.

»Das innere Auge lügt nicht«, sagte Amanda unbeirrt.

»Ich unterbreche eine solch angeregte Debatte nur ungern«, sagte ich mit erzwungener Nonchalance. »Aber mit dem Tod bin ich in letzter Zeit nur bei dem Besuch auf dem Friedhof in Berührung gekommen. Andererseits werde ich bald vor Hunger sterben, wenn ich nicht etwas zu essen bekomme. Lunch ist schon eine Weile her, und wir haben einen weiten Weg hinter uns.« Ich erhob mich. »Danke für Ihre Zeit, Amanda. Wenn Sie gestatten, möchte ich nur zwei Geoden kaufen und mich dann auf den Weg ins Aerie machen. Ich schlafe wirklich gern unter den Flügeln des Adlers. Darf ich Ihnen den schnöden Mammon gleich hier geben oder an der Kasse?«

»Weder noch«, sagte sie und reagierte auf meine Scherze genauso wenig wie auf den Tobys. »Ich möchte Ihnen die Geoden schenken. Mit Ihrem Geist zu kommunizieren war mir Lohn genug.«

»Sie sind sehr freundlich«, sagte ich und wich ihrem Blick aus.

Kurz darauf standen Toby und ich wieder auf der Stafford Avenue. Noch nie war ich so froh, wieder rauchfreie Luft zu atmen, aber Toby sah aus, als könne er Feuer spucken.

»Das tut mir wirklich leid«, sagte er. »Amanda kam mir eigentlich immer harmlos vor, aber sie konnte wohl der Versuchung nicht widerstehen, den Fluch so richtig auszukosten.«

»Den Todesfluch«, korrigierte ich. »Hat doch einen gewissen Klang, finden Sie nicht?«

»Ich finde«, sagte Toby grimmig, »dass Amanda sich in Zukunft etwas vorsehen sollte, sonst macht sie noch Pleite. Touristen lassen sich nicht gerne Angst einjagen. Und Sie sind erschrocken, nicht wahr?«

»Nein«, behauptete ich. »Ich persönlich glaube, dass es auf der Welt schon genug schreckliche Dinge gibt. Ich muss sie nicht noch in Kristallkugeln suchen.«

Toby sah mich eindringlich an, als wolle er sich überzeugen, dass mich Amandas beunruhigende Prophezeiungen wirklich nicht aus der Fassung gebracht hatten. Meine gelassene Miene musste ihn überzeugt haben, denn er entspannte sich und wechselte das Thema.

»Ich bin froh, dass Sie das Dinner erwähnt haben«, sagte er. »Ich bin nämlich auch am Verhungern.«

»So wie ich.«

Wenn ich ganz ehrlich zu Toby gewesen wäre, hätte ich ihm verraten müssen, dass ich das Dinner nur als Entschuldigung benutzt hatte, um von Amanda und ihrer Kugel wegzukommen. Sie mochte sich beim Großteil ihrer Voraussagen auf gewisse Schlüsse verlassen haben, die sie aus dem Klatsch und Tratsch gezogen hatte, aber für meinen Geschmack sah sie manches eindeutig zu klar.

Der Tod hatte die Hand nach mir ausgestreckt, und ich war seinem Griff entkommen. Wartete er im Aerie auf mich, um den Job zu beenden, den er in Schottland nicht erledigt hatte? Würde ich das nächste Opfer des Todesfluchs werden?

Als wir Caroline's Café betraten, empfand ich plötzlich so etwas wie Mitgefühl für James Blackwell, wie er allein in seinem Bett gelegen und darüber gegrübelt hatte, was wohl als Nächstes geschehen würde.

Kapitel 15

Toby und ich beschlossen, unser Abendessen im Café einzunehmen, um uns den Abwasch zu sparen. Um halb sechs kehrten wir zum Lord-Stuart-Pfad zurück, bis oben hin voll mit Carrie Vynes ausgezeichnetem Brathühnchen, Stampfkartoffeln und Bohnensalat. Als wir den Pfad hinaufgingen, sah ich etwas, was ich noch nie in Colorado gesehen hatte.

»Täuschen mich meine Augen«, sagte ich und blinzelte in den Himmel, »oder sind das wirklich Wolken?«

Toby folgte meinem Blick und nickte. »Sieht so aus, als ziehe eine Kaltfront heran. Könnte eine regnerische Nacht werden.«

Insgeheim atmete ich erleichtert auf. Seit man auf mich geschossen hatte, konnte ich Stürme nicht mehr ertragen – jeder Blitz rief einen Widerschein von Abaddons unheimlichem bleichem Gesicht hervor, das auf den sturmgepeitschten Klippen Schottlands über mir schwebte –, aber mit einer regnerischen Nacht würde ich fertig werden.

»Was für rücksichtsvolles Wetter ihr hier habt«, sagte ich. »Kein Regen, solange wir wandern oder reiten oder picknicken.«

»So rücksichtsvoll ist es nicht immer«, sagte Toby. »Deshalb muss man auch immer …«

»… seine Regensachen mitnehmen«, vollendete ich für ihn.

Als wir das Aerie erreichten, fuhr bereits ein frischer Wind durch die Baumwipfel, und die Temperatur war

174

um mindestens fünf Grad gefallen. Ich war froh, dass wir das Café nicht später verlassen hatten, sonst hätten wir wohl noch bedauert, Shorts anzuhaben.

Während Toby die Keksdose mit neuen Calico Cookies auffüllte, legte ich die Espenblattohrringe für Annelise auf ihren Ankleidetisch und lehnte die Stoffbüffel gegen die Kissen der Zwillinge im Zelt im Spielzimmer. Ich überlegte kurz, ob ich das blaue Tagebuch aufschlagen sollte, beschloss dann aber, meinen Plausch mit Tante Dimity zu verschieben, bis Annelise und die Jungen von der Ranch zurückgekehrt waren. Ich wusste, dass unser Gespräch länger dauern würde, und wollte nicht mittendrin unterbrochen werden.

Nachdem ich ein paar bequeme Jeans und einen Kaschmirpullover angezogen hatte und meine Wanderstiefel gegen das Paar wunderbar weicher Mokassins von *Dandy Don's* eingetauscht hatte, nahm ich die Geoden mit ins Wohnzimmer und stellte sie auf den Esstisch, wo sie jeder sehen konnte.

Während ich meine Geschenke verteilt hatte, hatte sich auch Toby umgezogen. Er trug frisch gewaschene Jeans, Sneaker und ein altes, graukariertes Flanellhemd. So kniete er vor dem Kamin und entzündete ein Feuer.

»Heute gibt's leider kein Lagerfeuer«, meinte er. »Es ist zu windig.«

»Ich hatte sowieso nicht damit gerechnet«, sagte ich und ging ihm zur Hand. »Baden und ins Bett gehen steht auf dem Programm, wenn Will und Rob zurückkommen, und ich bin sicher, dass auch Annelise heute früh schlafen geht.« Ich reichte ihm ein paar Holzscheite. »Im Kaminlicht sehen die Geoden sicher fantastisch aus.«

»Oh ja«, sagte Toby, aber er schien mit seinen Gedanken woanders zu sein. Er schloss die Feuertür, richtete sich auf und sah mich an. »Sagen Sie mir die Wahrheit, Lori, nach allem, was Sie heute gehört haben. Kommt Ihnen das Aerie jetzt verändert vor?«

»Nein.« Ich lächelte ihn an und hob die Hand wie zum Schwur. »Pfadfinderehrenwort, Toby, ich fühle mich im Aerie noch immer so willkommen wie am ersten Tag. Selbst wenn ich an Flüche glauben würde, wüsste ich doch, dass auf diesem Ort keiner liegt. Hier gibt es nur gute Gefühle.«

»Ich hätte Amanda erwürgen können«, sagte er düster.

»Vergessen wir Amanda«, sagte ich. »Sie wollten mir doch die Sachen zeigen, die James Blackwell zurückgelassen hat. Vielleicht tun Sie das jetzt, solange wir ungestört sind.«

»Okay, kommen Sie mit.«

Ich folgte ihm durch den Flur hinter der Küche und zwei Treppen hinauf zur Hausmeisterwohnung. Da ich Tobys Privatsphäre respektierte, wäre es mir nie eingefallen, sie ohne seine Erlaubnis zu betreten, aber da ich nun schon mal da war, sah ich mich natürlich ein bisschen um.

Die Wohnung erwies sich als recht komfortabel, mit Einbauküche, einem Wohn- und Esszimmer, einem Bad, einem Schlafzimmer und einem eigenen Balkon. Die Zimmer waren zwar nicht luxuriös, aber gemütlich eingerichtet und offenbar für eine Person ausgelegt. Toby hatte sich die etwas spartanische Unterkunft dadurch zu eigen gemacht, dass er die Quarzkristalle, die er auf unseren Wegen gesammelt hatte, auf dem Fensterbrett aufgereiht hatte. Abgesehen davon wirkte die Wohnung so sauber und unpersönlich wie eine Hotelsuite.

Es verwunderte mich ein wenig, wie sauber das Apartment war – schließlich handelte es sich bei Toby um einen Collegestudenten –, aber dann fiel mir ein, dass er eigentlich jede wache Minute im Aerie zusammen mit uns verbracht hatte. Wenn die Zimmer noch so unbewohnt aussahen, lag das daran, dass er sie bislang kaum bewohnt hatte.

Toby musste meine inquisitorischen Blicke bemerkt haben.

Er grinste und sagte: »Es ist bescheiden, aber es ist ein Heim. Kommen Sie.«

Das Schlafzimmer sah immerhin so aus, als hätte hier jemand übernachtet. Das Bettzeug auf dem Einzelbett war nicht ganz glatt, Tobys Hut hing an einem Bettpfosten, und seine schmutzigen Wanderstiefel standen neben einer Kommode. Obendrauf lagen Tannenzapfen, Steine und Federn, und auf dem Nachttisch stapelten sich ein paar Bücher. Als Toby die Schranktür öffnete, sah ich ein paar weitere Flanellhemden auf Kleiderbügeln und Jeans in den Regalfächern. Seine rote Jacke hing an einem Haken auf der Innenseite der Tür.

»Setzen Sie sich«, sagte er.

Da es keinen Stuhl im Zimmer gab, nahm ich auf der Bettkante Platz. Derweil zog Toby mit einiger Mühe eine große offene Holzkiste aus dem Schrank und schob sie vor das Bett. Es hätte einiges an Kraft gekostet, die Kiste ins Wohnzimmer zu schleppen.

»Nun«, sagte er, über die Kiste gebeugt, »was meinen Sie?«

Die Kiste war mit schmutzigen, zerkratzten und verbeulten Werkzeugen gefüllt: mehrere Spitzhämmer, ein Stemmeisen, eine kleine Schaufel, ein Schlaghammer und eine Spitzhacke, dazu eine Rolle mit Kletterseil aus Nylon, eine batteriebetriebene Laterne und ein Sicherheitshelm mit eingebauter Lampe.

»Alles Dinge, die ein Minenarbeiter brauchen würde«, sagte ich.

Toby nickte. »Mein erster Gedanke war, dass James so zum Spaß das Schürfen begonnen hat. Es gibt viele Leute, die in ihrer Freizeit gerne auf Steinen herumklopfen.«

»Und Ihr zweiter Gedanke?«, erkundigte ich mich.

Anstatt mir zu antworten, nahm Toby ein paar Blätter vom Nachttisch. Er reichte sie mir. Es waren Rechnungen und Quittungen von einem Eisenwarenladen in Denver, bei dem James M. Blackwell sämtliche Werkzeuge in der Kiste gekauft hatte.

»Sehen Sie die Daten?«, sagte Toby. »Das Stemmeisen und die Laterne hat er Mitte April gekauft, die anderen Sachen ein paar Wochen später.«

Ich sah mir die Rechnungen an und gab sie ihm zurück. »Okay, so weit kann ich Ihnen folgen.«

Toby legte die Rechnungen wieder auf den Nachttisch und setzte sich neben mich.

»Vielleicht bin ich auf dem völlig falschen Dampfer«, begann er, »aber so wie ich es sehe, taucht James im Februar bei der Historical Society auf und erkundigt sich nach der Lord-Stuart-Mine. Im März kommt er wieder und stellt Nachforschungen über das Grubenunglück an. Mitte April besorgt er ein Stemmeisen und eine Laterne. Zwei Wochen später kauft er den Rest, Werkzeuge, mit denen er …« Tobys Stimme erstarb, als könne oder wolle er seine Vermutungen nicht laut aussprechen.

Ich nahm das Stemmeisen und schaute es mir genauer an. Es zeigte Abriebe und Einbuchtungen, so als habe jemand eine sehr schwere Arbeit damit verrichtet. Während ich mit den Fingern über die Furchen im Metall strich, fiel mir ein, was Toby zu mir gesagt hatte, als wir an unserem ersten Abend im Aerie am Kamin saßen: *Mr*

Auerbach ließ den Eingang zur Lord-Stuart-Mine von einem
Ingenieursteam versiegeln. Hier ist alles bombensicher …

Ich legte das Eisen wieder in die Kiste und drehte
mich zu Toby. »Glauben Sie, dass James versucht hat, in
die Mine einzudringen?«

»Er müsste verrückt sein«, entgegnete Toby. »Es ist lebensgefährlich dort unten.«

»Hätte er überhaupt eindringen können?«, fragte ich.

»Nicht durch den Haupteingang«, antwortete Toby.
»Aber er hätte es über einen der Nebentunnel versuchen
können. Wie ich schon sagte, die Berge sind von Minen-
schächten durchbohrt.«

»Sie haben recht«, sagte ich und wischte mir den
Schmutz von den Händen. »So etwas würde nur ein Verrückter wagen.«

»Verrückt … oder gierig.« Toby kaute auf seiner Un-
terlippe herum. »Sie haben gehört, was Mrs Blanding gesagt hat. Die Männer kamen sogar aus Indien ins Vulgamore-Tal, um hier Gold zu suchen. James hatte eine
Goldmine vor seiner Haustür. Er musste nur in sie ein-
brechen, um sein Vermögen zu machen.«

»Aber die Lord-Stuart-Mine ist doch versiegt«, erinnerte ich ihn.

»Und wenn nicht?« Toby sah mich an. »Was, wenn
die Mine geschlossen wurde, bevor sie versiegt war, weil
man die Wahrheit über den Einsturz vertuschen wollte?
James hat eine Menge recherchiert. Vielleicht ist er zu
dem Ergebnis gekommen, dass es das Risiko wert war,
herauszufinden, ob es dort unten noch Gold gibt.«

»Und wenn dem so war?« Meine Augen weiteten
sich, als mir klar wurde, worauf Toby hinauswollte.
»Meinen Sie, James ist auf und davon, weil er sich die
Taschen mit Gold gefüllt hatte?«

»Wenn, dann hätte er Mr Auerbach sicherlich nichts

davon wissen lassen«, meinte Toby. »Denn per Gesetz würde das Gold der Familie Auerbach gehören.« Er beugte sich vor, stützte die Ellenbogen auf den Knien ab und verschränkte die Hände. »Ich bezichtige jemand, den ich nicht kenne, nur ungern des Diebstahls, aber es würde eine Menge erklären. Sein Interesse an der Mine, den Kauf der Werkzeuge, sein plötzliches Verschwinden, noch dazu, ohne eine Adresse zu hinterlassen …«

»Aber er soll ein guter Kerl gewesen sein«, wandte ich ein. »Carrie Vyne, Brett Whitcombe, Rose Blanding – sie alle hielten James für eine ehrliche Haut, und so jemand bestiehlt seinen Boss nicht.«

»Das Goldfieber hat schon viele Menschen verändert«, hielt Toby dagegen.

»Er war Hobbyhistoriker, kein Dieb«, beharrte ich.

»Und was macht ein Hobbyhistoriker mit solchen Werkzeugen?« Toby zeigte auf die Kiste.

Ich überlegte kurz, bevor ich antwortete. »Er ging der Geschichte auf den Grund. Erinnern Sie sich, was Rose Blanding uns erzählt hat? James wollte wissen, ob der Lord-Stuart-Fluch auf Fakten beruhte.«

»Nicht schon wieder der Fluch«, stöhnte Toby.

»Der Fluch gehört zur Geschichte des Aerie, ob es Ihnen nun gefällt oder nicht«, stellte ich fest. »Wenn James in die Mine gestiegen ist, dann um herauszufinden, was dort unten wirklich geschehen ist. Er wollte die Fakten über das Unglück ans Tageslicht bringen, weil er …«, ich warf Toby einen vorsichtigen Blick zu, bevor ich meine Theorie kundtat, »… weil er das Aerie *erlösen* wollte. Er wollte es von dem Fluch befreien. Er wollte beweisen, dass es handfeste Gründe dafür gab, dass der Schacht eingestürzt ist, aber keinesfalls, weil ein böser Fluch auf der Mine lastete.«

»Also hat James Ihrer Meinung nach in gewisser Weise auch an den Fluch geglaubt?«, sagte Toby mürrisch.

»Das spielt keine Rolle«, entgegnete ich. »Aber es gab so viele Leute hier, die daran glaubten. Ihnen wollte er die Wahrheit zeigen.«

»Und warum hat er sich so eilig davongemacht?«, fragte Toby.

»Weil wir kamen«, sagte ich aus einer plötzlichen Eingebung heraus. »Er hatte den Beweis, den er suchte, noch nicht gefunden, aber er hatte Angst, dass einer von uns ihm auf die Schliche kommen könnte, und sei es rein zufällig. Danny Auerbach wäre ausgerastet, wenn er erfahren hätte, dass jemand die Mine geöffnet hatte – Danny möchte auch nicht, dass eines seiner Kinder in einen ungesicherten Schacht fällt, wissen Sie noch? –, also suchte er das Weite, bevor Danny ihn feuern konnte.«

»Das kaufe ich Ihnen nicht ab«, beharrte Toby. »Das Szenario klingt wenig glaubhaft. Um herauszufinden, was den Einsturz verursachte, hätte James Bergbauingenieur und Archäologe zugleich sein müssen. Er hätte nicht einfach herabsteigen können und ›Aha, zu schwache Streben‹ sagen können.«

»Er ist ein intelligenter Mann«, wandte ich ein. »Vielleicht hat er Literatur in der Bibliothek gefunden, die ihn …«

»Literatur?«, unterbrach mich Toby. »Wenn James irgendetwas aus der Fachliteratur gelernt hätte, dann die Tatsache, dass man Monate, Experten und schweres Gerät gebraucht hätte, um zu klären, was damals schiefgegangen ist. Tut mir leid, Lori, aber Ihre Erklärung ergibt keinen Sinn.«

»Sie gefällt mir besser als Ihre«, entgegnete ich trotzig.

»Sie gefällt mir auch besser als meine«, sagte Toby.

»Aber ich fürchte, meine kommt der Wahrheit näher. James hat in der Lord-Stuart-Mine Gold gefunden, hat es gestohlen und sich aus dem Staub gemacht, bevor man ihm auf die Schliche kam.«

Wir verfielen in ein unangenehmes Schweigen, das vom Klingeln meines Handys unterbrochen wurde. Ich nahm das Gespräch an, aber die Verbindung war so schlecht, dass Annelise mehrere Male wiederholen musste, was sie mir zu sagen hatte.

»… übles Gewitter … Hagel … Sturm in den Passhöhen … über Nacht bleiben?«

»Ja!«, rief ich. »Bleibt dort! Versucht gar nicht erst zurückzukommen! Bis morgen!«

»… morgen«, rief Annelise und legte auf.

»Wow«, sagte ich und sah auf mein Handy. »Das klingt, als wäre es ganz schön übel dort draußen. Brett Whitcombe will, dass Annelise und die Kinder die Nacht auf der Brockman Ranch verbringen, weil es in den Höhen sehr stürmisch geworden ist. Kaum zu glauben, dass sie nur ein Tal von uns entfernt sind.«

»Die Front bewegt sich nach Westen«, erklärte Toby. »Wenn sie jetzt über die Brockman zieht, ist sie in spätestens einer Stunde bei uns.«

»Sie sagten etwas von einer regnerischen Nacht.« Ich sah ihn ängstlich an. »Von Donner und Blitz war nicht die Rede.«

»Zu einer regnerischen Nacht in den Rockies gehören nun mal Donner und Blitz«, bemerkte er. »Es wird Ihnen gefallen, Lori. Die Blitze sind fantastisch, und der Donner lässt den Boden beben.«

Von Tobys munteren Worten wurde mir fast schlecht, denn ich wusste, wie ich auf Donner reagierte, der den Boden beben ließ. Ich spürte bereits, wie meine Hände feucht wurden. Die Erfahrung hatte mich gelehrt, dass es nur eine Möglichkeit gab, die mich davor bewahrte, mich in ein hysterisches, zusammengekauertes Wrack zu verwandeln – Ablenkung. Ich musste mich in etwas vertiefen, das Blitz und Donner in den Hintergrund drängen würde.

»Danke, dass Sie mir James' Kiste gezeigt haben«, sagte ich. »Vergessen Sie nicht, dass wir nicht wirklich wissen, warum er die Werkzeuge gekauft hat. Vielleicht hat er nur Geoden gesucht.«

»Sicherlich«, meinte Toby wenig überzeugt.

Ich stand vom Bett auf. »Gehen Sie schlafen, Toby. Es war ein langer Tag.«

»Und was machen Sie?«, fragte er.

»Ich gehe noch mal in die Bibliothek und sehe mir die Sachen an, die sich James von Rose Blanding ausgeliehen hat.«

»Ich komme mit«, sagte er und sprang auf.

»Nein, das werden Sie nicht«, sagte ich und drückte ihn wieder auf das Bett. Ich wollte keineswegs die Chefin heraushängen lassen, aber noch weniger wollte ich, dass er mich sah, falls sich Blitz und Donner doch nicht in den Hintergrund drängen ließen. »Sie haben heute Abend frei. Hören Sie Musik, sehen Sie sich einen Film an, lesen Sie ein Buch, tun Sie, was Ihnen Spaß macht. Ich befehle Ihnen, sich zu entspannen.«

Toby starrte auf seine Hände und fragte mit gedämpfter Stimme: »Sie sind doch nicht böse auf mich?«

»Warum sollte ich böse auf Sie sein?«, fragte ich verblüfft.

»Weil ich anderer Meinung bin, was James betrifft«, sagte er.

»Um Himmels willen, Toby«, sagte ich lachend. »Wenn ich auf jeden böse wäre, der anderer Meinung ist als ich, wäre ich nur noch böse. Ich will einfach nur, dass

Sie sich mal Zeit für sich nehmen. Sie müssen es langsam leid sein, auf uns aufzupassen.«

»Das ist mein Job«, sagte er.

»Aber heute Abend nicht«, entschied ich.

»Na gut, dann lese ich eben ein Buch«, sagte er enttäuscht. Er beugte sich vor und nahm die Laterne aus der Holzkiste. »Die nehmen Sie besser mit, ich habe die Batterien überprüft, sie funktioniert. Wenn während des Sturms der Strom ausfallen sollte, springt der Notgenerator an, aber das dauert ein paar Minuten. Wenn Sie mich brauchen ...«

»Dann weiß ich genau, wo ich Sie finde«, sagte ich und ergriff die Laterne. »Gute Nacht.«

Ich ging zurück ins Wohnzimmer. Schwarze Wolken hatten den Himmel bedeckt, und von den Berghängen hallte der Donner, als wolle er mir raten, von den großen Panoramafenstern wegzutreten, bevor die Blitze zuckten. Ich eilte in die Bibliothek, schaltete alle Lichter an, zog die Vorhänge zu und stellte die Laterne auf dem Schreibtisch ab. Ich hatte nicht vor, im Dunkeln zu sitzen, sollte der Strom ausfallen, nicht mal für ein paar Minuten.

Seit meiner Ankunft im Aerie hatte ich die Bibliothek schon einige Male aufgesucht, ich kannte mich also schon aus. Drei der Wände waren von maßgefertigten Bücherregalen bedeckt. Der Schreibtisch stand vor der vierten, vor dem Fenster, dessen Vorhänge ich so hastig zugezogen hatte. Daneben standen ein Kartentisch aus Mahagoni und vier übergroße Sessel, jeder mit einer Leselampe und mit Fellen auf den Rückenlehnen, die geeigneten Plätze, um sich mit einem Buch hineinzukuscheln.

Ich sank in einen der Sessel und ließ meinen Blick mehrmals über Florence Auerbachs Buchkollektion wandern. Als plötzlich der Regen gegen die Scheiben prasselte, zwang ich mich, das Geräusch zu ignorieren und konzentrierte mich stattdessen auf Danny Auerbachs rätselhafte Ehefrau.

Ich hatte Toby nichts über das merkwürdige Verhalten Florence Auerbachs verraten dürfen, weil ich Bill versprochen hatte, es für mich zu behalten. Ich hatte Toby nichts davon gesagt, dass sie die Weihnachtsferien der Familie im Aerie aus einem unbekannten Grund abgebrochen hatte, dass sie sich weigerte, jemals wieder einen Fuß hineinzusetzen, oder dass sie von ihrem Mann verlangt hatte, das Aerie zu verkaufen, ohne zu begründen, warum sie das so wollte. Doch selbst wenn ich Toby das alles erzählt hätte, wäre er wahrscheinlich doch nicht davon zu überzeugen gewesen, dass sie sich aufgrund des Fluchs gegen das Aerie entschieden hatte. Toby wollte einfach nichts von diesem Fluch wissen.

James Blackwell wäre wahrscheinlich offener für derartige Überlegungen gewesen. Er hatte das Weihnachtsfest mit der Familie im Aerie verbracht und den vorzeitigen Aufbruch miterlebt. Nachdem sie nach einigen Tagen nicht wieder erschienen waren, fragte er sich wahrscheinlich, warum sie so plötzlich einen Ort verlassen hatten, an dem sie sich zuvor immer so wohlgefühlt hatten. Vielleicht war er zu dem Schluss gekommen, dass ihre Flucht etwas mit dem Fluch zu tun hatte, von dem er in der Stadt gehört hatte. Im Gegensatz zu Toby war ich mir sicher, dass James sich entschlossen hatte, den Dingen auf den Grund zu gehen.

Man konnte ruhig davon ausgehen, dass James die Bücher in Mrs Auerbachs Bibliothek durchforstet hatte, um etwas über den Fluch herauszufinden. Aber er war noch weiter gegangen. Er hatte mit Brett Whitcombe gesprochen und sich an die Historical Society gewandt. Er hatte Zeitungsausschnitte und Fotografien ausgewertet, alles mit der Absicht, mehr über den Fluch zu erfahren. Schließlich hatte er sich das Werkzeug besorgt, mit dem er in die Mine steigen konnte – an den Ort, wo alles begann.

Je mehr ich darüber nachdachte, desto sicherer wurde ich mir: James war in die Mine gestiegen, um zu beweisen, dass die Ängste der Auerbachs unbegründet waren. Zugegeben, er war kein Fachmann, aber vielleicht hatte er in den Büchern gefunden, wonach er suchen musste und wo er es finden würde.

Ich hatte nicht die Absicht, James' Spuren in der Mine zu folgen, aber ich konnte versuchen, den Prozess zu rekonstruieren, der ihn dorthin geführt hatte. Ich wollte beweisen, dass Toby sich irrte, ihm zeigen, dass James Blackwell nicht in die Mine gestiegen war, um seine Arbeitgeber zu bestehlen, sondern um die wahre Ursache des Grubenunglücks zu finden.

Hagel hämmerte gegen das Fenster, als mein Blick schließlich auf eine Schachtel mit der Aufschrift BLUE-BIRD HISTORICAL SOCIETY in der untersten Reihe des Regals zu meiner Linken fiel, die sich bis dahin geschickt im Schatten verborgen hatte.

»Na also«, sagte ich und erhob mich. »Dann fangen wir doch mit dir an.«

Ich nahm die Schachtel aus dem Regal und stellte sie neben die Laterne auf den Schreibtisch. Als ich den Deckel der Schachtel abnahm, geschahen mehrere Dinge gleichzeitig. Ein ohrenbetäubender Donnerschlag ließ das Fenster erzittern, der Strom fiel aus, und im Schein der Laterne sah ich die teuflischen Augen Abaddons, die mich anstarrten.

Kapitel 16

»Lori? Lori, wachen Sie auf! Sagen Sie etwas, Lori!«

Ich öffnete die Augen und fand mich flach auf dem Rücken liegend auf dem Teppich in der Bibliothek. Der Regen schlug noch immer schwer gegen die Scheiben, aber das Licht war wieder angegangen. Toby kniete neben mir, hatte meine rechte Hand umklammert und sah sehr jung und sehr erschrocken aus.

»Hallo«, sagte er mit dem heldenhaften Versuch eines Lächelns.

Ich sah benommen zu ihm hinauf. »W-was ist passiert?«

»Ich weiß es nicht«, sagte er. »Ich hörte Sie schreien und bin losgerannt.«

»Ich habe geschrien?«, sagte ich mit gerunzelter Stirn.

»Oh ja.« Toby nickte ernst. »Ich habe es bei geschlossener Tür gehört.«

»Aber warum sollte ich ...« Ein Blitz erhellte die Vorhänge, und die Erinnerung schwappte über mich wie eine Springflut. Ich ergriff Tobys Hand und flüsterte: »Er war's, er.«

Tobys Augen weiteten sich, und er sah sich um. »Ist jemand hier? Hat jemand Sie angegriffen?«

»Ja ... nein ... nicht hier ... in Schottland ... sein Gesicht, ich habe sein Gesicht gesehen.« Ich schloss die Augen und erschauderte.

»Schottland?« Toby legte mir den Handrücken auf die Stirn, als wolle er prüfen, ob ich Fieber hatte. »Fühlen Sie sich schwindelig, Lori? Womöglich sind Sie dehydriert. Ich habe Ihnen doch tausend Mal gesagt, Sie sollen viel …«

»Ich bin nicht dehydriert«, wehrte ich ab. Ich schob seine Hand beiseite und richtete mich auf. »Ich habe sein Gesicht gesehen.«

»Wessen Gesicht?«, fragte Toby.

Ich stöhnte auf, sackte nach vorne und bedeckte mein eigenes Gesicht mit den Händen.

»Sie zittern ja, Lori. Kommen Sie, stehen Sie vom Boden auf.« Toby zog mich hoch und setzte mich in einen Sessel. Er zog das Fell von der Rückenlehne und legte es mir über die Schultern. Besorgt schaute er mich an. »Soll ich Ihren Mann anrufen?«

»Nein!«, fuhr ich ihn an. »Auf keinen Fall. Sie sollen niemanden anrufen, weder Bill noch Annelise. Niemanden.«

»Okay, okay, ich mach es nicht.« Toby kratzte sich den Kopf und sah sich hilflos um. »Wie wäre es mit einer Tasse Tee?«

Ich zog das Fell dichter an mich und lächelte schwach. »Sie klingen wie mein Ehemann.«

»Fallen Sie zu Hause oft in Ohnmacht?«

»Nein, aber ich wache jeden Morgen schreiend auf.« Tränen kullerten aus meinen Augen. »Und Bill macht mir immer eine Tasse Tee. Er ist so freundlich. Genau wie Sie.« Ich senkte den Kopf. »Es tut mir leid, Toby, ich habe Ihren freien Abend ruiniert.«

»Ich wollte ja gar nicht frei haben. Was kann ich für Sie tun?«, fragte er mit einem Hauch Verzweiflung.

Ich wischte mir die Tränen aus den Augen und deutete mit zitterndem Zeigefinger auf den Schreibtisch. »Bringen Sie mir die Schachtel.«

Toby zögerte, doch dann holte er die graue Schachtel und legte sie in meinen Schoß. Langsam richtete ich den

Blick auf das alte, sepiagetönte Foto, das ich mir als letztes beim Schein von James Blackwells Laterne angesehen hatte.

Der Mann auf dem Bild stand kerzengerade vor einer viktorianischen Tapete. Eine Hand lag auf dem Revers seines schlecht sitzenden Anzugs, die andere ruhte auf der Rückenlehne eines mit Samt bezogenen Stuhls. Er hatte ein schmales, bleiches Gesicht, wirres, schwarzes Haar und dunkle durchdringende Augen, so schwarz und unergründlich wie der Höllenschlund.

»Abaddon«, hauchte ich.

»Aba wer?«, fragte Toby.

Ich konnte meinen Blick nicht von dem Foto losreißen. »Wissen Sie, wer dieser Mann ist?«

Toby beugte sich über meine Schulter und schaute sich das Bild an. Dann nahm er es in die Hand und drehte es um. »Ich habe keine Ahnung, und auf der Rückseite steht auch nichts. Da das Foto aus dem Archiv der Historical Society stammt, nehme ich an, dass es einer von den vielen ist, die hier ein Vermögen machen wollten. Viele Männer ließen damals Porträts von sich anfertigen, um ihren Verwandten zu zeigen, wie erfolgreich sie waren, ob es stimmte oder nicht.« Er zog einen Sessel heran, stellte die Schachtel auf seine Knie und zog Foto um Foto hervor. »Sehen Sie? Lauter Aufnahmen wie diese.«

Er schien froh zu sein, sich mit irgendetwas beschäftigen zu können, auch wenn er nicht ganz verstand, worum es ging. Er zeigte mir ein sepiagetöntes Bild nach dem anderen, formale Porträts namenloser Männer in Anzügen, die entweder zu eng oder zu weit oder zu kurz oder zu lang für sie waren. Während ihre ernsten, gefassten Gesichter in schneller Abfolge an mir vorbeihuschten, fragte ich mich, wer von denen es wirklich geschafft hatte, oder ob sie alle so erbärmlich gestorben waren, wie Rose Blanding auf dem Friedhof beschrieben hatte.

Ein gutturales Donnergrollen wälzte sich von einem Ende des Tals zum anderen, und ich kauerte mich tiefer in den Sessel. Toby hatte meine Reaktion wohl bemerkt, denn er wedelte mit einem Foto unter meiner Nase, als sei es Riechsalz.

»Hier«, verkündete er, »ich habe ein Foto mit einer Aufschrift entdeckt. Es ist Emerson Auerbach. Er muss Mr Auerbachs Ururgroßvater oder so etwas gewesen sein. Ziemlich interessant, was?«

Emerson Auerbach hatte es offensichtlich tatsächlich geschafft. Er war wohlbeleibt und makellos gekleidet. Er trug einen Zylinder, einen Siegelring und eine Taschenuhr, die an einer schweren Kette hing, die sich über seine elegante Weste spannte. Er reckte sein Doppelkinn hoch, und so wie er in die Kamera blickte, schien er zu sagen: »Ich bin ein Mann, mit dem zu rechnen ist.«

»Und hier ist eine Gruppenaufnahme an der Lord-Stuart-Mine«, sagte Toby und reichte mir ein größeres Foto.

Ich schaute es mir an und vergaß für eine Weile den Sturm. Einundzwanzig Männer in Hemdsärmeln saßen auf einer von Steinen übersäten Bergflanke und schauten in die Kamera. Im Gegensatz zu Emerson Auerbach waren sie ausgemergelt und verdreckt. Die Hüte, die sie trugen, waren aus der Form geraten, ihre Hemden hatten keine Kragen, und unter ihren Fingernägeln sah man den Dreck. Dennoch wirkten sie alle sehr selbstbewusst, ja fast großspurig. Auch sie, dachte ich, waren Männer, mit denen zu rechnen war. Ich beugte mich über das Foto, um mir jeden Einzelnen genauer anzusehen, doch dann fuhr ich erschrocken hoch.

»Da ist er wieder«, sagte ich und zwang mich zur Ruhe. »Der Mann vom ersten Foto.«

»Wo?«, fragte Toby.

Ich deutete auf die hintere Reihe. »Er hat einen Bart und trägt einen Hut, aber die Augen ... die Augen sind dieselben.«

Toby nahm das Foto in die Hand und betrachtete es eingehend. »Tatsächlich, das ist derselbe Typ. Wahrscheinlich hat er sich gebadet, rasiert und seinen einzigen Anzug angezogen, als er sich fotografieren ließ.« Er stellte die Schachtel auf dem Boden ab und hielt mir das Foto hin. »Erinnert er Sie an jemanden, Lori? Jemand in England? So wie Brett Whitcombe, als Sie ihn das erste Mal auf der Farm sahen?«

»Der Mann, an den Brett mich erinnert hat, ist fast so etwas wie ein Heiliger«, sagte ich zu ihm. »Der Mann auf diesem Foto erinnert mich an den ... Tod.«

»Ich wusste es«, zischte Toby. Er sprang auf und ging wütend im Zimmer auf und ab. »Ich wusste, dass Amanda Sie verwirrt hat. Ich konnte es an Ihrem Gesicht sehen, als sie davon sprach, dass der Tod seine Hand nach Ihnen ausstrecken würde. Ich schwöre, ich erwürge diese Frau tatsächlich, wenn ich sie das nächste Mal...«

»Aber Amanda hatte recht«, unterbrach ich ihn. »Der Tod hat nach mir gegriffen, und ich bin ihm entkommen.«

»Was?« Toby hörte auf herumzulaufen und baute sich vor mir auf. »Wann? Wo? Heute Abend?«

»Nicht heute Abend. Es geschah vor sieben Wochen.« Ich seufzte laut. Eigentlich wollte ich Toby nichts von dem Schuss erzählen, aber ich wollte auch nicht, dass Amanda die Schuld – oder die Verantwortung – für mein seltsames Betragen übernehmen sollte. Außerdem schämte ich mich wirklich dafür, dass ich einen so aufrichtigen jungen Mann wie Toby belogen hatte. Wenn jemand ein Recht hatte, die Wahrheit zu hören, dann er. Ich deutete auf einen Sessel und sagte: »Setzen Sie sich bitte.« Toby gehorchte, und ich starrte auf den Boden. Ich hatte keinen Bedarf, die Mischung aus Entsetzen und Mitleid zu sehen, die sich bald in seinen Augen spiegeln würde. Ich hatte sie schon zu oft gesehen.

»Ich habe mir die Schulter nicht bei einem Sturz vom Pferd verletzt«, begann ich. »Jemand hat auf mich geschossen. Ein Wahnsinniger, in Schottland, während eines Sturms.«

»Ah«, sagte Toby leise.

»Die Kugel streifte eine Arterie. Ich wäre fast verblutet.« Ich hörte, wie er scharf einatmete, und sprach weiter. »Der Mann, der auf mich geschossen hatte, nannte sich Abaddon. Er wollte auch Will und Rob töten, aber ich konnte ihn aufhalten. Sein Gesicht …« Mein Blick fiel auf die Schachtel, aber ich schaute nicht lange hin. »Sein Gesicht war so bleich wie Milch. Er hatte wirres schwarzes Haar, und in seinen Augen schien kein Weiß zu sein. Sie waren pechschwarz, ohne einen Funken von Emotion, wie Tunnel in die Hölle.«

»Jesus«, sagte Toby leise. »Was ist aus ihm geworden?«

»Er wurde von einem Blitz getroffen«, sagte ich. »Und stürzte über hundert Meter tief ins Meer. Er kann nicht überlebt haben, aber man hat seine Leiche nicht gefunden. Ich weiß, dass es absurd klingt, aber ein Teil von mir glaubt noch immer, dass er irgendwo da draußen herumläuft.« Ich schluckte und zwang mich weiterzureden. »Ich habe Probleme bei Gewittern. Ich habe Probleme mit Albträumen – zumindest bis ich hierher kam. Seitdem habe ich nicht mehr von Abaddon geträumt. Ich dachte, ich mache große Fortschritte auf dem Weg der

Besserung, aber dann sah ich diesen Mann auf dem Foto – und fange wieder bei null an.«

»Warum haben Sie mir das verschwiegen?«, fragte Toby.

»Es tut mir leid, dass ich Sie angelogen habe, aber ich spreche nicht gerne darüber«, sagte ich rau. »Ich möchte nicht, dass mich Menschen, die mich nicht kennen, für schwach halten.«

»Schwach?« Toby lachte kurz auf. »Sie haben mit einer Kugel im Körper das Leben Ihrer Kinder gerettet. Sie wären fast für sie verblutet. Sie sind einer der tapfersten Menschen, die ich je kennengelernt habe.«

»Tapfere Menschen haben keine Angst vor Gewittern«, sagte ich.

»Verwundete Menschen haben Angst vor allem Möglichen«, setzte er entgegen. »Aber Wunden heilen. Sie werden nicht ewig Angst vor Gewittern haben. Aber Sie werden immer tapfer bleiben.«

Ich wischte mir eine Träne fort, die meine Wange hinunterrann, und sah ihn an. »Augenblicklich fühle ich mich gar nicht tapfer. Eher wie ein Wackelpudding.«

»Und das aus dem Munde der Frau, die Dick Major ins Gesicht gelacht hat?« Toby schüttelte missbilligend den Kopf und hielt mir das Gruppenporträt unter die Nase. »Sehen Sie sich den Kerl an, der Ihnen solche Angst eingejagt hat, Lori. Sehen Sie ihn an.«

Ich starrte auf den Mann in der hinteren Reihe.

»Das ist nicht der Irre, der auf Sie geschossen hat«, sagte Toby.

»Nein, das ist er nicht«, sagte ich und erkannte mit leisem Schrecken, dass er Abaddon auch gar nicht so sehr ähnelte, wie ich zunächst gedacht hatte. »Seine Augen jagen mir noch immer Angst ein, aber sein Gesicht ist runder als das Abaddons, er ist kleiner und nicht so dünn.«

»Mal ganz davon abgesehen, dass er seit über hundert Jahren tot ist«, fügte Toby mit seinem gewohnt gesunden Menschenverstand hinzu. »Der Mann, der auf Sie geschossen hat, ist ebenfalls tot. Er wurde von einem Blitz getroffen. Er ist eine Klippe hinabgestürzt. Er ist nirgendwo mehr da draußen.«

Ich drückte auf meine Schläfen. »Zu dumm, dass er noch hier drin ist.«

»Nicht für immer«, sagte Toby.

Ich sah ihn an. »Weil Wunden heilen?«

»Ganz genau«, sagte er. »Glauben Sie mir, Lori, ich weiß einiges über das Heilen. Ich bin der Sohn und Enkel von Ärzten.«

Ein weiterer Blitz erhellte die Vorhänge, doch dieses Mal zuckte ich nicht zusammen, sondern lachte freudlos auf. »Wissen Sie, wie viele Ärzte ich aufgesucht habe, seit er auf mich geschossen hat?«

»Aber ich bin Dr. Toby«, sagte er und legte die Hand auf die Brust. »Und ich weiß, was gut für Sie ist.« Er stand auf, verstaute die Fotos in der Schachtel, ergriff meine Hände und zog mich hoch. »Sie wissen, was man sagt, Lori, wenn man vom Pferd fällt …«

»Aber ich bin nicht vom Pferd gefallen«, protestierte ich.

»Seien Sie nicht pedantisch.« Er nahm das Fell, das von meinen Schultern gerutscht war, und legte es mir wieder um. Dann legte er seinen Arm fest um meine Taille und dirigierte mich aus der Bibliothek hinaus. »Kommen Sie. Wir werden uns die größte Light-Show der Welt ansehen.«

Wir standen zwanzig Minuten am Panoramafenster. Die Blitze, die wir sahen, hätten mich vor einer Woche noch unters Bett kriechen lassen. Aber jedes Mal, wenn ich zuckte, hielt Toby mich etwas fester und stieß einen Jubelschrei aus.

»Der war großartig! Haben Sie den gesehen? Super, Zeus!«

»Super, Zeus?«, wiederholte ich kichernd. Tatsächlich, ich kicherte!

»Erfinden Sie Ihren eigenen Anfeuerungsruf!«, spornte er mich an, reckte die Faust in die Luft und rief: »Lass es rocken, Jupiter!«

Schließlich fand das gewaltige Unwetter seinen Weg aus dem Vulgamore-Tal und ließ einen ruhigeren und weniger spektakulären Dauerregen zurück.

»Wir brauchen den Regen«, sagte Toby. »Wenn Sie genau hinhören, hören Sie, wie die Bäume ihn aufsaugen.« Er wandte sich zu mir. »Wie fühlen Sie sich?«

»Ich versuche noch immer, einen guten Jubelruf zu erfinden«, sagte ich. »Aber *Lass es rocken, Jupiter* ist kaum zu schlagen.«

Toby lächelte, aber er wandte den Blick nicht ab.

»Wie ich mich fühle?« Ich schaute auf die Fensterscheibe, von der der Regen abperlte, und suchte in meinem Inneren nach neuen Kratzern oder blauen Flecken. »Um die Wahrheit zu sagen, erstaunlich gut. Ich glaube nicht, dass ich mit diesem Foto unter meinem Kopfkissen schlafen werde, aber ich werde sicher schlafen können.« Ich schaute zu ihm hinauf. »Für einen Einundzwanzigjährigen sind Sie schrecklich weise.«

»Grandma sagte immer, ich hätte einen alten Kopf auf meinen Schultern.«

»Ihre Großmutter wusste, wovon sie sprach«, sagte ich. »Ihre Behandlung scheint anzuschlagen.«

»Sie funktioniert immer«, sagte er.

»Haben Sie viele Patienten?«, fragte ich neckend.

»Nur die Kids in meinem Wohnheim im College. Im Vergleich zu denen sind Sie ein Muster an geistiger Stabilität.« Er zögerte kurz und fügte ohne einen Anflug von Scherzhaftigkeit hinzu: »Es tut mir sehr leid, dass man Ihnen wehgetan hat, Lori, und ich bin sehr froh, dass Sie noch da sind, um darüber zu sprechen.« Er gab mir keine Gelegenheit zu antworten, sondern schaute auf seine Armbanduhr und fuhr in einem etwas geschäftsmäßigeren Tonfall fort: »Es ist zwar erst zehn, aber ich denke, ich gehe jetzt besser schlafen.«

»Es tut mir leid, dass ich Ihnen den freien Abend verdorben habe«, sagte ich reumütig.

»Wie ich schon sagte, ich wollte gar keinen freien Abend«, entgegnete er. »Aber ich brauche schon etwas Schlaf. Wir haben morgen einen anstrengenden Tag vor uns.«

»Haben wir?«, fragte ich verdutzt.

»Mrs Blanding«, erinnerte er mich. »Sie kommt zum Lunch.«

Ich schlug mir mit der Hand vor die Stirn. »Die hatte ich vollkommen vergessen.«

»Sie haben sich mit ein oder zwei anderen Dingen beschäftigt«, sagte Toby.

»In der Tat.« Ich legte das Fell aufs Sofa. »Glauben Sie, dass Mrs Blanding den Mann auf dem Foto identifizieren kann?«

»Wahrscheinlich kann sie jeden Mann auf jedem einzelnen Foto identifizieren«, seufzte Toby. »Und sie wird auch nicht gehen, bevor sie uns das Leben jedes einzelnen dieser Männer bis ins Detail beschrieben hat. An Ihrer Stelle würde ich mindestens acht Stunden schlafen.«

»Das werde ich tun«, sagte ich. »Dank Ihnen.«

Ich nahm seine Hand und drückte sie dankbar, bevor ich mich in mein Zimmer zurückzog. Ich duschte, zog

mir ein Flanellnachthemd an und machte Feuer im Eck-
kamin. Ich hatte sogar schon die Bettdecke zurückge-
schlagen, aber obwohl ich müde war, hatte ich noch
nicht die Absicht, schlafen zu gehen.

Ich hatte keine Angst vor Albträumen, Flüchen oder
Blitzschlägen, aber ich wollte auf alle Fälle den ironi-
schen Bemerkungen entgehen, die mich zweifellos erwarten würden, wenn ich mein Gespräch mit Tante Dimity auch nur noch eine Minute hinauszögerte.

Kapitel 17

Nach einem Abend voller Aufregungen und Entdeckungen genoss ich es geradezu, es mir mit Reginald vor einem prasselnden Kaminfeuer gemütlich zu machen, das blaue Tagebuch im Schoß. Die vertrauten Gegenstände hatten etwas sehr Beruhigendes. Wenn ich die Augen schloss, kam ich mir vor, als säße ich zuhause in Finch vor dem Kamin im Arbeitszimmer.

»Da sind wir nun«, sagte ich zu Reginald, »meine beiden alten Freunde und ich. Keine Überraschungen, keine Schrecknisse, nur ein friedliches, angenehmes Gespräch zum Ausklang des Abends.« Ich lächelte ein wenig verschlagen, als mir noch ein anderer Gedanke kam: »Amanda Barrow würde grün vor Neid, wenn sie sehen könnte, wie leicht ich in Kontakt mit der ›anderen Seite‹ treten kann.«

Reginalds schwarze Knopfaugen funkelten im Feuerschein, als fände er die Vorstellung genauso amüsant wie ich. Ich strich über den blassen Traubensaftfleck auf seiner Schnauze, setzte ihn in meine Armbeuge und schlug das Tagebuch auf.

»Dimity?«, sagte ich. »Bist du da?«

Die Buchstaben in königsblauer Tinte kräuselten sich fast ungeduldig über die Seite.

Selbstverständlich bin ich hier, und ich möchte, dass Du mich auf den neuesten Stand bringst. Sind Bluebirds Buschtrommeln lauter als die in Finch? Ist Dick Major ein gefährlicher Irrer oder einfach nur ein alter, verschrobener Querulant? Hast Du neue Informationen über James Blackwell oder

die Familie Auerbach? Wie Du siehst, meine Liebe, bin ich
sehr gespannt auf das, was Du heute erlebt hast.

»Es war ein sehr seltsamer Tag, Dimity«, begann ich.
»Ich hätte wissen müssen, dass auch er auftauchen wür-
de, genau wie alle anderen – nicht nur Kit Smith und
Nell Harris, sondern auch Peggy Taxman, Christine und
Dick Peacock, Mr Wetherhead und Lilian Bunting …«

Lori?

»… ganz zu schweigen von Ruth und Louise Pym,
nur dass es hier alte Männer sind, die sich wie ein Ei
dem anderen glei …«

Lori!

»… und die Calico Cookies. Du wirst mir nicht glauben, wenn ich dir von Carrie Vynes Calico Cookies erzähle, weil es einen solchen Zufall eigentlich gar nicht
geben kann. Sie sind haargenau wie die Crazy Quilt
Cookies von Sally Pyne, auch Carrie fügt dem Grundrezept immer etwas anderes hinzu, aber Gott sei Dank ist
sie ganz anders als Sally, außer dass sie beide fast das
Gleiche machen und wunderbare Backwaren herstellen
und Klatschbasen erster Güte sind. Also eigentlich ähneln sie einander sehr, aber die Sache ist die, sie sehen
sich gar nicht ähnlich.«

LORI!

Ich musste Atem holen und merkte erst jetzt, dass Dimity seit geraumer Zeit versuchte, meine Aufmerksamkeit zu erregen.

»Ja?«, sagte ich.

Guten Abend. Als ich meinem Interesse daran Ausdruck
verliehen habe, zu erfahren, was Du heute erlebt hast, hatte
ich eigentlich gehofft, einen zusammenhängenden Bericht zu
hören, aber bislang waren Deine Ausführungen eher verwir-
rend als erhellend. Es klingt, als hätten sich alle Deine Nach-
barn aus Finch entschlossen, Dich zu besuchen, um Dir Deine

Lieblingskekse zu bringen. Auch wenn ich keine Sekunde an ihrer Zuneigung zu Dir zweifele, so kann ich mir doch kaum vorstellen, dass sie das Dorf nahezu unbewohnt zurücklassen, nur um Deine Vorliebe für Süßes zu befriedigen. Daher gehe ich von einem Missverständnis aus. Würdest Du Deine Gedanken bitte sammeln und noch einmal von vorne beginnen?

»Entschuldige, Dimity«, sagte ich zerknirscht. »Aber wie ich schon sagte, es war ein merkwürdiger Tag. Ich habe wohl ein bisschen die Selbstbeherrschung verloren.«

Du brauchst Dich nicht zu entschuldigen. Fang einfach vorne an und arbeite Dich von dort weiter vor. Langsam.

Ich beschrieb ihr noch einmal die Parade der mir so bekannt vorkommenden Fremden in Caroline's Café und fügte ein paar wichtige Details hinzu.

»Von Dick Peacocks hausgemachtem Wein weißt du ja bereits«, sagte ich. »Nun, Nick Altman ist genauso fett wie Dick, und er braut ungenießbares Bier. Und Greg Wilstead hat in seiner Garage eine elektrische Eisenbahn aufgebaut, so wie George Wetherhead in Finch. Gut, bei dem steht sie im Wohnzimmer. Und Maggie Flaxton ist übergewichtig, laut und kommandiert gerne herum, genau wie Peggy Taxman. Der einzige Mensch in Bluebird, der mich nicht an jemanden in Finch erinnert, ist Dick Major, wofür ich unendlich dankbar bin, denn auch wenn Dick Major kein Irrer ist, so ist er doch ein Idiot, der andere gerne einschüchtert, und so jemanden brauchen wir in Finch nicht.«

Ist es ihm gelungen, Dich einzuschüchtern?

»Keineswegs«, versicherte ich ihr. »Irgendwie empfand ich ihn fast als Erleichterung – ein Original in einem Füllhorn der Doppelgänger. Ganz ehrlich, Dimity, ich würde mich nicht wundern, wenn ich mir bald selbst über den Weg laufe.«

Wäre das so seltsam? Bluebird und Finch sind kleine Orte, und in kleinen Orten gibt es gewisse Typen: die Herrschsüchtige, die alles organisiert, der gemütliche Kneipenwirt, die Frau des Pfarrers, der Eisenbahnenthusiast und so weiter. Du, meine Liebe, bist die sympathische Zugereiste. Ich würde mich wirklich nicht wundern, wenn Du in Bluebird auf jemanden treffen würdest, der Dir sehr ähnelt.

»Ich bräuchte wohl ein gutes Wiederbelebungsmittel, wenn ich mir plötzlich selbst gegenüberstände«, sinnierte ich. »Es war schon schlimm genug, als ich mich plötzlich Abaddon gegenübersah.«

Wie bitte?

»Also gut, es war nicht Abaddon«, gab ich verlegen zu. »Aber bevor ich mir wieder selbst vorgreife, erzähle ich dir lieber erst mal vom Grubenunglück in der Lord-Stuart-Mine, vom Lord-Stuart-Fluch, den Werkzeugen, die James Blackwell zurückgelassen hat, und der Schachtel mit Fotos, die er sich von der Historical Society ausgeliehen hat.« Ich berichtete, was geschehen war, im Café, im Pfarrhaus, auf dem Friedhof, im Apartment des Hausmeisters, in der Bibliothek des Aerie und schließlich vor der Fensterfront des Wohnzimmers, wo ich zusammen mit Toby die Blitze beobachtet hatte. Dann wartete ich schweigend ab, während Dimity die Informationsflut verarbeitete. Nach einer Weile erschien die altmodische Handschrift wieder auf dem Papier. Es überraschte mich jedoch, auf welches Thema Dimity zuerst zu sprechen kam.

Toby Cooper erweist sich immer mehr als bemerkenswerter junger Mann. Er hat Dich heute Abend auf mehr als eine Art aufgerichtet.

Ich nickte. »Als er am Flughafen davon sprach, dass er einiges reparieren könne, wusste ich nicht, dass das auch für gestörte Psychen galt. Aber er hat ein Talent fürs Heilen. Ich glaube, ich werde mich nie mehr vor einem Gewitter fürchten.«

Toby scheint in jeder Hinsicht ein Mann für alle Jahreszeiten zu sein. Nur gut, dass er Deinen Schrei gehört hat, als Du diesen dunkelhaarigen Mann auf dem Foto gesehen hast.

»Der Kerl hat mir einen höllischen Schrecken eingejagt.«

Das glaube ich. Es ist immerhin möglich, dass der Mann auf dem Bild Dich an Abaddon erinnert hat, weil er einer von dessen Vorfahren ist. Abaddon war schließlich Engländer, und viele Siedler im amerikanischen Westen stammten aus Großbritannien. Wahrscheinlicher ist jedoch, dass Dich eine gewisse Ähnlichkeit in Panik versetzt hat, weil Du in letzter Zeit so oft an Abaddon gedacht hast.

»Das Laternenlicht und der Sturm haben wahrscheinlich meine Sehfähigkeit beeinträchtigt«, sagte ich trocken. »Ich war schon völlig überdreht, als ich das Foto sah. Nachdem ich mich wieder etwas beruhigt hatte, sah ich mir auf Tobys Rat das Bild noch mal genauer an, und beim zweiten Mal wirkte er kaum noch wie Abaddons Zwillingsbruder. Ich mag seine Augen noch immer nicht, aber er ist nicht der Wahnsinnige, der auf den Klippen auf mich geschossen hat.«

Aus Deinem Bericht entnahm ich, dass der dunkelhaarige Mann auf zwei Fotos aus dem Archiv zu sehen ist, einmal auf einem Einzelporträt und auf der Gruppenaufnahme. Gilt das auch für die anderen Männer auf den Fotos? Gibt es von jedem Mann in der Gruppe eine Einzelaufnahme?

»Ich weiß es nicht«, antwortete ich. »Ich habe die Fotografien noch nicht verglichen. Spielt es denn eine Rolle?«

Vielleicht. Wenn der dunkelhaarige Mann der Einzige ist, von dem eine Einzelaufnahme existiert, könnte das bedeuten, dass sich James Blackwell besonders für ihn interessiert hat.

Ich frage mich, wer er war. Denk bitte daran, Mrs Blanding danach zu fragen, wenn sie morgen zum Lunch kommt.

»Das habe ich auch vor«, versicherte ich. »Ich werde auch die anderen Fotos mit dem Gruppenporträt vergleichen.«

Ausgezeichnet. Was den Fluch betrifft … ich habe nicht die geringste Spur von etwas Derartigem wahrgenommen. Dennoch bin ich mir sicher, dass Mrs Auerbach vor irgendetwas Angst hatte.

»Aber wovor, wenn nicht vor dem Fluch? Warum sollte sie sich so überstürzt entschließen, ein Heim zu verkaufen, das sie im Laufe der Zeit lieb gewonnen hatte? Und warum sollte sie sich weigern, mit ihrem Mann über die Gründe zu sprechen? Befürchtete sie, dass er sie wegen ihres Aberglaubens ausgelacht hätte?«

James Blackwell wusste alles über diesen Aberglauben. Er hat es sich zur Aufgabe gemacht, so viel wie möglich darüber herauszufinden.

»Und er kümmerte sich erst darum, nachdem Florence Auerbach das Aerie verlassen hatte«, fügte ich hinzu. »Das lässt vermuten, dass ihre Angst sein Interesse ausgelöst hat.«

Ich stimme Dir zu. Trotzdem lautet die Frage: Ist James Blackwell in die Lord-Stuart-Mine hinabgestiegen, um sie zu untersuchen oder um sich die Taschen mit fremdem Gold zu füllen? Wenn er ein gemeiner Dieb ist, braucht er uns nicht weiter zu interessieren. Wenn er jedoch ein ehrlicher Mann ist, der die Wahrheit über den Fluch herausfinden wollte, warum ist er dann so plötzlich verschwunden?

»Ich habe dir meine Vermutung bereits mitgeteilt«, sagte ich. »James stieg in die Mine, um die Wahrheit über den Fluch zu erfahren, und er verließ das Aerie, weil er wusste, dass Danny Auerbach ihn feuern würde, wenn er erfuhr, dass James die Mine geöffnet hatte.

Wahrscheinlich hat er sogar gegen ein Gesetz verstoßen. Er hatte Angst, dass Danny die Polizei rufen würde.«

James hatte keinen Grund anzunehmen, dass Danny ihm auf die Schliche kommen könnte. Danny hatte das Aerie seit sechs Monaten nicht mehr aufgesucht, und nichts deutete darauf hin, dass er es in nächster Zukunft tun würde.

»Aber er wusste, dass potenzielle Zeugen sich auf den Weg zum Aerie gemacht hatten«, wandte ich ein. »Und zwar ich, Annelise, Will und Rob.«

Warum hätte er sich Euretwegen Sorgen machen sollen? Er war doch vorgewarnt und hätte genug Zeit gehabt, die Spuren seiner Grabungen zu vertuschen. Und ich halte ihn für so intelligent, dass er Euch von den verräterischen Stellen ferngehalten hätte.

»Trotzdem hätten Annelise oder ich zufällig über etwas stolpern können«, entgegnete ich. »Wir waren eine Gefahr für ihn.«

Das bezweifle ich. Keiner von Euch hat auch nur die geringste Ahnung vom Bergbau. Wenn Ihr einen Eingang entdeckt hättet, der Euch seltsam vorgekommen wäre, hätte James Euch sicher mit einer pittoresken Geschichte aus dem alten Westen beruhigt. Ihr hättet die Stelle gemieden, aber Du hättest Danny Auerbach auch nicht darüber informiert. James hätte einfach sagen können, dass Danny längst Bescheid wisse. Nein, von Euch hätte James nichts zu befürchten gehabt.

»Vielleicht hast du recht«, räumte ich ein. »Aber wenn er kein Dieb war, und wenn er weder fürchtete, gefeuert oder verhaftet zu werden, warum hat er sich dann so eilig aus dem Staub gemacht?«

Ich glaube, dass er etwas in der Mine entdeckt hat, das Mrs Auerbachs schlimmste Befürchtungen zu bestätigen schien.

»Er soll einen Beweis dafür gefunden haben, dass der

204

Fluch echt ist?«, fragte ich stirnrunzelnd. »Aber du hast doch selbst gesagt ...«

Ich habe keine Spur eines Fluchs wahrgenommen, aber Tatsachen haben die Menschen noch nie davon abgehalten, an Hirngespinste zu glauben. James Blackwell hatte Mrs Auerbachs plötzliche Flucht miterlebt. Er hatte Monate allein gelebt und die lokalen Legenden in sich aufgesogen. Als er schließlich in die Dunkelheit der Mine hinabstieg, mag ihn sein Verstand getäuscht haben. Ein seltsamer Schatten, ein komisches Geräusch, ein merkwürdig geformter Stein, all das mag unversehens eine schreckliche Bedeutung angenommen haben.

Ich warf einen Blick auf die tanzenden Schatten an der Decke und konnte mir durchaus vorstellen, was James Blackwell in der pechschwarzen Mine durchgemacht hatte. An seiner Stelle hätte ich sicherlich nach kurzer Zeit an jeden der Menschheit bekannten Fluch geglaubt.

»Er war davon überzeugt, dass auf dem Aerie ein Fluch liegt«, sagte ich. »Ohne einen wirklichen Beweis dafür zu haben ...«

So wird es wohl gewesen sein, obwohl ich mich frage, ob es eine reine Sinnestäuschung war, die ihn verängstigte, oder doch etwas Substanzielleres?

»Wenn du mir einreden willst, ich solle in die Mine steigen und es herausfinden«, verkündete ich, »rede *dir* bitte etwas anderes ein.«

Nie im Leben würde ich Dich zu einem solch gefährlichen Unternehmen überreden. Aber Du musst zugeben, dass es eine faszinierende Frage ist.

»Eher fällt Schnee in Panama, als dass ich meinen Hals riskiere, nur um eine faszinierende Frage zu beantworten«, sagte ich bestimmt.

Sicherlich.

»Bill würde mich umbringen, wenn ich nur daran dächte, in einem halb verschütteten Bergwerksschacht herumzuturnen«, fügte ich hinzu.

Ich will doch gar nicht, dass Du auch nur eine Zehe in die Grube steckst, Lori. Wie ich schon sagte, wahrscheinlich gibt es dort unten nichts anderes als Staub und Dunkelheit.

»Und Fledermäuse, ich bin sicher, es gibt dort Fledermäuse.« Ich zitterte theatralisch, doch dann runzelte ich die Stirn. »Wenn James Blackwell an den Fluch glaubte, hätte er uns warnen sollen. Es ist nicht sehr nett von ihm, uns im Dunkeln tappen zu lassen, wenn ich es so ausdrücken darf. Genauso gut hätte er uns der Gnade eines wahnsinnigen Mörders ausliefern können.«

Bevor Du ihn verdammst, Lori, sollten wir nicht vergessen, dass wir uns die ganze Zeit auf dem Feld der Spekulation bewegen.

»Unsere Spekulationen beruhen auf Fakten«, entgegnete ich. »Wir ziehen keine Schlussfolgerungen aus dem Hut. Wir erfinden auch nichts wie Amanda Barrow.«

Amanda Barrow? Diesen Namen hast Du bis jetzt nicht erwähnt.

»Tatsächlich.« Ich schüttelte den Kopf. »Amanda Barrow ist Bluebirds Version von Miranda Morrow, aber Amanda macht viel mehr Aufhebens um ihre Kunst, und sie benutzt viel mehr Requisiten.«

Was hast Du erwartet? Sie ist Amerikanerin.

»Willst du damit sagen, dass es den Amerikanern an Subtilität mangelt?«, sagte ich in gespielter Entrüstung.

In der Regel schon, aber es gibt natürlich die Ausnahme von der Regel.

»An dieser Stelle müsstest du eigentlich ›und ich zähle dich natürlich zu diesen Ausnahmen, meine liebe Lori‹ sagen«, schlug ich vor.

Aber ich zähle Dich nicht zu diesen Ausnahmen, meine

liebe Lori. Subtilität zählt nicht zu Deinen Stärken, wie Du soeben bewiesen hast.

»Und wenn schon«, meinte ich schulterzuckend. »Man kann nicht in allem überzeugen.«

Erzähl mir mehr von Amanda Barrow. Ich bewundere theatralische Medien. Sie verfügen über eine solch lebhafte Fantasie.

»Wie ich«, sagte ich ohne Häme.

Ich habe noch nie jemanden wie Dich kennengelernt, Lori. Was für Requisiten benutzt Amanda denn?

»Alles, was es gibt. Sie hat sich aufs Handlesen spezialisiert und auf Tarotkarten, aufs Runenlesen, auf den Blick in die Kristallkugel, aufs Zurückversetzen in ein früheres Leben und auf Traumdeutung, aber sie würde sicher auch im Kaffeesatz lesen, wenn es sein müsste. Oh, vergessen wir nicht ihr inneres Auge. Du hättest sehen sollen, was sie für eine Show abgezogen hat, als ich ihren Laden betrat. Sie fing an zu schwanken und gestikulierte wild, da ich …«, ich gestikulierte ebenfalls wild, wobei ich Reginald fast aus dem Sessel befördert hätte, »… von einem Geist aus dem Jenseits begleitet wurde.«

Das dürfte ich gewesen sein.

Ich warf einen Blick auf die Tagebuchseite, stutzte mindestens zweimal und ließ meine Arme ganz langsam sinken.

Den letzten Satz hatte nicht Tante Dimity geschrieben. Die Handschrift war verschnörkelter als ihre und die Tinte flaschengrün und nicht königsblau. Ich schloss die Augen in der Hoffnung, dass die Müdigkeit eine vorübergehende Halluzination erzeugt hatte, aber als ich sie wieder öffnete, stand der Satz noch immer da.

»Wer … wer ist da?«, brachte ich hervor.

Eine ausgezeichnete Frage. Wer sind Sie, und was machen Sie in meinem Tagebuch?

Cyril Pennyfeather, zu Ihren Diensten. Ich bitte vielmals um Entschuldigung, wenn ich mich in Ihr Privatgespräch mische, aber es gibt etwas, was ich Ihnen unbedingt mitteilen muss!

Kapitel 18

Noch während ich wie betäubt auf die Seite starrte, erinnerte ich mich klar und deutlich an Amandas Worte.

»Helles Haar?«, fragte ich zögernd. »Schlanke Figur? Ein Kneifer an einer Kette?«

Ja, das bin ich. Ihre ausgezeichnete Beschreibung traf auf mich zu, als ich noch lebte, und bei einem bestimmten Licht gilt sie noch immer.

»Bist du … sind Sie … der männliche Geist, der mich begleitet?«, fragte ich, wobei sich meine Stimme überschlug wie die eines aufgeregten Teenagers.

Nur, soweit es der Anstand zulässt. Ich habe viele Fehler, aber ich bin kein Voyeur, Mrs Shepherd.

Ich kicherte hysterisch und sagte, weil mir sonst nichts einfiel:

»Nennen Sie mich doch Lori. Ähm, darf ich vorstellen, Miss Dimity Westwood.«

Es freut mich sehr, Ihre Bekanntschaft zu machen, Miss Westwood. Darf ich Sie zu der wundervollen Kommunikationsform beglückwünschen, die Sie ersonnen haben? Das ist so viel kultivierter als geisterhafte Stimmen.

»Geisterhafte Stimmen?«, hauchte ich und sah mich um, als würde jeden Augenblick eine unsichtbare Armee auf das Stichwort hin zu flüstern beginnen. Als die vertraute Handschrift Dimitys wieder auf dem Papier auftauchte, erschien mir das in meiner Konfusion wie eine willkommene Rückkehr zur Normalität.

Cyril Pennyfeather? Der Name kommt mir bekannt vor.

Sind Sie der Lehrer, der beim Unglück in der Lord-Stuart-Mine so vielen Arbeitern das Leben rettete?

In der Tat, Madam, der bin ich.

Verzeihen Sie mir, wenn die nächste Frage etwas taktlos ist, aber darf man davon ausgehen, dass Sie 1896 gestorben sind?

Sie dürfen, Verehrteste. Ich bin seit weit über einem Jahrhundert tot.

»Reginald«, murmelte ich. »Das halten meine Nerven nicht aus.«

Tante Dimity machte ungerührt weiter. *Sind Sie zufällig Engländer, Mr Pennyfeather?*

In der Tat. Ich bin in Bibury in Gloucestershire geboren und aufgewachsen, der dritte Sohn eines Vikars, der es sich kaum leisten konnte, den ersten zur Universität zu schicken. Ohne Universitätsabschluss machte ich mir wenig Hoffnungen auf eine Karriere in England. Deshalb ging ich nach Amerika und landete schliesslich im, wie man sagt, Wilden Westen, wo die formalen Anforderungen für den Lehrberuf weniger streng waren. Ich war fünfundzwanzig, als ich in der aufblühenden Stadt Bluebird meine Schule eröffnete, wo ich bis zu meinem vorzeitigen Tod zehn Jahre später unterrichtete. Das waren die zehn schönsten Jahre meines Lebens.

Es muss faszinierend gewesen sein, diese Zeit des Aufschwungs miterlebt zu haben, Mr Pennyfeather.

Allerdings, Miss Westwood. Ich war Zeitzeuge, als ein junges dynamisches Land sich rapide entwickelte, ohne altmodische soziale Zwänge.

Die Handschrift endete, als ich mich räusperte, und ich hatte das unheimliche Gefühl, als stände Cyril Pennyfeather stumm neben dem Kamin und betrachte mich aufmerksam durch seinen Kneifer.

»Ich unterbreche Sie nur ungern, Mr Pennyfeather«,

sagte ich, »aber wie lange, ähm, begleiten Sie mich schon?«

Seit Sie im Aerie angekommen sind, habe ich von Zeit zu Zeit bei Ihnen vorbeigeschaut, wobei ich Ihre Privatsphäre ...

»Ja, ja, das mit der Privatsphäre habe ich schon verstanden«, unterbrach ich ihn. »Ich würde nur gerne wissen, ob Amanda Barrow heute Nachmittag die Wahrheit gesagt hat. Hat sie gesehen, dass Sie mich in den Laden begleitet haben?«

Ich fürchte ja. Ihre Katze hat mich auch gesehen. Ich weiss nicht, warum das Tier ein solches Theater veranstaltet hat, ich mochte Katzen, als ich noch gelebt habe, und sie mochten mich. Wie auch immer, als mir bewusst wurde, was für einen Aufruhr ich verursacht hatte, verhielt ich mich so unauffällig wie möglich. Eigentlich bin ich eine scheue Seele. Ich stehe nicht gerne im Mittelpunkt.

»Wenn Amanda Barrow und ihre Katze Sie sehen können, warum nicht ich?«, fragte ich verschnupft.

Das scheint ungerecht, nicht wahr? Leider kann ich Ihnen darauf keine abschliessende Antwort geben. Es könnte an der Vererbung liegen. Ich bin allerdings sicher, dass Sie Talente haben, an denen es Miss Barrow mangelt.

»Ich habe zumindest einen besseren Geschmack, was Mode betrifft, aber das gehört jetzt nicht hierher«, sagte ich. »Sie sind jetzt schon seit fast einer Woche in meiner Nähe, Mr Pennyfeather. Warum habe ich Ihre Gegenwart nicht einmal spüren können?«

Und was noch interessanter ist: Warum habe ich sie nicht gespürt?

Sie beide haben meine Gegenwart gespürt, meine Damen. Sie haben nur nicht erkannt, was Sie gespürt haben.

»Wie bitte?«, fragte ich verblüfft.

Ich fürchte, Sie müssen uns schon eine etwas genauere Erklärung liefern, Mr Pennyfeather.

Mit dem grössten Vergnügen. Als sie am Aerie ankamen, Lori, waren Sie mit den Nerven am Ende, und Sie, Miss Westwood, waren viel zu besorgt um Lori, um auf andere Dinge zu achten. Ihr gemeinsames Leid hat mein Herz gerührt. Ich beschloss daher, einen beruhigenden Einfluss auf lori auszuüben. Darin bin ich ziemlich gut, müssen Sie wissen. Praktisch perfekt. Es gab nicht einen überreizten Schüler, den ich nicht beruhigen konnte.

»Ich fasse es nicht«, sagte ich leise. »*Sie* haben meinen Albtraum verscheucht.«

Es wäre treffender zu sagen, dass ich eine Atmosphäre der Ruhe und der Geborgenheit schuf, in der es ihnen leichter fiel zu schlafen, und Schlaf, wie der Barde sagt, ist der Balsam kranker Seelen, der zweite Gang im Gastmahl der Natur, das nährendste Gericht beim Fest des Lebens. Macbeth, zweiter Aufzug, zweite Szene. Aber ich schweife ab.

Allerdings, Mr Pennyfeather.

Verzeihen Sie. Um es kurz zu machen: Nachdem Lori im Schlaf Erholung fand, konnten auch Sie, Miss Westwood, sich wieder entspannen. Aber da hatten Sie sich bereits so an meine Gegenwart gewöhnt, dass es mir nicht gelang, Ihre Aufmerksamkeit zu erregen.

Mit anderen Worten, Mr Pennyfeather, Sie sind unter meinem Radar hindurchgeflogen.

Radar? Was ist das?

Verzeihen Sie mir, Mr Pennyfeather, der Begriff ist erst 1941 geprägt worden, aber egal. Jedenfalls haben Sie mich ziemlich überrascht.

»Mich auch«, fügte ich hinzu. »Auch wenn ich Ihren Obelisken auf dem Friedhof gesehen habe.«

Mein Obelisk ist recht ansprechend, nicht wahr?

»Er ist wunderschön«, sagte ich, und da ich ihn Tante Dimity nur flüchtig beschrieben hatte, erwähnte ich die Details: »Er ist mindestens drei Meter hoch, aus poliertem weißen Marmor, mit einem wunderschönen Bibelzitat ... ein lebendiges und heiliges Opfer ...«

... das Gott gefällt. Sie wählten Römer Kapitel zwölf, Vers eins aus, Miss Westwood.

Wie ehrenvoll, Mr Pennyfeather.

In der Tat. Noch ehrenvoller ist jedoch die zweite Inschrift.

»Sie steht unter dem Bibelvers«, erläuterte ich Dimity, »und besagt, dass der Obelisk von den Familien der Männer gestiftet wurde, die Mr Pennyfeather gerettet hat. Mrs Blanding hat Toby und mir erzählt, dass die Familien für den Grabstein gesammelt haben.«

Wahrscheinlich haben sie auf so manche Mahlzeit verzichten müssen, um die Summe aufzubringen. Das berührt mich mehr, als ich auszudrücken vermag. Ich hatte keine Ahnung, dass sie all das auf sich nahmen, um mich zu ehren.

Ich runzelte die Stirn. »Haben Sie den Obelisken denn heute zum ersten Mal gesehen?«

Aber ja. Kein Bewohner des Aerie ist jemals zum Friedhof gegangen. Daher konnte auch ich nicht dorthin.

»Warum brauchten Sie jemanden, der Sie dorthin bringt?«, fragte ich. »Schließlich ist es Ihr Grab, Mr Pennyfeather.«

Da befinden Sie sich im Irrtum, Lori. Der Obelisk markiert nicht meine Grabstelle.

»Nicht?« Langsam verstand ich gar nichts mehr.

Leider nicht. Ich wurde nach meinem Tod nicht auf

den Friedhof überführt, einfach deshalb, weil es nichts zu überführen gab. Denn meine Leiche wurde nie aus der Mine geborgen.

Instinktiv hob ich die Füße und schaute mit Unbehagen auf den Boden. »Wir wohnen über Ihrem Grab?«

Nicht direkt, aber wir sind nicht weit davon entfernt. Nachdem der Staub sich gesetzt hatte, konnten alle Leichen aus der Mine geborgen werden, nur meine nicht, weil sie an einer sehr ungünstigen Stelle lag. Wenn man sie bewegt hätte, wäre es vermutlich zu einem weiteren Einsturz gekommen, also liess man sie dort, wo sie war.

»Das tut mir so leid«, sagte ich.

Mir ebenfalls, Mr Pennyfeather. Ich bin sehr zufrieden mit meinem jetzigen Zustand, aber ich habe das Gefühl, Sie sind es nicht.

Das stimmt. Ich möchte sozusagen weiterziehen. Wenn ich ein richtiges Begräbnis erhalten hätte, hätte ich zum nächsten Punkt meiner Reise vorankommen können. So bin ich gestrandet, zwischen dieser Welt und der nächsten. Ich kann das Gebiet der Mine nicht allein verlassen, und ich kann nur diejenigen begleiten, die, wie Sie, Lori, ein mitfühlendes und tolerantes Wesen besitzen.

»Ich kenne ein paar Leute, die sich sehr wundern würden, dass mich jemand als mitfühlend und tolerant beschreibt«, merkte ich an.

Sie haben nicht aufgeschrien, als Sie meine Handschrift sahen. Sie haben das Buch nicht auf den Boden geworfen und sind auch nicht weggerannt. Ihre Bekanntschaft mit Miss Westwood hat Ihren Horizont auf erstaunliche Weise erweitert.

»Ich habe wohl doch Talente, an denen es Amanda Barrow mangelt«, sagte ich mit stolz erhobenem Kinn.

Wenn dem nicht so wäre, hätte ich den Friedhof nicht

mit Ihrer Hilfe besuchen können. Ich bin Ihnen sehr dankbar, dass Sie mir das ermöglicht haben, Lori. Ich hatte schon lange vor, Hannah einen Besuch abzustatten.

»Hannah Lavery?« Ich hatte ihren Namen Tante Dimity gegenüber nicht erwähnt und fuhr fort: »Hannah Lavery war die Tochter eines reichen Grubenbesitzers. Sie wurde zur Reformerin, die dafür kämpfte, dass sich die Lebensumstände der Grubenarbeiter und ihrer Familien verbesserten. Toby und ich haben ihr Grab auf dem Friedhof gesehen. Rose Blanding nannte sie eine Rebellin.«

Meinten Sie diese Hannah, Mr Pennyfeather?

Für mich gibt es nur diese eine Hannah. Hannah Lavery machte meine Arbeit erst möglich, Miss Westwood. Ich unterrichtete nicht nur Kinder, sondern auch erwachsene Männer und Frauen. Die Grubenbesitzer sahen es gar nicht gerne, wenn sich die Arbeiter bildeten. Schliesslich ist es leichter, jemanden übers Ohr zu hauen, der nicht lesen kann. Aber Hannah unterstützte meine Schule sogar finanziell. Ohne sie hätte ich viele abweisen müssen.

»Sie waren beide Rebellen«, kommentierte ich mit einem Lächeln.

Wir wollten heiraten. Aber dann machte an jenem Tag die Nachricht vom Einsturz eines Schachts die Runde. Ich lief zur Mine hinauf, um zu helfen, ich musste es einfach, verstehen Sie? Meine Schüler brauchten mich. Ich half dabei, eine Handvoll Männer auszugraben, aber viele, allzu viele starben. Ich wünschte, ich hätte mehr retten können, bevor der zweite Einsturz mich erwischte.

Sie haben alles getan, was in Ihrer Macht stand, Mr Pennyfeather.

Ich dachte an den weinenden Engel auf Hannah Laverys Grab und erinnerte mich daran, dass Rose Blanding gesagt hatte, dass die viktorianischen Männer passive Frauen vorgezogen hätten und dass keiner seine Frau mit einer guten Sache geteilt hätte. In diesem Fall hatte Rose unrecht gehabt. Cyril hatte diese Aktivistin geliebt, und sie hatte ihm ihr Herz geschenkt. Nur ein tragischer Schicksalsschlag hatte sie trennen können.

»Ich weiß nicht, ob es Ihnen aufgefallen ist«, sagte ich sachte. »Aber Hannah Lavery hat nie geheiratet.«

Es ist mir nicht entgangen. Das dumme Ding.

Die Flammen im Kamin flackerten, als habe Cyril einen wehmütigen Seufzer ausgestoßen. Bei dem Gedanken daran, was hätte sein können, musste ich ebenfalls seufzen, aber Tante Dimity interessierte sich mehr für Geschichte als für Liebeskummer.

Warum wurde die Lord-Stuart-Mine so bald nach dem Unglück geschlossen, Mr Pennyfeather? Glaubten die Bergarbeiter, dass auf der Mine ein Fluch lag? Oder hatten die Besitzer Angst vor dem Skandal, der entstehen würde, wenn man herausfand, dass man beim Bau der Stollen minderwertiges Holz eingesetzt hatte?

Weder das eine noch das andere, würde ich meinen. Damals bedeutete ein Skandal nicht viel, solange man Geld verdienen konnte. Und auch wenn die Grubenarbeiter abergläubisch waren, sie mussten ihre Familien ernähren. Sie konnten es sich nicht leisten zu kündigen, weil es in ihrer Mine verdächtig oft zu Unfällen kam. Damals wurde eine Mine nur aus einem einzigen Grund geschlossen: wenn es dort kein Gold mehr gab.

»Also war die Mine versiegt«, triumphierte ich. »James Blackwell kann kein Dieb gewesen sein, weil es dort nichts mehr zu stehlen gibt. Er muss den Fluch untersucht haben.«

So kommen wir endlich zu dem Fluch.

Was können Sie uns darüber erzählen, Mr Pennyfeather?
Eine ganze Menge. Ich weiss gar nicht, wo ich beginnen soll.

»Am Anfang«, sagte ich rasch, um Dimity die Mühe zu ersparen, es hinzuschreiben.

Also gut. Zunächst müssen Sie wissen, dass die Goldsucher aus allen möglichen Berufen kamen, aber natürlich stammten nur sehr wenige aus wohlhabenden Familien. So kam es häufig vor, dass jemand, der eine reiche Goldader entdeckte, gar nicht in der Lage war, sie entsprechend auszubeuten, es sei denn, er fand Investoren, die ihm das nötige Kapital liehen. Wenn er keine Geldgeber fand, blieb ihm wenig anderes übrig, als seinen Claim an den Meistbietenden zu verkaufen. Genau das geschah 1864 im Vulgamore-Tal. Bei dem Goldsucher handelte es sich um einen armen polnischen Einwanderer namens Ludovic Magerowski, und der meistbietende war ein wohlhabender Geschäftsmann namens Emerson Auerbach.

»Ich habe Emerson Auerbachs Foto in der Bibliothek gesehen«, sagte ich. »Er sah aus wie ein Meistbietender.«

Emerson Auerbach war steinreich. Er kaufte Ludovics Claim auf die Lord-Stuart-Mine für fünftausend Dollar. Das muss für einen Mann wie Ludovic zwar eine gewaltige Summe gewesen sein, aber es waren nur Peanuts, wenn man den eigentlichen Wert der Mine bedenkt. Bis zum Jahre 1890 hatte die lord-Stuart-Mine einen Ertrag von zweihundert Millionen Dollar in Gold erbracht.

»Wow«, sagte ich beeindruckt. »Das nennt man wohl eine gelungene Investition.«

Ist Mr Magerowski klargeworden, was er getan hatte?
Erst lange danach. Er kehrte zwanzig Jahre später nach Bluebird zurück, mit seiner Frau und einem klei-

nen Kind, nachdem er erfolglos versucht hatte, sein Glück woanders zu finden.

Ich stieß einen leisen Pfiff aus. »Es muss ihn ganz schön gewurmt haben, als er erfuhr, wie jemand anderes diesen ungeheuren Profit aus einer Mine zog, die er für ein Butterbrot verkauft hatte.«

Oh ja, es hat ihn sehr gewurmt. Zunächst strengte er eine Klage gegen Emerson Auerbach an, der ihn angeblich betrogen hatte, aber die Klage wurde aus Mangel an Beweisen abgewiesen. Er versuchte, die Presse einzuschalten, aber die ignorierte ihn, wie auch der ganze Rest von Bluebird. Sie waren es leid, die Klagen von Schürfern zu hören, die ihre Claims zu billig verkauft hatten. Niemand glaubte, dass Emerson irgendetwas Unrechtes getan hatte. Und niemand mochte Ludovic.

»Warum nicht?«, fragte ich.

Weil er ein aufgeblasener, selbstherrlicher Kerl war. Er behauptete, einen englischen Gönner zu haben – den berühmten Lord Stuart, nach dem er die Mine benannt hatte –, aber als ich ihn fragte, warum sich ein englischer Adliger mit einem verarmten polnischen Emigranten zusammentun sollte, noch dazu bei einem solch riskanten Geschäft wie der Goldsuche, blieb er mir die Antwort schuldig. Da er auch kein Geld hatte, kam ich zu dem Schluss, dass der berühmte Lord ein Produkt seiner Fantasie gewesen sein muss.

Was tat Mr Magerowski, nachdem seine Klage gescheitert war?

Seltsamerweise nahm er eine Stelle in der Lord-Stuart-Mine an. Ich schätze, dass der Grubendirektor Mitleid mit seiner Frau und seinem Kind hatte, denn Ludovic selbst benahm sich immer verrückter. Ich habe ihn noch kurz vor meinem Tod gesehen.

Ich schluckte. »Er war dort?«

Ja, Ludovic war am Tage des Unglücks in der Mine. Als ich ihm begegnete, sah ich diesen wahnsinnigen Glanz des Triumphs in seinen Augen.

»Die Augen«, flüsterte ich, und es lief mir kalt den Rücken herunter. »Hatte er dunkles, lockiges Haar?«, fragte ich mit lauterer Stimme. »Und einen Bart? Hatte er durchdringende dunkle Augen?«

Ja. Er liess sich den Bart wachsen, als er in der Mine arbeitete.

»Ich glaube, ich habe ein Foto von ihm gesehen«, sagte ich. »Er erinnerte mich an einen gemeingefährlichen Irren, dem ich mal … ähm … begegnet bin.«

Ich weiss nicht, ob Ludovic ein gemeingefährlicher Irrer war, aber ich weiss, dass er die Mine mit einem Fluch belegte. Er hob seine Lampe, sah mir ins Gesicht und deutete auf die blutbefleckten Felsen. »Es war kein Unfall«, brüllte er. »Ich war's. Es sollte alles zur Hölle fahren. Wenn ich es nicht haben kann, soll es der Teufel holen.« Er stiess ein unmenschliches Gelächter aus und rannte hinaus in die freiheit. Unmittelbar darauf stürzte die Decke des Stollens ein, und ich wurde unter Tonnen von Schutt begraben.

»Was muss er doch für ein teuflischer Mensch gewesen sein«, sagte ich. »Die letzten Augenblicke Ihres Lebens waren schmerzhaft genug, Mr Pennyfeather. Ludovic hatte nicht das Recht, Sie mit seinen Flüchen noch mehr zu quälen.«

Sie sagten vorhin, dass Sie uns etwas mitzuteilen hätten, Mr Pennyfeather. Wollten Sie uns vor dem Fluch warnen?

Warum sollte ich Sie vor so etwas Trivialem warnen? *Halten Sie den Fluch für trivial?*

Was sonst? Ich weiss, dass Ludovic die Mine verflucht hat – ich habe seine Worte gehört –, aber ich weiss auch, dass die Flüche eines Wahnsinnigen den Lauf der materiellen Welt nicht ändern können. Kein Sterblicher verfügt über solche Mächte.

»Warum gab es dann so viele Unfälle in der Lord-Stuart-Mine?«, fragte ich. »Und warum verletzten sich so viele Menschen auf dem Grundstück, nachdem die Mine geschlossen worden war?«

Man muss nicht die Metaphysik bemühen, um Grubenunfälle zu erklären. Bergbau ist von Natur aus ein gefährliches Unterfangen, und es wurde nicht sicherer, wenn Direktoren Geld sparen wollten, indem sie minderwertiges Baumaterial einkauften, was der Leiter der Lord-Stuart-Mine zweifellos getan hat.

Wenn Sie wussten, dass die Mine nicht sicher war, Mr Pennyfeather, warum haben Sie es nicht publik gemacht?

Aber das habe ich. Hannah und ich schrieben an Kongressabgeordnete, Senatoren und Zeitungen und berichteten von den Zuständen in der Mine, aber niemand hörte uns zu. Profite waren, wie ich schon sagte, wichtiger als Menschenleben.

»Hannah Lavery hat diesen Kampf bis zu ihrem Tod fortgesetzt«, sagte ich.

Ja, sie war unbeugsam. Nach einer kurzen Pause, in der Cyril sich offenbar sammeln musste, setzte sich die blumige Handschrift fort. Und was die Unfälle betrifft, die sich nach der Schliessung der Mine ereigneten, nun, auch dafür gibt es ganz banale Gründe. Es wundert mich eher, dass sich nicht noch mehr Menschen verletzt haben oder noch mehr starben, als sie auf äusserst fahrlässige Weise die Mine erkundeten. Ich möchte auch darauf hinweisen, dass es keine Unfälle mehr gegeben hat, seit das Grundstück geräumt worden ist.

»Ich stimme Ihnen voll und ganz zu«, sagte ich. »Ich habe nie daran geglaubt, dass mit dem Aerie irgendwas nicht stimmt.«

Wenn Sie uns nicht vor dem Fluch warnen wollen, Mr Pennyfeather, warum haben Sie sich uns dann zu erkennen gegeben?

Ich fürchte, ich habe Neuigkeiten, die Sie in Unruhe versetzen könnten.

»Und?«, wollte ich wissen. »Worum handelt es sich?«

Also gut. Bereiten Sie sich auf einen Schock vor: die Lord-Stuart-Mine ist wieder geöffnet worden.

»Oh.« Ich konnte meine Enttäuschung kaum verbergen. »Ich weiß, dass sie wieder geöffnet wurde, Mr Pennyfeather. Toby ist darauf gekommen.«

Die Nachricht scheint Sie nicht zu bekümmern.

»Nicht wirklich«, gab ich zu. »Ich werde die Zwillinge von der Gefahrenzone fernhalten und Danny Auerbach – den heutigen Eigentümer – davon unterrichten. Die Lord-Stuart-Mine ist eher sein Problem, nicht meins.«

So wird es sein. Verzeihen Sie, wenn ich Sie unnötigerweise beunruhigt habe.

Ein plötzliches Gefühl der Leere hing in der Luft, aber nicht lange. Mir fiel ein, dass Mr Pennyfeather vielleicht die Frage beantworten konnte, die ich mir seit meiner Ankunft im Aerie gestellt hatte.

Warum hatten Florence Auerbach und James Blackwell das Aerie verlassen? Ich glaubte nicht mehr daran, dass Dick Major sie verscheucht hatte, und obwohl ich noch immer der Meinung war, dass der Fluch etwas damit zu tun hatte, ließ Cyrils unangemeldetes Auftauchen auf eine andere Erklärung für ihren überhasteten Aufbruch schließen. Sie hatten sich davongemacht, als wäre ihnen ein Geist begegnet … war ihnen vielleicht wirklich ein Geist begegnet?

»Mr Pennyfeather«, begann ich, »haben Sie versucht, mit anderen Bewohnern des Aerie in Kontakt zu treten?«

Nein, und das wäre auch nicht sehr klug gewesen. Nicht jeder würde mich so warmherzig empfangen wie Sie, Lori. Die meisten Menschen würden reagieren wie Miss Barrows Katze, wenn ich mich Ihnen enthüllte.

Ich nahm seine Antwort recht gelassen hin. Schließlich hatte ich ja noch die Erklärung mit dem Fluch.

»Nun, das ist schade für diese Menschen«, sagte ich. »Ich halte Sie für einen absoluten Gentleman.«

Danke, Lori. Ich war stets der Meinung, dass man nicht seine Manieren vergessen sollte, nur weil man tot ist.

Da wir von guten Manieren sprechen, Mr Pennyfeather, ich fürchte, wir sollten Lori nicht länger vom Schlaf abhalten. Weißt Du, wie spät es ist, meine Liebe?

Ich drehte mich zur Uhr auf dem Nachttisch und sah zu meiner Verwunderung, dass es bereits fast halb elf war.

»Hoppla«, sagte ich. »Es war schön, Ihre Bekanntschaft zu machen, Mr Pennyfeather, aber Sie müssen mich entschuldigen. Wie ich Annelise kenne, wird sie morgen früh pünktlich und munter mit den Jungen vor der Tür stehen, und ich möchte nicht verschlafen aus der Wäsche schauen, wenn ich sie ihnen aufmache.«

Das verstehe ich natürlich, Lori. Würde es Ihnen etwas ausmachen, noch etwas zu verweilen, Miss Westwood? Vielleicht könnten Sie mir dieses Radar erklären.

Mit großem Vergnügen, Mr Pennyfeather, obwohl ich Ihnen zunächst noch manches andere erklären muss.

Lächelnd sah ich, wie die beiden Handschriften auf dem Papier verblassten. Weder Cyril Pennyfeather noch Tante Dimity brauchten das Tagebuch, um ihr Gespräch fortzusetzen. Ich hatte das Gefühl, als könnten sie ohne es noch leichter kommunizieren, was umso besser war, da Cyril eine Menge nachzuholen hatte.

Ich ließ das blaue Tagebuch auf dem Sessel liegen, löschte das Feuer und legte mich zusammen mit Reginald ins Bett. Eigentlich hätten mir tausend Gedanken im Kopf herumgehen müssen, aber kaum hatte meine Wange das Kissen berührt, spürte ich nichts als große Erleichterung. Mein ganz persönlicher Dämon schien auf dem Rückzug, Cyril hatte mir noch einmal versichert, dass nichts Böses das Aerie befleckt hatte. Aber nie im Leben würde ich Toby verraten, dass die Königin des Hokuspokus – und ihre Katze – die Wahrheit gesagt hatten.

Kapitel 19

Am nächsten Morgen erwachte ich frisch und ausgeruht um acht Uhr. Ich zog Shorts an, ein T-Shirt, Laufschuhe und eine leichte Strickjacke und traf mich in der Küche mit Toby zum Frühstück. In Colorado war ein neuer, bildschöner Tag angebrochen. Die Luft war klar, der Himmel blauer als blau, und letzte Regentropfen hingen wie Diamanten an den Blättern der Bäume.

Nach dem Frühstück blieb ich in der Küche, um die Lasagne vorzubereiten, die ich zum Lunch servieren wollte. Dazu sollte es einen Artischockensalat geben. Ich bat Toby, in die Stadt zu fahren und einen frischen Laib Brot zu kaufen – ich hatte nicht die Absicht, das erste Ergebnis meines Höhen-Backens an einem nichtsahnenden Gast auszuprobieren.

Ich hatte gerade eine Kanne mit Tee zum Ziehen auf die Küchentheke gestellt, als Bill anrief. Ich ging auf die Veranda, ließ mich sachte auf die Liege gleiten, legte die Füße auf das Geländer und erzählte ihm alles, was geschehen war, seit wir das letzte Mal miteinander gesprochen hatten. Es tat gut, dass ich mit ihm völlig frei über Cyril Pennyfeathers Erscheinen sprechen konnte. Noch beeindruckender als meine Begegnung mit dem Jenseits fand Bill jedoch die Tatsache – Gott segne ihn –, dass ich dem Gewitter getrotzt hatte.

»Warum sollte mich Cyril überraschen?«, sagte er, als ich ihn mit seiner nonchalanten Reaktion aufzog. »Ich war mir immer sicher, dass jemand wie er früher oder später auftauchen würde. Dimity kann ja schließlich nicht die Einzige ihrer Art auf der Welt sein, oder zwischen den Welten, oder wo immer sie ist.«

»Amanda Barrow würde die korrekte Bezeichnung wissen«, sagte ich lachend. »Meinst du, ich sollte sie fragen?«

»Nur, wenn du möchtest, dass sie für den Rest deiner Ferien mit ihrer Kristallkugel vor deiner Türschwelle campiert«, meinte Bill sarkastisch.

Ich rümpfte die Nase. »Eine scheußliche Vorstellung. Dann bleibt Cyril eben unter uns.«

»Schade, dass du dieses Wissen nicht mit Florence Auerbach teilen kannst«, sagte Bill. »Wenn sie Cyrils Garantie hätte, dass das Aerie nicht verflucht ist, würde sie es sich vielleicht überlegen, es zu verkaufen.«

»Ich glaube kaum, dass man Cyril einem vollkommen Fremden vermitteln kann«, sagte ich kopfschüttelnd. »Ich muss einen anderen Weg finden, um Florence zu überzeugen.«

»Bist du sicher, dass dich diese Geschichte mit dem Fluch nicht belastet?«, fragte Bill besorgt.

»Klinge ich besorgt?«, fragte ich zurück.

»Du klingst großartig«, musste Bill zugeben.

»Persönlich klinge ich noch viel besser.« Ich seufzte. »Schade, dass wir nicht von Angesicht zu Angesicht miteinander sprechen können.«

»Dein Wunsch geht vielleicht früher in Erfüllung, als du denkst«, sagte Bill.

Ganz langsam nahm ich die Füße vom Geländer und richtete mich auf. »Was meinst du damit?«

»Ich muss nächste Woche nach Boston fliegen, um mit Vater über ein paar Klienten zu sprechen«, erklärte er. »Wenn alles gut läuft, könnte ich in zehn Tagen in Colorado sein.«

»Oh, Bill ...« Ich grinste so sehr, dass mir das Gesicht

wehtat. »Das ist fantastisch. Rob und Will werden Purzelbäume schlagen, wenn sie dich wiedersehen. Aber ich muss dich warnen – sie werden nicht von deiner Seite weichen und dir alles zeigen wollen.«

»Sag ihnen noch nichts davon, dass ich komme«, warnte Bill. »Ich möchte nicht, dass sie enttäuscht sind, wenn ich aufgehalten werde.«

»Ich verrate kein Wort. Es soll eine große Überraschung werden.« Ich richtete mich noch etwas höher auf, als mir ein weiterer erfreulicher Gedanke kam. »Dann habe ich auch endlich die Gelegenheit, dir zu beweisen, dass ich all die Doppelgänger von Finch nicht nur erfunden habe.«

»Ich freue mich schon auf jeden Einzelnen von ihnen«, schmunzelte Bill. »Mit Ausnahme von Maggie Flaxton.«

Nachdem er sich besonders fröhlich verabschiedet hatte, blieb ich noch eine Weile sitzen und genoss mein Glück. Nachdem ich den Tee getrunken hatte, ging ich in den Wäscheraum, wo ich aus voller Kehle Cowboysongs sang, während ich T-Shirts zusammenfaltete. Kurz darauf kehrte Toby mit einem Laib Ciabatta von Carrie Vyne und einer Schachtel ihrer exquisiten Zitronentörtchen zurück.

»Die Zwillinge können sich nach dem Lunch an den Calico Cookies gütlich tun«, sagte er. »Aber ich dachte, die Damen bevorzugen etwas Feineres zum Nachtisch.«

»Sie sind unbezahlbar«, sagte ich strahlend.

»Ja, so schlecht bin ich nicht«, räumte er großzügig ein.

Um halb neun brachte Brett Whitcombe Annelise und die Zwillinge zum Aerie zurück. Die drei Streuner hatten bereits auf der Ranch gefrühstückt, deshalb gingen sie zunächst auf ihre Zimmer und zogen sich um. Annelise kehrte als Erste zurück, in kurzen beigen Hosen, einer kurzärmeligen Baumwollbluse, den Espenblatt-Ohrringen und einem großen Lächeln.

Will und Rob hatten sich von den Plüschtieren ablenken lassen, die ich in ihr Zelt gestellt hatte, aber schließlich schaffte ich es doch, sie in saubere Shorts und T-Shirts zu stecken. Die Geoden hielten sie für das Coolste, was sie je gesehen hatten, außer natürlich dem echten Büffelkälbchen auf der Ranch, aber nachdem sie die funkelnden Kristalle der Geoden ausgiebig bewundert und mir alles über ihren Tag im Sattel und die stürmische Nacht erzählt hatten, waren sie schon wieder bereit für das nächste Abenteuer.

»Wir gehen fischen«, verkündete Will.

»Wir gehen hinauf zum Willie Brown Creek«, sagte Toby. »Vielleicht können wir ein paar Regenbogen fangen.«

»Wir wollen keinen Regenbogen«, maulte Rob. »Wir wollen Fische.«

»Ich rede von Regenbogen-Forellen. Das sind Fische. Kommt, ich erzähle euch noch mehr davon, während wir unsere Angeln aussuchen.«

Nachdem Toby und die Zwillinge das Wohnzimmer verlassen hatten, winkte mich Annelise zu sich an die Frühstückstheke. Ich sah ihr an, dass sie etwas auf dem Herzen hatte.

»Ich muss mit dir sprechen, bevor ich mich wieder mit den Jungen davonmache«, sagte sie.

Ich nickte und fragte mich, was geschehen war.

»Ich habe den Jungs diesen Angelausflug in den Kopf gesetzt«, fuhr sie fort.

»Tolle Idee«, meinte ich. »Du weißt, wie gerne sie angeln.«

»Ja«, sagte Annelise. »Aber ich habe es auch deshalb

getan, weil ich wollte, dass sie mal ein paar Tage weg von der Ranch kommen.«

»Probleme?«

»Nun ja …« Sie brach mitten im Satz ab, weil die drei Angler mit ihrem Werkzeug zurückkehrten. »Egal, ich erzähl's dir später.«

»Ich komme mit. Du kannst es mir unterwegs erzählen.« Ich wollte mir die Wanderstiefel anziehen, aber ich war keine drei Schritte gegangen, als es an der Haustür klingelte. Ich blieb stehen und sah überrascht in den Flur. »Wer um alles in der Welt kann das sein?«

»Frag nicht mich«, meinte Annelise schulterzuckend. »Ich wusste nicht mal, dass wir eine Türklingel haben.«

»Mrs Blanding kann es noch nicht sein.« Ich schaute auf meine Armbanduhr. »Es ist erst zehn. Wir erwarten sie nicht vor zwölf.«

»Vielleicht hat sie beschlossen, etwas früher zu kommen«, schlug Annelise vor.

»Zwei Stunden früher?«, meinte ich zweifelnd.

Toby ging zum Panoramafenster und schaute hinaus. »Da steht ein Pick-up, aber ich habe den Wagen noch nie gesehen.«

Es klingelte erneut.

Toby drehte sich zu mir und schob die Schultern nach vorne. »Soll ich aufmachen?«

Ich warf einen Blick auf die Zwillinge, die ungeduldig von einem Fuß auf den anderen sprangen. Annelise wollte los, bevor die beiden auf die Idee kamen, in der Spüle nach Forellen zu fischen. Ich schüttelte den Kopf.

»Nein, ihr geht schon mal vor«, sagte ich. »Ich kenne den Weg zum Bach, ich komme nach.«

Toby warf noch einen Blick auf den geheimnisvollen Wagen, aber dann führte er die anderen in den Gang hinter der Küche. Von der Hintertür aus führte ein Weg direkt zum Willie Brown Creek. Die Tür ging auf und wurde wieder geschlossen. Sie waren fort.

Es klingelte ein drittes Mal, und ich spürte einen leichten Ärger, weil der Störenfried mein Gespräch mit Annelise unterbrochen hatte. Wenn es Probleme auf der Ranch gegeben hatte, wollte ich davon erfahren und meine Zeit nicht mit einem unangemeldeten Gast vergeuden. Als ich in den Flur eilte und die Vordertür aufriss, überlegte ich mir bereits, wie ich den Mann abwimmeln konnte, der vor mir stand.

Er war klein und untersetzt, mit kurzem, dunklem Haar, grünen Augen und einem Gesicht, das derart sonnengebräunt war, dass es wie gegerbt aussah. Sein verwaschenes T-Shirt spannte sich um seine muskulösen Schultern, hing jedoch locker über den Gürtel seiner Jeans. Seine Arbeitsstiefel waren staubig und gut eingelaufen. Sein Alter schätzte ich auf Anfang dreißig.

»Was wünschen Sie?«, fragte ich kurz angebunden.

»Morgen«, sagte er. Seine Stimme war tief und voluminös, und er sprach mit gedehntem Akzent. »Mein Name ist James Blackwell.«

Er sprach weiter, aber ein Brummen in meinen Ohren übertönte seine Worte. »James Blackwell?«, quietschte ich und hielt mich am Türgriff fest.

»Ja, Ma'am«, sagte er. »Wie ich gerade sagte, ich habe für Mr Auerbach gearbeitet. Ich habe einen Scheck und einen Brief von ihm dabei, und meinen Führerschein, falls Sie meine Identität prüfen möchten.«

»James Blackwell«, wiederholte ich perplex. »Der Hausmeister?«

»Ja, Ma'am«, sagte James. »Ich möchte ein paar Sachen abholen, die ich hier zurückgelassen habe. In einer Minute sind Sie mich wieder los.«

»Oh nein, so leicht geht das nicht.« Ich packte ihn am

Handgelenk und zog ihn in den Flur. »Ich habe etwa tausend Fragen an Sie, James Blackwell, und Sie gehen nirgendwo hin, bevor Sie die nicht beantwortet haben.«

»Aber Ma'am ...«, setzte er an.

»Widerstand ist zwecklos«, verkündete ich und zog ihn in den Hauptraum. »Ich bin die Mutter von Zwillingen.«

»Ja, Ma'am«, sagte er und folgte mir ergeben.

Sobald ich die Tür hinter uns geschlossen hatte, stellte ich mich vor und bot ihm eine Tasse Tee an, aber er lehnte ab.

»Zu 'ner Tasse Kaffee würde ich aber nicht nein sagen«, fügte er hinzu.

»Zu meinem Kaffee würden Sie schon nein sagen«, bemerkte ich. »Ich mache nicht sehr oft welchen, und wenn, sieht er aus wie Schlamm und schmeckt wahrscheinlich auch so.«

»Kein Problem«, sagte er. »Ich mach ihn mir selbst.«

Man merkte James an, dass er sich in der Küche auskannte. Er wusste, wo die Kaffeemaschine stand, und nahm eine große blaue Dose aus einem der Schränke, ohne lange suchen zu müssen. Er schien weder nervös noch ängstlich. So wie es aussah, bewegte er sich im Aerie völlig ungezwungen.

Ich setzte mich an die Frühstückstheke und sah ihm schweigend zu. Ich nutzte die Gelegenheit, mich von dem Schock zu erholen, ihn zu treffen. Das hätte ich niemals erwartet. Als wir uns auf das Sofa vor dem Kamin setzten, hatte ich mich schon wieder beruhigt und schämte mich dafür, dass ich ihn so vehement ins Haus gezerrt hatte.

»Ich nehme an, Sie fragen sich, warum ich Sie so ... unkonventionell begrüßt habe«, begann ich.

»Eigentlich nicht.« James trank einen Schluck Kaffee

und umschloss den Becher mit seinen großen Händen. »Man kann nun mal nicht so verschwinden wie ich, ohne einen Haufen Fragen zu hinterlassen. Ich nehme an, Sie wollen wissen, warum ich meinen Job gekündigt habe.«

»Ich habe kein Recht, Sie auszufragen«, räumte ich ein. »Aber ich würde wirklich gerne wissen, warum Sie Ihren Job gekündigt haben, so wie wohl jeder im Umkreis von fünfzig Meilen.«

»Ich nehme an, dass sich die Nachricht schnell verbreiten wird, also bringe ich es am besten gleich hinter mich.« Er lächelte kurz, schürzte die Lippen und seufzte. »Sie müssen wissen, ich bin verheiratet. Außerdem müssen Sie wissen, dass ich letzten September meinen Job verloren habe. Im November hatte ich noch immer keine Arbeit. Da erzählte mir meine Frau, dass sie schwanger sei, mit unserem ersten Kind.«

»Das tut mir leid«, sagte ich und fügte rasch hinzu: »Natürlich nicht die Sache mit dem Baby, sondern die Sache mit dem Job.«

»Danke«, sagte James nach einem weiteren Schluck Kaffee. »Die Stelle als Hausmeister im Aerie war wie maßgeschneidert für mich. Ich bin Bauarbeiter, kann also praktisch alles reparieren, und ich fühle mich in den Bergen wie zu Hause. Es gab nur einen Haken: Mr Auerbach wollte keinen verheirateten Mann einstellen.«

Ich dachte an das Einzelbett im Apartment und nickte.

»Ich hatte von einem Freund gehört, dass Mr Auerbach ein Spitzengehalt zahlte, und ich brauchte das Geld, besonders, da jetzt das Baby unterwegs war. Also habe ich gelogen. Ich habe gesagt, ich sei Junggeselle. Und ich habe den Job bekommen.«

»Hat es Ihrer Frau nichts ausgemacht, dass Sie auswärts arbeiteten?«, fragte ich.

»Zunächst schon, aber als ich Janice – so heißt meine Frau – erzählte, wie viel ich verdienen würde, war sie einverstanden«, sagte James. »Außerdem wohnen wir in Denver, so weit weg ist es also gar nicht. Ich besuchte sie, so oft ich konnte und so oft mir eine Entschuldigung einfiel, in die Stadt zu fahren. Es war nicht ideal, aber wir glaubten beide, dass es sich auf lange Sicht rentieren würde.«

»Hat Mr Auerbach herausgefunden, wer Janice ist?«, fragte ich. »Sind Sie deshalb gegangen?«

»Nein, deshalb nicht.« James stellte den blauen Becher auf dem Couchtisch ab und sah mich an. »Letzte Woche erhielt ich einen Anruf von Janice – drei Tage vor Ihrer vorgesehenen Ankunft. Sie hatte Wehen, obwohl das Baby erst für August erwartet wird. Sie sind Mutter, Sie können sich vorstellen, wie es meiner Frau ging.«

»Sie hatte sicher große Angst«, sagte ich.

»Allerdings«, bestätigte James. »Was mich betrifft, ich geriet in Panik, packte hastig meine Sachen, hinterließ eine kurze Nachricht auf Mr Auerbachs Anrufbeantworter und machte mich davon, um Janice im Krankenhaus in Denver zu besuchen.«

»Geht es ihr gut?«, fragte ich.

»Es ist den Ärzten gelungen, die Kontraktionen zu stoppen«, sagte er. »Aber sie muss das Bett hüten, bis das Baby kommt. Also kann ich hier nicht mehr arbeiten. Ich kann überhaupt nicht mehr arbeiten. Ich muss zu Hause bei meiner Frau bleiben.«

»Wie bezahlen Sie Ihre Rechnungen?«, fragte ich besorgt und hielt sofort die Hand hoch. »Verzeihen Sie, James, das geht mich natürlich nichts an.«

»Nichts für ungut«, entgegnete James gelassen. »Janice und ich kommen schon über die Runden. Wie ich schon sagte, Mr Auerbach hat ein Spitzengehalt gezahlt. Was ich hier in sieben Monaten verdient habe, reicht, bis das Baby da ist. Und dann suche ich mir eine Arbeit, die nicht so weit weg von zu Hause ist.«

»Das freut mich«, sagte ich. »Und dass es Janice und dem Baby gut geht, natürlich auch.«

»Danke«, sagte James und griff nach seinem Becher.

»Sie werden mich wahrscheinlich auslachen«, sagte ich. »Aber ich war überzeugt davon, dass Sie das Aerie verlassen haben, weil Sie glaubten, es sei verflucht.«

Aber James lachte nicht. Er kniff die Lippen zusammen und schaute mich fast zornig an.

»Mich könnte ein Fluch nicht aus dem Aerie vertreiben«, sagte er. »Mrs Auerbach schon, diese dumme Ziege. Sie hätte nicht auf Tammy hören sollen.«

»Tammy?«

»Tammy Auerbach«, erklärte James.

»Die Teenager-Tochter?«, fragte ich mit einem Blick in die Richtung von Annelises Zimmer.

»Genau«, sagte James. »Tammy war sauer, dass sie hier oben mit ihren kleinen Brüdern zusammenhocken musste – welches fünfzehnjährige Mädchen wäre davon schon begeistert –, und gesellte sich irgendwann zu einer Bande von Verrückten in Bluebird.«

»Amanda Barrows Bande von Verrückten?«, riet ich.

James nickte. »Tammy Auerbach hielt jedes Wort, das aus dem Mund dieser närrischen Frau kam, für die reine Wahrheit. Als Amanda ihr von dem Fluch erzählte, hegte sie nicht den geringsten Zweifel.«

»*Tammy* Auerbach glaubte also an den Fluch«, sagte ich mehr zu mir selbst.

»Tammy Auerbach hätte geglaubt, dass Kühe Eier legen, wenn Amanda Barrow das behauptet hätte.« James'

Züge verdunkelten sich. »Als ich Wind von der Sache bekam, ging ich in die Stadt und sagte Amanda, sie solle sich zurückhalten, aber das Kind war bereits in den Brunnen gefallen. Tammy hatte Schlafstörungen, und auch Mrs Auerbach fing an, sich seltsam zu benehmen. Sie trug mir auf, die Dielenbretter und die Rohrleitungen in der Familiensuite zu überprüfen.«

»Warum?«, fragte ich.

»Keine Ahnung«, antwortete James. »In der Suite war alles in Ordnung, und das habe ich ihr auch gesagt, aber dann drehte sie durch und brach in aller Eile mit ihrer Familie auf.«

»Sie haben ein paar Kleidungsstücke und andere Dinge zurückgelassen«, sagte ich. »Warum haben Sie ihnen die Sachen nicht nachgeschickt?«

»Weil es mir niemand aufgetragen hatte«, antwortete James. »Ich ging davon aus, dass sie bald zurückkommen würden, aber seit Weihnachten habe ich nichts mehr von den Auerbachs gehört. Man sagt, dass sie das Aerie verkaufen wollen.«

Ich unterdrückte den Drang, das Gerücht zu bestätigen, und sagte: »Sie müssen sich doch auch Gedanken über den Fluch gemacht haben.«

»Das habe ich«, bestätigte James. »Ich glaube an den Fluch genauso, wie ich daran glaube, dass Schweine fliegen können, aber nachdem ich mit eigenen Augen miterlebt hatte, wie so etwas auf manche Menschen wirken kann, beschloss ich, mehr darüber herauszufinden. Außerdem hatte ich nicht viel zu tun, nachdem die Auerbachs abgereist waren und auch keine neuen Gäste mehr kamen. Ich verbrachte einige Zeit in Bluebird und fragte die Leute nach dem Fluch aus. Ein Kerl aus der Stadt zeigte eine Art morbides Interesse an dem Thema, ihm habe ich des Öfteren zugehört.«

»Meinen Sie Dick Major?«, fragte ich. »Ich habe gehört, dass er Sie schikaniert haben soll.«

»Dick dachte, er würde mich schikanieren«, sagte James abfällig. »Dabei holte ich die ganze Zeit Informationen aus ihm heraus. Ich fuhr auch auf die Brockman Ranch hinaus, um zu erfahren, ob Brett Whitcombe etwas wusste. Brett ist ein guter Kerl, aber er wollte nicht über den Fluch reden. Schließlich ging ich zur Historical Society, um noch mehr herauszufinden. Dort bin ich auf eine Goldader gestoßen. Kennen Sie Mrs Blanding, die Frau des Pastors?«

»Allerdings«, sagte ich.

»Sie kann einem Elch das Hinterbein abquatschen, wenn sie mal in Fahrt kommt«, meinte James kopfschüttelnd, »aber sie kennt sich aus. Sie hat mir Fotos und Zeitungsausschnitte geliehen. Sie sind in einer Schachtel in der Bibliothek. Ich wollte sie auf dem Rückweg nach Denver im Pfarrhaus abgeben.«

»Das ist nicht nötig«, entgegnete ich. »Mrs Blanding kommt heute zum Lunch hierher. Sie kann die Schachtel mitnehmen, und ich erkläre ihr, warum Sie sie nicht zurückgebracht haben. Ich bin sicher, sie hat Verständnis.«

»Danke. Richten Sie ihr bitte meinen herzlichen Dank aus.« James trank die Tasse aus und brachte sie zum Geschirrspüler.

Ich folgte ihm in den Küchenbereich. Erst als er die Schachtel aus dem Archiv erwähnt hatte, war mir wieder die Werkzeugkiste eingefallen, die Toby im Hausmeister-Apartment gefunden hatte. Ich wollte unbedingt wissen, was James mit den Werkzeugen gemacht hatte. Hatte er damit Gold stehlen oder die Ursache für den Einsturz der Lord-Stuart-Mine ergründen wollen? Nach einem kurzen Kampf mit mir selbst beschloss ich, die Sache direkt anzugehen.

»James«, sagte ich, an der Frühstückstheke lehnend. »Haben Sie bei Ihren Nachforschungen auch versucht, in die Lord-Stuart-Mine einzubrechen?«

James wandte sich mir zu und grinste verlegen. »Sie haben wohl mein Werkzeug gefunden. Ja, ich habe die große Stahltür geöffnet, mit der Mr Auerbach den Eingang zur Mine verschlossen hat. Wie ich schon sagte, ich hatte viel freie Zeit. Ich wusste ja schon so einiges über die Mine, und ich wohnte praktisch über ihr, also dachte ich – warum nicht mal einen Blick hineinwerfen?«

»Haben Sie Gold gefunden?«, fragte ich und beugte mich vor.

James sah mich lächelnd an, dann deutete er mit dem Kinn in die Richtung des Waldes hinter der Frühstücksveranda. »Kommen Sie mit, und ich zeige Ihnen, was ich gefunden habe.«

Ein Teil von mir zeigte sich entsetzt über James' Tat, der andere reagierte wie die Katze auf Milch.

»Gehen Sie voran«, sagte ich.

Kapitel 20

Wir mussten nicht weit gehen, was mir entgegenkam, da ich nur die leichten Laufschuhe trug. Der Eingang zur Lord-Stuart-Mine lag nicht mehr als dreißig Meter entfernt von der Hinterwand der dritten Gästewohnung, aber er war so sehr von Bäumen, Gestrüpp und Felsen verdeckt, dass ich ihn niemals entdeckt hätte, wenn James nicht die Zweige auseinandergeschoben und mich zu ihm geführt hätte.

Dort, wo sich früher der Eingang zur Mine befunden hatte, hatten Danny Auerbachs Ingenieure ein Stahltor im Felsen verankert, das mit Tarnfarbe angestrichen worden war. An einer Seite befanden sich mehrere tiefe Dellen. Das Tor hatte keinen Griff oder Knauf, sondern eine starke Haspe, an der die zerschmetterten Reste eines einstmals beeindruckenden Vorhängeschlosses herabhingen.

»Das Schloss habe ich mit dem Vorschlaghammer zerschlagen«, erklärte James. »Ich hätte es auch durch ein neues ersetzt, wenn ich nicht in solcher Eile gewesen wäre.«

Bei dem Gedanken daran, was geschehen wäre, wenn die Zwillinge die Stahltür mit dem kaputten Schloss entdeckt hätten, wurde mir fast übel.

»Machen Sie sich keine Sorgen«, sagte ich leise. »Das ersetze ich schon.«

»Das müssen Sie gar nicht«, entgegnete James. »Es ist mir gelungen, die Tür etwas aufzustemmen, aber dann ...«

Er trat vor, griff unter zwei der größeren Dellen und zog mit aller Kraft an dem Tor, aber es gelang ihm nur, es weniger als einen halben Meter aufzuziehen, bevor es an einem Felsblock hängen blieb. Er bedeutete mir, einen Blick hineinzuwerfen.

Ich trat über einen niedrigen Strauch, bückte mich unter einem Ast hindurch und warf einen ängstlichen Blick in die Lord-Stuart-Mine. Ich war auf einen gähnenden Höllenschlund gefasst, in dem es vor Ratten und Fledermäusen wimmelte. Stattdessen sah ich eine massive Betonwand mit ein paar Werkzeugspuren, die den Eingang vollständig verschloss.

»Und wo ist die Mine?«, platzte ich heraus.

»Irgendwo hinter diesem Stöpsel aus Beton.« James klopfte mit dem Knöchel gegen die Wand. »Ich habe versucht, die Mauer mit der Spitzaxt einzureißen, aber das habe ich ziemlich schnell aufgegeben. Man kann an dieser Stelle kaum richtig ausholen, und nur Mr Auerbach weiß, wie breit dieser Stöpsel ist. Er hat in der Tat sichergestellt, dass seine Jungs niemals die Mine betreten würden, und daher müssen Sie sich auch keine Sorgen um Ihre Zwillinge machen.«

Ich legte meine Handfläche auf den kühlen Beton und nickte. »Da Rob und Will erst fünf Jahre alt sind und nicht ganz so kräftig wie Sie, muss ich Ihnen zustimmen.« Ich zog die Hand zurück und seufzte leise. »Ich gestehe, dass ich ein klein wenig enttäuscht bin. Ich hatte insgeheim gehofft, einen kleinen goldenen Schimmer in der Dunkelheit zu entdecken.«

»Selbst wenn es noch Gold in der Lord-Stuart geben sollte«, sagte James, »wir kämen niemals dran. Aber Sie sollten wachsam sein, Lori. Goldfieber ist ein gefährlicher Virus. Lassen Sie sich nicht anstecken.«

Er trat beiseite und schob das Tor wieder zu, und wir

gingen zum Hauptraum des Aerie zurück. Da es bereits elf Uhr war, stellte ich die Lasagne in den Ofen und half anschließend James, seine Kiste in den Pick-up zu tragen. Nachdem wir sie aufgeladen hatten, schloss James die Ladeklappe und warf einen prüfenden Blick auf das Aerie.

»Es hat mir gut gefallen hier oben«, sagte er. »Eines Tages werden Janice, ich und das Kind eine Blockhütte in den Bergen haben. Sie wird nicht so schick sein wie diese, aber sie wird uns gehören.«

»Wer braucht schon etwas Schickes bei dieser Aussicht«, sagte ich und ließ die Hand kreisen, über den See, den Wald, die schneebedeckten Gipfel, den betörenden blauen Himmel. »Sind Sie sicher, dass Sie nicht zum Essen bleiben wollen? Es gibt genug, und Sie sind uns willkommen. Und auch Ihr Nachfolger, Toby Cooper, würde Sie gerne einmal kennenlernen.«

»Danke, aber ich mache mich besser auf den Weg«, sagte James. »Ich habe Janice zwar in der Obhut einer Freundin zurückgelassen, aber sie wird unruhig, wenn ich zu lange wegbleibe.«

»Sie sind ein glücklicher Mann«, sagte ich und schlug ihm auf die Schulter. »Es gibt so vieles, auf das Sie sich freuen können. Richten Sie Janice die besten Grüße aus.«

»Gerne, Lori.« James setzte sich hinters Lenkrad, ließ den Motor an und fuhr langsam den steilen Weg hinab, auf die Schotterstraße zu, die ihn wieder auf den Highway bringen würde.

Erst als der Pick-up außer Sichtweite war, fiel mir die Laterne ein, die ich in der Bibliothek gelassen hatte. Es war mir etwas peinlich, dass ich sie James nicht mitgegeben hatte, aber daran war nun nichts mehr zu ändern. Ich ging in die Küche, um den Artischockensalat zuzubereiten und um den Esstisch zu decken.

Während ich meine Aufgaben erledigte, ließ ich die vergangene Stunde noch einmal Revue passieren und freute mich schon darauf, die neuesten Enthüllungen mit Bill, Tante Dimity, Toby und Rose Blanding zu teilen, wobei ich mich in ihrem Fall darauf verlassen konnte, dass bald jeder in Bluebird und Umgebung informiert sein würde.

Um halb zwölf kehrten die Angler vom Willie Brown Creek zurück und prahlten mit der Forelle, die sie gefangen und wieder ins Wasser geworfen hatten. Rob und Will waren nass und schmutzig und brauchten dringend ein Bad, sodass ich keine Gelegenheit hatte, mit Annelise zu sprechen oder Toby von James Blackwells überraschendem Besuch zu erzählen. Während Toby den Salat und das Brot auf den Tisch stellte, die Wassergläser füllte und Eis in die Teekanne tat, schrubbten Annelise und ich die Jungen in der Badewanne ab und zogen ihnen in ihrem Zimmer saubere Sachen an.

Ich lief in die Küche, um nach der Lasagne zu sehen, und Annelise brachte die Zwillinge in das Wohnzimmer, wo sie ruhig – und sauber – mit ihren Büffeln spielten, während wir auf das Klingeln der Haustür warteten. Um Punkt zwölf läutete es. Rose Blanding sah sich neugierig um, als ich sie in den Wohntrakt führte und sie mit Annelise, Rob und Will bekannt machte.

»Ihr habt Glück, dass ihr in einem so schönen Haus wohnen dürft«, sagte sie zu den Jungen.

»Auf der Ranch haben wir in einem Hochbett geschlafen«, informierte Rob sie etwas unvermittelt.

»Und wir haben zwei Schlangen gesehen«, fügte Will hinzu.

»Aber keine hat geklappert«, meinte Rob bedauernd.

Während des Essens fuhren die Zwillinge fort, die Vorzüge der Ranch aufzuzählen, aber Rose war vollkommen vom Aerie fasziniert. Sie schien dem Geplapper der Jungs aufmerksam zuzuhören, aber ihre Blicke wanderten durch den Raum, als wolle sie sich jedes Detail einprägen. Ich war zuversichtlich, dass eine detaillierte Beschreibung des Hauses und seiner Inneneinrichtung noch vor dem Sonnenuntergang die Runde gemacht haben würde. Nachdem wir das Mahl beendet hatten, durfte sich Rose alles noch genauer ansehen, während Toby und ich den Tisch abräumten und Annelise mit den Jungs auf Fossilienjagd ging. Besonders die Objekte in der rustikalen Vitrine schienen Rose zu faszinieren. Sie betrachtete sie, als ich mich zu ihr gesellte.

»Als wir hier ankamen, haben die Zwillinge nach dem Lunch immer ein Nickerchen gemacht«, erzählte ich ihr. »Das brauchen sie jetzt nicht mehr.«

»Sie haben sich akklimatisiert«, stellte Rose fest. »Es ist schon erstaunlich, wie schnell sich Kinder an die Höhe gewöhnen.« Sie sah mich aufmerksam von der Seite an. »Kann es sein, dass ich heute Vormittag James Blackwells Pick-up in der Stadt gesehen habe?«

»James Blackwell!«, rief Toby aus der Küche. Er warf sein Handtuch beiseite und eilte zu uns. »Hat *er* heute Morgen geläutet? Haben Sie mit ihm gesprochen, Lori? Haben Sie herausgefunden, ob er …«, er warf Rose einen vorsichtigen Blick zu, »… getan hat, was ich dachte?«

»Setzen wir uns doch«, schlug ich vor. »James' Besuch erwies sich als äußerst aufschlussreich. Ich habe Ihnen beiden eine Menge zu erzählen.«

Toby hockte sich auf die Kaminumrandung, während Rose und ich es uns auf dem Sofa gemütlich machten. Sie lauschten fasziniert, als ich ihnen eine leicht gekürzte Fassung von James Blackwells Geschichte vortrug. Dabei ließ ich es mir nicht nehmen, Toby einen bedeutsamen Blick zuzuwerfen, als ich James' erfolglosen Versuch beschrieb, in die Lord-Stuart-Mine einzudringen. Ich beabsichtigte nicht, Tobys ungerechten Verdacht in Gegenwart von Rose zu diskutieren, aber ich freute mich schon darauf, dass er nach Roses Abschied zugeben musste, dass er seinen Vorgänger fälschlicherweise verdächtigt hatte.

Entsetzt nahm Rose zur Kenntnis, welch wichtige Rolle Amanda Barrow bei der Abreise der Auerbachs gespielt hatte, aber Toby zeigte sich nicht im Mindesten überrascht.

»Gestern hat Amanda versucht, den gleichen Trick noch mal anzuwenden«, informierte er Rose entrüstet. »Sie hat den Fluch eingesetzt, um Lori Angst einzujagen.«

»Aber das ist Unsinn«, protestierte Rose. »Der Fluch ist nur ein Hirngespinst.«

»Wie alles andere, das von Amanda kommt«, sagte Toby. »Trotzdem gibt es Menschen, die ihr glauben.«

Rose legte die Stirn in Falten. »Ich werde ein Wörtchen mit Amanda reden müssen. Ich habe nichts dagegen, wenn Erwachsene ihre Dienste in Anspruch nehmen … aber einen leicht beeinflussbaren Teenager in Angst und Schrecken zu versetzen, das ist etwas anderes.« Sie räusperte sich, und als sie sich mir zuwandte, war ihre Miene schon wieder freundlicher. »Die Auerbachs tun mir leid, natürlich, aber ihnen macht es nicht so viel aus. Reichen Menschen macht das meiste nicht viel aus. Aber James könnte in finanzielle Schwierigkeiten geraten. Um ihn mache ich mir eher Sorgen.«

»Ich auch«, stimmte ich zu. »Was passiert, wenn er nach der Geburt des Babys keine Arbeit findet? Danny Auerbach wird ihn bestimmt nicht wieder einstellen.«

»Überlassen Sie das mir«, sagte Rose. »Ich werde mir etwas überlegen. James war sehr beliebt in Bluebird.

Vielleicht finde ich einen Weg, ihn wieder zurückzuholen, mitsamt seiner Familie natürlich.«

»Das wäre großartig«, sagte ich. »Er liebt diese Gegend.«

Rose verschränkte die Hände im Schoß. »Sie hatten einen interessanten Vormittag, Lori. Danke, dass Sie mir so viel von James erzählt haben. Die Lasagne war übrigens köstlich. Und Ihre Söhne sind bewundernswert, so groß und eloquent für ihr Alter.«

Rose fügte diesen Komplimenten noch ein paar andere hinzu, bis mir endlich dämmerte, dass sie auf die versprochene Führung wartete.

»Würden Sie gerne den Rest des Aerie sehen?«, fragte ich.

»Gerne«, antwortete sie sogleich.

Ich führte Rose vom einen Ende des Aerie zum anderen, ließ nur die Hausmeisterwohnung aus, und sparte mir die Bibliothek schlauerweise bis zum Ende auf. Ich brauchte ihre volle Aufmerksamkeit, wenn ich sie nach den Fotos in der Schachtel aus dem Archiv fragte.

Rose strahlte, als wir die Bibliothek betraten. Sie ging an den Regalen vorbei und stieß leise Laute des Entzückens aus, wenn sie auf ein Buch stieß, das selten oder vergriffen war.

»Ich weiß natürlich, dass Neid eine Sünde ist«, sagte sie mit einem tiefen Seufzer. »Aber ich muss einfach neidisch auf Mrs Auerbach sein. Ihre Sammlung ist unbezahlbar.«

»Hier ist Ihre Schachtel, Mrs Blanding«, sagte Toby und führte sie an den Schreibtisch. »Lori und ich haben sie uns gestern Abend angesehen. Wir fragten uns, ob Sie einige der Männer auf den Fotos identifizieren könnten.«

»Ich kann sie alle identifizieren«, versicherte uns Rose

und öffnete die Schachtel. Hinter ihrem Rücken trafen sich Tobys und meine Blicke, aber wir schauten weg, bevor wir lachen mussten.

»James Blackwell wollte mehr über das Unglück in der Lord-Stuart-Mine erfahren«, sagte Rose. »Deshalb lieh ich ihm ein paar Zeitdokumente: Artikel aus den örtlichen Zeitschriften, Fotokopien von wichtigen Briefen und einiges mehr.«

»Toby und ich interessieren uns für die Fotos«, erinnerte ich sie, bevor sie allzu weit ausholen konnte.

»Das Gruppenporträt ist der Schlüssel.« Sie zog das große Foto aus der Schachtel und zeigte es Toby und mir. »Alle Männer auf diesem Foto, bis auf einen, sind bei dem Grubenunglück ums Leben gekommen.«

»Aber natürlich«, sagte ich und schaute in die stolzen Gesichter der todgeweihten Männer. »Ich hätte drauf kommen müssen. Zwanzig Grabsteine aus rotem Granit auf dem Friedhof, einundzwanzig Männer auf dem Bild.«

»Von jedem Mann auf dem Gruppenfoto habe ich ein Einzelporträt beigelegt.« Rose reichte Toby das Gruppenbild und nahm eine Handvoll Fotos aus der Schachtel, die sie auffächerte wie Spielkarten. »Ich habe auch ein Porträt von Cyril Pennyfeather hinzugefügt, dessen Obelisken wir auf dem Friedhof gesehen haben.« Sie zog ein einzelnes Foto aus der Schachtel und legte die anderen wieder zurück.

Ich spürte eine tiefe Zuneigung, vermischt mit Trauer, als ich Cyrils schmale Brust und Schultern sah, sein welliges blondes Haar und den Kneifer auf dem Rücken seiner recht eindrucksvollen Nase. Er trug einen strapazierfähigen Tweedanzug und hielt mit seinen langen Fingern ein Buch in einer Hand, als habe er nur kurz von seiner Lektüre aufgeschaut, um sich fotografieren zu lassen. Er stand leicht versetzt zur Kamera, vor einem Hintergrund, der unter anderem eine klassische Büste auf einer kurzen dorischen Säule zeigte. Wenn ich nicht bereits gewusst hätte, dass er Lehrer war, hätte ich es sicherlich erraten.

»Was für intelligente Augen«, murmelte ich.

»Er war, nach allem, was man hört, ein hochintelligenter Mann«, sagte Rose. »Er sprach Französisch, Deutsch, Latein und Griechisch, und er kannte fast alle Werke Shakespeares auswendig.«

»Macbeth«, murmelte ich, als ich das Foto zurücklegte. »Zweiter Aufzug, zweite Szene.«

Toby betrachtete noch immer das Gruppenfoto. Als er es Rose reichte, fragte er: »Welcher von den Männern hat überlebt?«

Meine Nackenhärchen richteten sich auf, als Rose ohne Umschweife auf den bärtigen Mann mit den wilden Augen in der hintersten Reihe deutete.

»Er brachte den Arbeitern unter Tage Wasser«, sagte sie. »Er füllte gerade seine Kanne auf, als die Mine einstürzte, und kam unverletzt davon. Sein Name lautete Ludovic Magerowski.«

»Ich wusste es!«, rief ich und dachte an Cyril Pennyfeathers Worte. »Ich wusste, dass er verrückt war.«

»Woher wussten Sie das?«, fragte Rose mit leichtem Erstaunen.

Ich stutzte und sagte rasch: »Seine Augen, er hat die Augen eines Verrückten.«

»Sie neigen wirklich dazu, Männer nach ihren Augen zu beurteilen«, kommentierte Rose amüsiert. Sie wandte sich wieder dem Foto zu. »Aber bei Cyril Pennyfeather lagen Sie richtig, und bei Ludovic auch. Er war geistesgestört. Deshalb durfte er auch nicht mehr mit Werkzeug, geschweige denn mit Sprengstoff arbeiten. Er durfte den Männern nur das Wasser bringen.«

Rose beschrieb das Leben Ludovic Magerowskis. Ihr Bericht deckte sich mit dem, was Cyril Pennyfeather in Tante Dimitys blaues Tagebuch geschrieben hatte, aber Rose hatte einen gewaltigen Vorteil gegenüber Cyril – sie wusste, was nach dem Unglück geschehen war.

»Die Gerüchte schwirrten umher«, sagte sie. »Eines lautete, dass Ludo die Mine zum Einsturz gebracht habe, um sich an Emerson Auerbach zu rächen, der ihn um ein Vermögen gebracht hatte.« Sie suchte in der Schachtel, bis sie einen brüchigen Zeitungsausschnitt fand, der zum Schutz in einer Plastikfolie steckte. »Wie ihr seht, hat sich Ludo auch selbst das Leben schwergemacht. Er gab dem *Bluebird Herald* ein Interview, in dem er behauptete, über besondere Kräfte zu verfügen.«

»Wie Amanda Barrow?«, folgerte Toby.

»In der Tat«, bestätigte Rose. »Ludo behauptete, dass er die Mine tatsächlich zerstört hatte, aber allein durch die Kraft seines Geistes. Mit anderen Worten, er hatte die Mine durch Willenskraft zum Einsturz gebracht.«

»Das ist in Bluebird sicher gut angekommen«, meinte ich ironisch.

»Immerhin, wegen ungesetzlichem Gebrauch von Willenskraft konnten sie ihn nicht verhaften«, meinte Toby. »Was ist mit ihm geschehen, Mrs Blanding? Haben die Einwohner das Gesetz in die eigenen Hände genommen?«

»Wenn sie ihn in die Finger bekommen hätten, wahrscheinlich schon«, antwortete Rose. »Zum Glück – oder leider, je nach Standpunkt – sorgte der Chefredakteur des *Bluebird Herald* dafür, dass man Ludo in eine Nervenheilanstalt nahe Denver brachte, bevor das Interview erschien. Ich nehme an, dass er sich die Hände nicht mit Ludos Blut beschmutzen wollte.«

»Was ist aus Ludos Frau geworden?«

»Sie hatte Verwandte in Ohio, zog es jedoch vor, in Bluebird zu bleiben. Vielleicht fiel es ihr leichter, dort zu bleiben, wo bereits jeder ihre Geschichte kannte, als ihrer Familie die schreckliche Wahrheit über ihren Ehemann zu beichten. In jenen Tagen war eine Geisteskrankheit noch immer mit einem Stigma behaftet.« Rose seufzte und legte den Zeitungsausschnitt und das Gruppenfoto wieder in die Schachtel. »Genau ein Jahr nach dem Grubenunglück fand man ihre Leiche im Bluebird Creek. Der Gerichtsmediziner entschied auf Tod durch Unfall, aber ich vermute, dass er das nur aus Mitgefühl tat. Als Selbstmörderin wäre sie nicht auf dem Friedhof beerdigt worden.«

»Und das Kind?«, fragte ich.

»Das wurde in ein Waisenhaus gesteckt. Ludo selbst hat man in Bluebird nie mehr gesehen. Er starb bereits zwei Monate, nachdem er in die Anstalt eingeliefert worden war.« Rose verschloss die Schachtel mit dem Deckel. »Ich sagte es bereits, aber man kann es nur wiederholen: Goldfieber wird manchmal zur tödlichen Krankheit.«

Toby und ich sahen in Gedanken versunken auf die Schachtel, bis es an der Tür läutete.

»Drei Mal an einem Tag?«, sagte ich erstaunt. »Ich werde eine Empfangsdame einstellen müssen.«

Toby hoffte wohl, dass James Blackwell zurückgekehrt war, denn er eilte zur Tür, noch bevor ich einen Schritt getan hatte. Kurz darauf hörten wir seine zornige Stimme: »Was willst du denn hier?«

Rose und ich sahen einander an und liefen ins Wohnzimmer, gerade rechtzeitig, um zu erleben, wie Amanda

Barrow in kompletter Zigeunertracht durch den Flur fegte, dicht gefolgt von Toby.

»Ich bin nicht aus eigenem Wunsch gekommen«, verkündete sie. »Ich wurde gerufen!«

Kapitel 21

»Ich habe dich nicht gerufen«, sagte Toby und betrachtete Amanda verächtlich.

»Ich auch nicht«, fügte ich hinzu.

»Ihr missversteht mich.« Die Reifen an Amandas Handgelenken klirrten, als sie die Arme ausbreitete und zur Decke hinaufschaute. »Ich wurde von keiner irdischen Macht gerufen. Ich antwortete auf einen Ruf, den das menschliche Ohr nicht wahrnehmen kann.«

»Wie ein Hund?«, sagte Toby beißend.

Ich bemühte mich nicht einmal, meinen Lachanfall hinter einem Husten zu verstecken. Ich hatte keine Ahnung, was Amanda dazu gebracht hatte, das Aerie aufzusuchen, aber ihr Timing hätte nicht ungünstiger sein können. Ich hatte nicht vergessen, welchen schlechten Einfluss sie auf Tammy Auerbach ausgeübt hatte, und wenn ich es nicht über mich brachte, sie kurzerhand hinauszuwerfen, so wollte ich ihr doch auch keinen warmen Empfang bereiten.

Toby sah jedoch aus, als könne er sich jeden Augenblick auf sie stürzen. Vorsichtshalber stellte ich mich zwischen die beiden.

»Amanda«, sagte ich kühl. »Was kann ich für Sie tun?«

»Sie können gar nichts für mich tun«, sagte sie und senkte den Arm. »Aber ich kann etwas für Sie tun.«

»Danke, aber wir haben das Geschirr schon abgewaschen«, zischte Toby. Er konnte sich kaum beruhigen.

Amanda betrachtete ihn mit einem abfälligen Blick,

bevor sie sich wieder an mich wandte. »Ich spreche natürlich nicht von einer weltlichen Pflicht.«

»Schade«, murmelte Toby. »Die Wanderschuhe müssten geputzt werden.«

»Guten Tag, Amanda«, sagte Rose und gesellte sich zu unserer fröhlichen Gruppe.

»Ob der Tag gut oder schlecht ist, kann ich dir noch nicht sagen, Rose.« Amanda schob sich an mir vorbei und begann im Wohnzimmer herumzuwandern, die Augen halb geschlossen, die Arme nach vorne gestreckt.

»Wenn Sie sich das Aerie ansehen wollen, können wir einen Termin für eine Führung ausmachen«, sagte ich.

»Ich will das Aerie nicht sehen«, erwiderte Amanda.

»Was um alles in der Welt machst du da?«, wollte Rose jetzt wissen. »Spielst du Blinde Kuh?«

»Ich lasse mich dirigieren«, entgegnete Amanda und setzte ihren Rundgang fort. »Ich spüre deine Feindseligkeit, Rose, aber wir beide haben einiges gemeinsam.«

»So?«, erwiderte Rose skeptisch.

»Wir glauben beide, dass das Übernatürliche eine Rolle im alltäglichen Leben spielt.« Amanda blieb stehen und ließ ihre Handflächen über die rustikale Vitrine gleiten, bevor sie weiterging. »Wir glauben an eine Macht, die größer ist als wir selbst. Wir glauben an Enthüllungen, Prophezeiungen und an das Weiterleben des Geistes nach dem Tod.«

»Ich glaube aber nicht, dass es richtig ist, Furcht einzusetzen, um unschuldige Kinder zu ängstigen«, sagte Rose schnippisch.

»Allerdings«, sagte Amanda gelassen. »Du glaubst an das Höllenfeuer und die ewige Verdammnis, und du benutzt deinen Glauben, um die Kinder in der Sonntagsschule einzuschüchtern.«

»Ich muss doch bitten!«, sagte Rose hitzig, und ich

beschloss, das Gespräch in eine andere Richtung zu lenken, bevor es aus dem Ruder lief. Schließlich wollte ich auch nicht, dass sich die Frau des Pastors auf Amanda stürzte.

»Es tut mir leid«, sagte ich bestimmt, »aber meine Gäste dürfen unter meinem Dach weder über Politik noch Religion diskutieren, auch wenn dieses Dach nur ausgeliehen ist. Da es sich bei Ihnen um einen ungeladenen Gast handelt, gilt diese Regel für Sie umso mehr.«

»Aber ich bin geladen worden«, beharrte Amanda und ließ ihre Hände über dem Esstisch kreisen. »Ich wurde gerufen, kurz nachdem Sie gestern gegangen sind. Ihr Unwillen, die Wahrheiten der Kristallkugel zu akzeptieren, ließ mich zunächst zögern, dem Ruf zu folgen, aber dann wurde der Drang unwiderstehlich. Aaaaahhh …« Sie stieß einen markerschütternden Schrei aus und glitt auf den Eingangsbereich zu, als hätte sie eine unsichtbare Kraft an der Hand gepackt und würde sie dorthin ziehen.

»Gut«, sagte Toby und machte ihr Platz. »Der Ausgang ist rechts.«

Aber Amanda wandte sich nicht der Vordertür zu. Noch bevor sie jemand aufhalten konnte, lief sie durch das Foyer die Treppe hinauf und eilte in den Flur der Familienzimmer. Rose und Toby blieben wie angewurzelt stehen, als könnten sie ihren Augen nicht trauen, aber ich spurtete hinter Amanda her. Ich befürchtete insgeheim, dass die unsichtbare Kraft sie schnurstracks zu Tante Dimitys blauem Tagebuch führen könnte. Ich wollte verhindern, dass jenes »innere Auge«, das immerhin Cyril Pennyfeather gesehen hatte, auch nur in die Nähe des Buches kam.

»Komm zurück, Amanda!«, schrie Toby, der offenbar seine Stimme wiedergefunden hatte.

Ich hörte Schritte auf der Treppe und wusste, dass er mir folgte, Rose Blanding im Schlepptau. Wenn Amanda versucht hätte, die Familiensuite zu betreten, hätte ich sie gerammt wie ein Footballspieler, aber die unbekannte Macht lenkte sie zum Zimmer der Jungen, wo sie so abrupt stehen blieb, dass ich zur Seite springen musste, um nicht in sie hineinzulaufen.

»Hier«, flüsterte sie gut hörbar. »Die Vibrationen kommen von hier!«

Rose prallte gegen Toby, der wiederum gegen mich prallte, und bevor wir uns alle wieder sortiert hatten, war Amanda bereits mit klirrenden Armreifen durch das Kinderzimmer in das Spielzimmer gelaufen. Als wir sie eingeholt hatten, stand sie steif wie ein Brett vor dem Indianerzelt. Sie verbreitete plötzlich eine solche Ruhe und schien so konzentriert, dass ich darauf verzichtete, sie aus dem Zimmer zu weisen, wie ich es vorgehabt hatte. Stattdessen bat ich Rose und Toby, einen Schritt zurückzutreten und kein Wort zu sagen.

»Der Fluch verweilt in den Fasern dieses Gebäudes«, intonierte Amanda.

Gemessen hob sie die Arme und senkte sie dann ganz langsam, bis sie mit den Handflächen den Boden des Zeltes berührte. Plötzlich riss sie die Hände hoch, als habe sie sich verbrannt. Rose schnalzte ungeduldig mit der Zunge, Toby schmollte.

Amanda atmete tief ein, schloss die Augen und sprach mit der Decke. »Dunkle Dinge wohnen hier.«

»Hören Sie mal, hier schlafen meine Söhne«, korrigierte ich sie.

»Ich sehe Dunkelheit, ich sehe Flammen, ich sehe ein hasserfülltes Herz, das zerstören will.« Amanda drehte sich auf den Absätzen um, deutete mit der Hand auf mich und rief: »Heute Nacht geht der Vollmond auf! Hört meine Warnung! Flieht, solange es noch Zeit ist!«

Das entrüstete Schnauben meiner Begleiter ließ mich hoffen, dass Amanda ihrer eigenen Warnung Folge leisten würde, aber sie rührte sich nicht.

»Amanda Barrow«, sagte Rose schließlich mit wutsprühenden Augen. »In meinem ganzen Leben habe ich nicht eine solch billige Aufführung von schmierigen Theatertricks gesehen. Dein Zirkus mag vielleicht fünfzehnjährige Mädchen und deine angeheiterten Schüler beeindrucken, aber ich kann dir versichern, mich beeindruckst du damit nicht.«

»Ich fand die Vorstellung eigentlich ganz gut«, murmelte ich, aber Toby übertönte mich glatt.

»Hör zu, Amanda«, sagte er eisig. »Wenn du Loris Söhnen gegenüber etwas von diesem Fluch erwähnst, dann werfe ich deine Kristallkugeln und deine Runensteine und deinen Satz Tarotkarten in den Lake Matula.« Er hob die Arme und drehte sich langsam, bis seine Hände in den Flur zeigten. »He, Amanda, du wirst schon wieder gerufen. Eine Stimme, die das menschliche Ohr nicht hören kann, sagt mir, dass es Zeit für dich wird – du musst gehen.«

»Ich werde gehen«, sagte Amanda und richtete sich mit beeindruckender Würde auf. »Ich habe mein Bestes gegeben. Mehr kann ich nicht tun.«

»Ich bringe dich zur Tür«, sagte Toby und folgte Amanda in den Flur hinaus wie ein Gefängniswärter einem störrischen Häftling.

»Also wirklich …« Rose seufzte indigniert, bevor sie sich an mich wandte. »Ich habe das Gefühl, ich müsse mich bei Ihnen entschuldigen, Lori, auch wenn ich nicht weiß, wofür. Wir haben Amanda und ihre Gefolgsleute stets toleriert, aber jetzt scheint es, als müsse man ihr die

Grenzen aufzeigen. Es geht einfach nicht, dass sie in ein fremdes Haus spaziert und sich auf derart ungehörige Weise aufführt. Demnächst wird sie noch den Gottesdienst stören.«

»Das wird sie sicherlich nicht«, sagte ich besänftigend. Eine Hexenjagd wollte ich auf jeden Fall verhindern. »Sie wird weder die Kirche noch das Pfarrhaus noch irgendein anderes Haus in Bluebird mit dieser Nummer aufsuchen. Verstehen Sie denn nicht, Rose? Das Aerie zieht Amanda an, wegen des sogenannten Fluchs. Sie kann einfach nicht anders, auf dieser Bühne muss sie auftreten, die ist wie für sie gemacht.«

»Und was, wenn Ihre Söhne zu Hause gewesen wären?«, fragte Rose.

»Vielleicht hätte ich sie einen Exorzismus ausführen lassen«, sagte ich mit einem Schulterzucken. »Wenn ich sie damit losgeworden wäre …«

»Sie haben mehr Gleichmut als ich«, sagte Rose. »Nerven hat diese Frau …«

»Lassen wir uns von ihr nicht den Tag verderben.« Ich nickte in Richtung Flur. »Wie wäre es mit einem schönen großen Glas Eistee?«

Rose sah auf ihre Armbanduhr. »Ich habe leider keine Zeit mehr. In knapp einer Stunde muss ich an einer Sitzung des Ausschusses für die Organisation der Goldrausch-Tage teilnehmen. Außerdem möchte ich Ihnen nicht länger zur Last fallen. Ich nehme nur schnell meine Schachtel und verschwinde.«

Toby stand an der Tür und beobachtete mit Adleraugen Amanda, die gerade die Auffahrt hinunterfuhr. Nachdem sie fort war, holte er die Schachtel aus der Bibliothek und verstaute sie im Kofferraum von Roses Wagen. Annelise und die Zwillinge kamen herbei, und gemeinsam winkten wir ihr zum Abschied hinterher.

Fossilien hatten Rob und Will nicht gefunden, aber dafür so viele rostige Nägel, Schienennägel und kleinere Teile von Maschinen, dass ich dankbar war, dass ihre Tetanusimpfung noch wirksam war. Sorgfältig arrangierten sie ihre Fundstücke auf der Kaminumrandung im Hauptraum und fragten dann, ob sie Toby in die Stadt begleiten dürften, der sich freiwillig bereit erklärt hatte, etwas fürs Dinner zu besorgen. Toby war der Meinung, dass niemand, der Ferien machte, öfter als einmal am Tag kochen sollte, und ich stimmte ihm zu. Doch bevor ich den Zwillingen meine Erlaubnis gab, nahm ich Toby kurz beiseite.

»Ich muss mit Annelise sprechen«, sagte ich leise. »Glauben Sie, Sie können allein mit den Jungs fertig werden?«

»Sicher«, antwortete er. »Die beiden sind doch großartig. Die machen bestimmt keinen Ärger.«

»Hoffentlich«, sagte ich und gab den Zwillingen meine Einwilligung.

Toby und die Jungs gingen zum Van, und Annelise und ich setzten uns mit zwei Gläsern Eistee an den Küchentisch. Ich wollte wissen, warum sie die beiden vorerst nicht mehr zur Brockman Ranch lassen wollte. Mir war ein bisschen mulmig. Normalerweise sprach Annelise weder mit Bill noch mit mir über die Zwillinge, es sei denn, sie brauchte ernsthafte Unterstützung, was selten genug der Fall war. Rob und Will waren wirklich großartig.

»Also«, sagte ich und legte die Hände um mein Glas. »Was ist auf der Ranch passiert?«

»Zwei Dinge«, sagte Annelise. »Zunächst hatten wir auf unserem Ausritt ein kleines Verständigungsproblem.«

Ich lächelte erleichtert, auch wenn ich mich wunderte, dass sie das Thema so ernst angekündigt hatte.

»Die Jungen benutzen nun mal englische Wörter und Wendungen«, sagte ich gelassen. »Sie sind damit aufgewachsen. Außerdem kannst du doch dolmetschen.«

»Ich brauchte nicht zu dolmetschen«, sagte Annelise. »Die Amerikaner auf dem Ausritt haben Will schon recht gut verstanden, als er den kleinen Jungen vor ihm einen ›Hurensohn‹ nannte.«

Mir blieb der Mund offen stehen, und ich verschüttete Eistee auf dem Tisch. »Was?«

Annelise nickte. »Und sie haben auch Rob verstanden, als der das Wort benutzte, das sich auf ›dick‹ reimt.«

»Er hat … was?«, stotterte ich und verschüttete noch mehr Tee.

»Ich muss es ja wohl nicht buchstabieren.« Nachdenklich schüttelte Annelise den Kopf. »Dabei gab es gar keinen Grund, die Worte sind ihnen einfach entschlüpft, als würden sie sie jeden Tag benutzen. Gott weiß, was die anderen Erwachsenen auf dem Ritt von ihrer Erziehung gehalten haben.«

»Meine Söhne sind ganz ausgezeichnet erzogen«, sagte ich und wischte mir ein paar Tropfen Eistee von den Händen. »Du weißt ja selber, dass wir solche Wörter zu Hause nicht benutzen. Sie müssen sie von irgendjemandem auf der Ranch gelernt haben.«

»Das glaube ich auch«, sagte Annelise. »Es gibt da zwei Ferienkinder, die kein Blatt vor den Mund nehmen, und ihre Eltern sind fast noch schlimmer.«

»Hast du mit Will und Rob über unanständige Worte und gutes Benehmen gesprochen?«, fragte ich Annelise.

»Natürlich. Dabei ist dann das zweite Problem aufgetaucht. Als ich Will und Rob fragte, wo sie die Wörter gehört hätten, sagten sie, hier, im Aerie. Aber wir beide reden nicht so, und Toby Cooper sicher auch nicht.«

»Toby würde nie in Anwesenheit der Kinder fluchen«, pflichtete ich ihr bei.

»Will und Rob haben auch bestätigt, dass sie die Wörter nicht von Toby haben«, fuhr Annelise fort. »Aber sie können nicht sagen, von wem sie sie gehört haben. Sie beharren darauf, dass sie die Wörter in ihrem Zelt im Spielzimmer gehört haben, in der Nacht. Ich fürchte, sie lügen, Lori, und um ehrlich zu sein, macht mir das mehr Sorgen als ein paar unanständige Wörter.« Sie hielt inne. »Lori? Hörst du mir zu?«

Ich nickte versonnen und dachte an Amanda Barrow, die zurückgezuckt war, als ihre Hände den Boden des Zeltes berührt hatten.

»Diejenigen, die du am meisten liebst, werden dich überraschen«, sagte ich tonlos.

»Wie bitte?«

»Nichts.« Ich räusperte mich und stand auf. »Du hast alles richtig gemacht, Annelise. Wir sollten die Sache nicht aufbauschen, aber … ich werde lieber Bill anrufen und ihn fragen, was er davon hält.« Ich trommelte mit meinen klebrigen Fingern auf den Teakholztisch. »Am besten rufe ich ihn sofort an. Ich bin in der Familiensuite und möchte nicht gestört werden.«

»Gut«, sagte Annelise. »Richte ihm Grüße aus.«

»Wem?«, fragte ich verwundert.

»Bill.« Annelise sah mich neugierig an. »Richte Bill meine Grüße aus.«

»Oh ja«, sagte ich. »Natürlich.«

Ich verließ den Hauptraum und begann zu laufen, als ich die Diele erreicht hatte. Ich hastete die Stufen hinauf und rannte in die Familiensuite, wo ich mir sogleich das

blaue Tagebuch schnappte und es noch im Stehen aufschlug.

»Dimity«, sagte ich gehetzt. »Ich muss mit dir sprechen. Mit Ihnen auch, Mr Pennyfeather, wenn Sie in der
Nähe sind. Hier geht etwas sehr Merkwürdiges vor.«

Kapitel 22

Tante Dimitys vertraute Handschrift tauchte zuerst auf der Seite auf, darunter die verschnörkelten Buchstaben Cyril Pennyfeathers.

Was hast du für ein Problem, Liebes?

Kann ich irgendwie behilflich sein?

»Seid ihr beide hundertprozentig sicher, dass das Aerie nicht verflucht ist?«, fragte ich.

Ich glaube, ich kann für uns beide sprechen, wenn ich kategorisch erkläre, dass das Aerie fluchfrei ist. Was beunruhigt Dich, Lori?

»Amanda Barrow.« Ich ließ mich auf dem weißen Sessel nieder und starrte versonnen auf die Asche im Kamin.

Das Medium?, versicherte sich Tante Dimity.

Das hysterische Medium?, fügte Cyril hinzu.

»Sie mag hysterisch sein, aber sie hat mir eine ziemlich genaue Beschreibung von Ihnen geliefert, Mr Pennyfeather«, erinnerte ich ihn. »Nachdem Sie sich zurückgezogen hatten, schaute sie in ihre Kristallkugel und sagte einige Dinge, die ich zunächst für einen einzigen großen Witz hielt. Jetzt bin ich mir nicht mehr so sicher.«

Was hat sie Dir denn erzählt?

»Sie sagte, ich käme von weit her«, begann ich. »Und das stimmt – schließlich bin ich aus England nach Colorado gekommen.«

Sie könnte aus gleich mehreren Quellen von Deiner Reise erfahren haben.

»Das dachte ich auch«, sagte ich. »Aber sie hat auch

vorhergesagt, dass ich auf einen kleinen, dunklen Fremden treffen würde.«

Müsste es nicht ein grosser, dunkler Fremder heissen? Ich ging auf Cyrils Scherz genauso wenig ein, wie ich auf Tobys Witzelei reagiert hatte.

»Amanda prophezeite mir, dass ich auf einen kleinen, dunklen Fremden treffen würde«, wiederholte ich.

»Und auch dieses Mal hatte sie recht. Heute Morgen tauchte James Blackwell am Aerie auf. Er ist klein, dunkelhaarig und stark gebräunt, und bis heute war er ein vollkommen Fremder für mich.«

James Blackwell, der verschwundene Hausmeister, ist heute Morgen zum Aerie gekommen?

»Ja, aber bleiben wir noch bei Amanda.« Ich wollte mich auf keinen Fall ablenken lassen. »Sie sagte auch, dass der Tod nach mir gegriffen hätte, aber dass ich ihm entkommen sei.«

Sehr clever von ihr. Als Abaddon Dich attackierte, warst du in der Tat dem Tode sehr nahe, aber Du hast Dich gewehrt und hast überlebt. Hast Du dieses Erlebnis irgendjemandem geschildert, der es Amanda hätte erzählen können?

»Annelise weiß natürlich davon«, sagte ich. »Aber sie würde niemals jemandem hier auch nur ein Wort davon erzählen. Toby weiß ebenfalls Bescheid, aber ich habe ihm erst gestern Nacht davon erzählt, nachdem Amanda ihren Auftritt hatte.«

Ich verstehe. Welche interessanten Weissagungen hatte Amanda sonst noch parat?

»Sie sagte, dass diejenigen, die ich liebe, mich überraschen würden, und auch damit behielt sie recht. Bill hat mich heute Morgen damit überrascht, dass er nächste Woche hierher kommen will.«

Warum hat Dich das so verblüfft? Wer Bill kennt, den wundert es nicht im Geringsten.

»Das stimmt«, räumte ich ein. »Aber es gab noch andere Überraschungen. Annelise erzählte mir vorhin, dass Will und Rob gestern auf der Ranch obszöne Worte benutzt haben, und nicht nur das, sie haben sie auch noch belogen, als sie fragte, woher sie diese Ausdrücke hätten.«

Will und Rob benutzen weder obszöne Ausdrücke noch lügen sie.

»Ich weiß!«, rief ich aus. »Deshalb war ich ja so verwundert.«

Fassen wir zusammen: Amanda Barrow hatte recht bezüglich Mr Pennyfeather, Deiner langen Reise, Deinem Treffen mit James Blackwell, der Todesgefahr, in der Du Dich befunden hast, und bezüglich der plötzlichen Ausrutscher der Zwillinge. Möglicherweise verfügt sie doch über gewisse Gaben, abgesehen von der Fähigkeit, ätherische Begleiter akkurat zu beschreiben.

»Wenn das so ist«, sagte ich, »dann liegt hier tatsächlich etwas im Argen, denn im Gegensatz zu dir und Mr Pennyfeather glaubt Amanda, dass das Aerie verflucht ist. Sie hat Tammy, die minderjährige Tochter der Auerbachs, von dem Fluch überzeugt, und heute kam sie vorbei, um auch mich davon zu überzeugen.«

Amanda Barrow liegt falsch.

In diesem Fall irrt sie sich gewiss.

»Aber ihre Trefferquote ist bislang ziemlich spektakulär«, sagte ich beklommen.

Zugegeben. Was genau hat sie über den Fluch gesagt?

»Sie schien irgendetwas unter dem Zelt im Spielzimmer wahrzunehmen«, begann ich. »Darunter sind lediglich die Dielenbretter, aber Mrs Auerbach war so besorgt deswegen, dass sie James Blackwell beauftragte, sich die Bretter genauer anzusehen. Wieso macht jeder einen solchen Wirbel um Dielenbretter?«

Dielenbretter erzeugen Geräusche, Lori, besonders wenn sich ein neues Gebäude setzt.

»Das Aerie wurde vor zwei Jahren gebaut«, sagte ich. »Wahrscheinlich setzt es sich wirklich noch.«

Diese Geräusche, die ganz normal sind, können für jemanden, der geradezu nach etwas Unheimlichem lauscht, auch sehr merkwürdig klingen.

»Wenn Tammy Auerbach also hörte, wie ein Dielenbrett knarrte oder eine Tür quietschte, glaubte sie, dass es sich dabei um eine Manifestation des Fluchs handelte.«

Das arme Mädchen muss am Ende ein Nervenbündel gewesen sein. Dass James Blackwell die Bretter überprüfen sollte, war wohl ein letzter Versuch Florence Auerbachs, ihre Tochter davon zu überzeugen, dass alles in Ordnung war.

»Aber da war Tammy bereits durchgedreht«, sagte ich. »James Blackwell hat mir erzählt, dass sie immer wieder aus dem Schlaf aufschreckte …«

Der Balsam kranker Seelen.

»In der Tat, Mr Pennyfeather«, sagte ich. »Und ohne ihre nächtliche Dosis Balsam wurde Tammy immer kribbeliger, genau wie ich.«

Es sieht aus, als habe Florence Auerbach ihre Tochter aus ähnlichen Gründen aus dem Aerie geholt, aus denen Bill Dich aus dem Cottage geschickt hat.

»Sie wollte verhindern, dass Tammy einen Nervenzusammenbruch erlitt«, sagte ich. »Und Tammy hatte solche Angst vor dem Fluch, dass sie sich weigerte, in das Haus zurückzukehren. Daraufhin beschloss Mr Auerbach, es zu verkaufen.«

Wenn Tammy Amanda von den seltsamen Geräuschen erzählt hat, die sie im Aerie hörte, verwundert es nicht, dass Amanda ein solches Aufhebens um die Dielenbretter gemacht hat. Das seltsame Knarren und Stöhnen ließ ihre Behauptung, das Aerie sei verflucht, umso glaubhafter erscheinen.

»Aber warum ging Amanda in das Spielzimmer, als sie hier war?«, fragte ich. »Warum nicht in Tammys Zimmer?«

Vielleicht ein Zufall. Solange es sich um einen Teil der Familiensuite handelte, diente es ihrer Absicht, eine beeindruckende Vorstellung zu liefern.

»Möglicherweise«, sagte ich wenig überzeugt.

Du klingst noch immer beunruhigt, meine Liebe.

»Das bin ich auch«, gab ich zu. »Laut Amanda steckt der Fluch in jeder Faser des Gebäudes. Danny Auerbach benutzte beim Bau des Aerie auch Balken der alten Minenbauten. Was ist … wenn einige der Dielenbretter aus der alten Mine stammen und sich der Fluch in ihnen erhalten hat?«

Lori, es gibt keinen Fluch. Es gibt nur eine Frau, die andere davon überzeugen will, dass es ihn gibt. Amanda Barrow lebt schon lange hier. Sie wird wissen, dass man alte Balken beim Bau des Aerie benutzt hat. An ihrer Stelle würde ich dieses Wissen auch einsetzen, um überzeugender zu klingen.

Tante Dimitys Schlussfolgerungen klangen logisch, aber ich machte mir noch immer Sorgen.

»Will und Rob haben Annelise erzählt, dass sie die bösen Wörter in ihrem Zelt im Spielzimmer gelernt hätten«, sagte ich. »Als Amanda hier auftauchte, zog es sie förmlich dorthin. Vielleicht macht sie wegen des Fluchs blauen Dunst, aber was, wenn sie wirklich etwas Unheimliches im Spielzimmer gespürt hat? Sie sprachen von Geisterstimmen, Mr Pennyfeather. Vielleicht hält sich des Nachts ein böser Geist im Spielzimmer auf und bringt meinen Söhnen Schimpfwörter bei?«

Miss Westwood und ich sind die einzigen Geister, die sich gegenwärtig im Aerie aufhalten, und wir verwenden keine obszönen Ausdrücke.

»Sind Sie ganz sicher, dass nicht noch jemand da ist?«, beharrte ich. »Vielleicht ist jemand unter Ihrem Radar hindurchgeflogen.«

Ach so. Ja, ich weiss jetzt alles über Radar, dank Miss Westwoods hervorragender Erklärung, und gerade deshalb kann ich Ihnen versichern, dass kein böser Geist unter dem unseren hindurchgeflogen ist. Sowohl Miss Westwood als auch ich würden seine Gegenwart sofort wahrnehmen.

»Meine Söhne lügen nicht, Mr Pennyfeather«, sagte ich störrisch. »Und du hast eben selbst zugegeben, Dimity, dass Amanda möglicherweise echte Talente haben könnte.«

Das stimmt, aber sie buhlt auch um Aufmerksamkeit und scheint Spaß daran zu haben, anderen Angst einzujagen. Ich wiederhole: Es gibt keinen Fluch. Da weder Mr Pennyfeather noch ich Dich in diesem Punkt überzeugen können, schlage ich ein Experiment vor.

»Bitte sehr.«

Übernachte heute im Spielzimmer, Lori. Ich bezweifle stark, dass Dir ungehörige Dämonen obszöne Gutenachtlieder singen werden, aber vielleicht überzeugt Dich ja eine Nacht mit dem Ohr an den Dielenbrettern davon, dass Mr Pennyfeather und ich verlässlichere Sensoren für Flüche und böse Geister haben als Amanda Barrow.

»Einverstanden«, sagte ich. »Ich schlafe heute im

Spielzimmer. Nicht dass ich deine Kompetenz anzweifle, Dimity …«

Ich verstehe Dich vollkommen, Lori. Du willst Deine Söhne schützen, wie es jede Mutter tun würde. Ich an Deiner Stelle würde nicht anders handeln.

Ich kann mich dem nur anschliessen.

»Danke«, sagte ich. »Ich lasse euch wissen, wenn irgendetwas passiert.«

Wenn ein Dämon auftaucht, brauchst Du es uns nicht wissen lassen.

Ich lächelte gequält, als die beiden Handschriften auf dem Papier verblassten, dann klappte ich das Tagebuch zu und legte es neben Reginald auf den Schreibtisch.

»Hältst du mich für albern, Reg?«, fragte ich meinen rosa Hasen.

Reginald hielt sich mit einer Antwort verständlicherweise zurück. Der Gedanke, eine Nacht auf dem harten kalten Fußboden zu verbringen, wenige Meter von einem warmen weichen Bett entfernt, kam mir bereits jetzt albern vor.

Aber es ging um Will und Rob, und ich wollte die Wahrheit herausfinden. »Aber verrate den Zwillingen nicht, was ich vorhabe«, flüsterte ich Reg ins Ohr. »Sie werden denken, ich sei übergeschnappt.«

Reginalds schwarze Augen funkelten beruhigend. Ich strich über den verblassenden Saftfleck auf seiner Nase und lauschte, ob ich nicht bereits das Getrappel kleiner Füße im Haus hörte. Als alles still blieb, ging ich wieder ins Spielzimmer.

Nachdenklich blieb ich vor dem Zelt stehen, dann schob ich es langsam zur Seite. Ich konnte den Gedanken nicht loswerden, dass meine Söhne eine Woche lang auf einem blutgetränkten, fluchbeladenen, heimgesuchten Überrest der Lord-Stuart-Mine geschlafen hatten. So kostete es mich einiges an Überwindung, mir die Stelle genauer anzusehen.

Die Dielenbretter unterschieden sich nicht im Geringsten von den anderen im Raum. Ich ging auf die Knie und schlug mit den Fingerknöcheln auf das Holz. Es klang beruhigend hart und fest. Ich schlug auf die Bretter, trat mit dem Fuß darauf und hüpfte auf ihnen herum, aber sie gaben keinen Mucks von sich. Wenn James Blackwell nicht seine Laterne, sondern seine Spitzhacke vergessen hätte, wäre ich noch weiter gegangen. Als ich schließlich Geräusche hörte, kamen sie nicht aus dem Boden, sondern aus der Diele.

Toby und die Zwillinge waren wieder da. Ich stampfte noch einmal auf die Dielenbretter, bevor ich nach unten zu den anderen ging.

Toby war der Meinung, dass Caroline's Café nicht das einzige Restaurant am Ort war, das unsere Unterstützung verdiente, und deshalb gab es zum Dinner Pizza von Mile High Pie und Eiscreme von Sweet Jenny's Emporium. Nach dem Eis gab es natürlich keine Marshmallow-Sandwiches am Lagerfeuer, aber ich konnte die Enttäuschung der Zwillinge dadurch mildern, dass ich verkündete, dass sie diese Nacht im Wohnzimmer schlafen durften.

Die Zwillinge waren begeistert davon, einen weiteren Teil des Aerie zu erobern, und halfen Toby dabei, ihr Zelt aus dem Spielzimmer in den Wohntrakt zu tragen.

Annelise hingegen war ... Annelise. Nachdem sie überschlagen hatte, was die Jungen in dem Raum zerbrechen oder herunterwerfen und wo sie sich die Köpfe einschlagen konnten, beschloss sie, auf dem Sofa zu schlafen, wo sie ihre nächtlichen Aktivitäten überwachen konnte. Da mir das ganz recht war, weil ich so unbeobachtet ins Spielzimmer schleichen konnte, stimmte ich ihrem Plan nach leichtem Scheinwiderstand zu.

Ich schob ein paar Möbel beiseite, um Platz für das Zelt zu schaffen, und die Zwillinge richteten sich mit Schaumstoffmatratzen, Schlafsäcken, Grubenlampen und Plüschbüffeln ein. Nachdem Annelise das Sofa gemacht hatte und ich die Jungen in ihre Schlafanzüge gesteckt hatte, sagte Toby gute Nacht und zog sich in sein Apartment zurück.

Will und Rob waren so müde, dass es nicht lange dauerte, bis sie es sich in ihrem Zelt gemütlich gemacht hatten. Ich gab ihnen einen Gutenachtkuss, bedankte mich bei Annelise dafür, dass sie die Nachtschicht übernahm, löschte die Lichter und ging hinaus auf den Flur, wo ich vor den Doppeltüren stehen blieb und lauschte. Als das schläfrige Gemurmel der Jungen verstummt war, schlich ich auf Zehenspitzen in die Familiensuite, zog Jeans und einen dicken Wollpullover an, schnappte mir ein Kissen, eine Decke und meine Stirnlampe und brachte alles ins Spielzimmer.

Der Vollmond, der durch die Zweige vor dem bemalten Fenster ins Zimmer schien, warf ein verschachteltes Muster auf den Boden. Ich dachte an Annelise, die im Hauptraum beim vollen Mondlicht schlafen musste, das durch das Panoramafenster fiel, aber nach ein paar Minuten auf dem Fußboden hätte ich gerne den Platz mit ihr getauscht. Außerdem hätte ich lieber meinen seidenen Pyjama getragen als Jeans und Pullover. Das wäre dann aber noch härter gewesen.

Ich spielte schon mit dem Gedanken, mich in mein gemütliches Bett zu begeben, als ich ein Geräusch hörte, bei dem mir das Herz bis zum Halse schlug. Ich konnte nicht sagen, ob es sich um das Knarren einer Tür oder den Tenor im Dämonenchor handelte, aber es schien vom Flur zu kommen. Ich richtete mich auf, schaltete die Lampe an und zuckte heftig zusammen, als sich eine schattenhafte Gestalt vor mir aufbaute.

»Ich wusste, dass ich Sie hier finden würde«, sagte Toby. »Ist es jetzt so weit – muss ich Sie in den See werfen?«

Kapitel 23

»Wovon reden Sie?«, fragte ich und drückte die Hand auf mein heftig pochendes Herz.

»Reden Sie leiser, sonst wecken Sie Annelise auf«, sagte Toby.

»Wovon reden Sie?«, flüsterte ich.

Toby schaltete James Blackwells Laterne ein, stellte sie auf dem Boden ab und setzte sich daneben. »Sie haben mir die Erlaubnis gegeben, Sie in den Lake Matula zu werfen, wenn Sie auch nur die leisesten Anzeichen davon zeigen, dass Sie von dem Fluch besessen sind.«

»Ich bin nicht besessen«, maulte ich.

»Ach so«, meinte Toby ironisch. »Amandas Vorstellung hat Sie also nicht im Mindesten beeindruckt. Sie haben die Jungs auch nur zur Abwechslung mal im Wohnzimmer schlafen lassen. Ich bewundere Ihre Abenteuerlust.«

»Ich habe sie keineswegs aufgrund Amandas Show dort schlafen lassen«, log ich ohne zu zögern. Ich hatte nicht vor, ausgerechnet Toby zu erzählen, dass ich nach einem Dämon Ausschau hielt, der unter den Dielenbrettern lauerte. »Wenn Sie es unbedingt wissen wollen, Rob und Will haben gestern auf der Ranch ein paar Kraftausdrücke gebraucht.«

»Ich weiß«, sagte Toby. »Während wir auf die Pizza gewartet haben, haben mir die beiden alle Wörter aufgezählt, die sie nicht sagen dürfen.«

»Wie laut?«, fragte ich entsetzt.

Toby grinste. »Keine Sorge. Sie mussten flüstern, bevor sie allzu weit gekommen waren.«

»Wie lang war die Liste?«, fragte ich.

»Nicht sehr lang«, antwortete Toby. »Aber was hat ihre Ausdrucksweise mit dem Fluch zu tun?«

»Nichts«, sagte ich. »Ich bin nicht wegen des Fluchs hier. Will und Rob haben die bösen Wörter angeblich nachts hier oben gehört. Die beiden lügen nie, deshalb will ich herausfinden, was es damit auf sich hat.«

»Okay«, sagte Toby und dehnte das Wort auf die zweifache Länge. »Sie möchten herausfinden, wie die Zwillinge mitten in der Nacht das Fluchen gelernt haben, während sie ganz allein hier oben waren. Sollten wir nicht vielleicht nach einem versteckten Tonbandgerät suchen, das die Auerbach-Jungs installiert haben?«

»Du meine Güte«, sagte ich verblüfft. »Daran habe ich gar nicht gedacht.«

»Sie trauen den Auerbach-Jungs wohl nicht sehr viel zu«, meinte Toby trocken.

»Tja, vielleicht sind es ja wirklich kleine Scherzbolde mit einem seltsamen Sinn für Humor«, räumte ich ein. »Vielleicht haben sie wirklich irgendwo ein Bandgerät versteckt, das sich um Mitternacht einschaltet. Die Zwillinge hätten sich nichts dabei gedacht, für sie wäre es nur ein weiteres fantastisches Stück des Paradieses.«

Toby nahm die Laterne und stand auf.

»Wohin gehen Sie?«, fragte ich.

»Ich hole zwei Sonnenstühle«, antwortete er. »Es ist erst zehn, und warum sollten wir es uns beim Warten nicht gemütlich machen?«

»Sie müssen nicht mit mir warten«, sagte ich, auch wenn ich es mir insgeheim wünschte, nicht nur, weil ich ihn gerne um mich hatte, sondern weil ich in seinem Beisein meine Nachtwache auch nicht so schnell abbrechen würde.

Aber Toby hatte sich bereits entschieden.

»Wenn Sie glauben, dass ich den nächtlichen Unterricht der Auerbachs verpassen würde«, sagte er, »dann sind Sie nicht das Vorbild an geistiger Stabilität, für das ich Sie immer gehalten habe.« Mit einem Kichern verließ er das Zimmer.

Kurz darauf kehrte er mit zwei zusammengeklappten Gartenstühlen zurück, die er nebeneinander dort aufstellte, wo das Zelt gestanden hatte. Ich bot ihm die Hälfte meiner Decke an, als wir uns gesetzt hatten, aber er lehnte ab, sodass ich mich zudecken und mit einem zufriedenen Seufzer zurücklehnen konnte.

Wir löschten die Lampen, um die Batterien nicht aufzubrauchen, und ertrugen fünf grausame Minuten des Schweigens, bevor einer von uns es nicht mehr ertragen konnte. Zu meiner eigenen Überraschung war es Toby.

»Wissen Sie was?«, sagte er leise. »Es ist durchaus möglich, dass Will und Rob in ihrem Zelt gar keine Tonbandstimme gehört haben.«

»Wessen dann?«, sagte ich. »Die der Fluch-Fee?«

»Nein, nein, ich meine eine echte menschliche Stimme.«

Ich schnaubte. »Glauben Sie, dass sich irgendein Perverser nachts ins Aerie schleicht, um meinen Söhnen Schimpfwörter beizubringen?«

»Er müsste dazu nicht ins Aerie«, sagte Toby. »Habe ich Ihnen noch nicht von dem Minenschacht unter dem Haus erzählt?«

»Es gibt einen Minenschacht unter dem Aerie?«, sagte ich und richtete mich ruckartig auf.

»Ich habe versucht, es mir vorzustellen«, murmelte

Toby. »Der Schacht verläuft horizontal, und ich bin ziemlich sicher, dass er unter der Familiensuite liegt.«

»Wir haben über einem Grubenschacht geschlafen?«, sagte ich fassungslos.

»Beruhigen Sie sich, Lori. Es ist nur ein schmaler Schacht, und er ist untermauert und daher vollkommen sicher.«

»Wieso wissen Sie das alles?«

»Weil ich drin war.«

Ich schaltete meine Stirnlampe an und drehte mich zu ihm. »Ihr Großvater hat Ihnen doch verboten, in die Mine zu gehen.«

»Das hat er«, entgegnete Toby. »Ich hab's trotzdem getan.«

»Toby«, sagte ich entrüstet.

»Was hätte ich sonst tun sollen?«, sagte er. »Ich war ja schon das Stadtkind, das Kind aus dem Osten. Glauben Sie, ich wollte auch noch das brave Kind sein? Mit dreizehn hatte ich jede stillgelegte Mine auf dieser Seite des Tals erkundet.« Er schaute nach oben. »Tut mir leid, Grandad, aber manchmal muss ein Junge tun, was Jungs tun müssen.«

»Es ist ein Wunder, dass Sie überhaupt noch leben«, sagte ich kopfschüttelnd.

»Jedenfalls wäre es möglich«, fuhr er ungerührt fort, »dass die Jungen Stimmen gehört haben, die aus diesem Schacht kamen.«

»Aber wie sollte jemand in diesen Schacht gelangen?«, fragte ich. »Ich habe den Haupteingang zur Lord-Stuart-Mine gesehen, er ist mit Beton versiegelt.«

Toby neigte den Kopf. »Also ich kenne mindestens drei weitere Eingänge, falls sie nicht eingestürzt sind.«

»Aber …« Ich brach mitten im Satz ab und starrte auf

die Dielenbretter zwischen unseren Stühlen. »Haben Sie das gehört?«

Toby nickte, bückte sich nach vorne und lauschte ebenfalls mit angehaltenem Atem.

Wir hörten gedämpfte Schläge aus der Tiefe, gefolgt von einigen undeutlichen Worten.

»Da unten ist jemand«, flüsterte ich.

»Und ich glaube nicht, dass es die Fluch-Fee ist«, entgegnete Toby. »Ich wette, es ist ein Verrückter aus Amandas Kommune.«

»Aber warum ...«, begann ich, doch dann kam ich selbst auf die Antwort. Man brauchte eigentlich kein Genie zu sein, um dahinterzukommen, warum sich jemand aus Amandas Zirkel unter dem Aerie herumtreiben, Tammy Auerbach Angst einjagen und nebenbei meine furchtlosen Söhne unterhalten sollte.

»Diese hinterhältige Kuh«, zischte ich voller Wut. »Sie schickt ihre Schüler in den Schacht, die dort gruselige Geräusche machen, damit wir ihr die Geschichte vom Fluch abnehmen. Sie hat den Fluch selbst erzeugt.«

Toby reckte das Kinn vor. »Sie haben unerlaubterweise Privatbesitz betreten, ich würde sie gerne auf frischer Tat ertappen.«

»Ich auch«, sagte ich hitzig.

Er hob die Augenbrauen. »Und?«

»Und was?«, fragte ich.

»Gehen wir.« Er deutete auf den Boden. »Gehen wir runter und schnappen sie uns.«

»Sind Sie noch ganz bei Trost?«, zischte ich. »Nein, nein und nochmals nein, nicht in tausend Jahren.«

»Na schön.« Toby zuckte mit den Schultern. »Ich dachte nur, Sie wollten Amanda heimzahlen, dass sie Ihren Söhnen schmutzige Wörter beigebracht hat. Ich dachte, Sie wollten ihr heimzahlen, dass sie Tammy Auerbach in Angst und Schrecken versetzt hat. Und ich dachte, Sie wollten ihr heimzahlen, dass sie versucht hat, auch Sie reinzulegen. Aber wenn Sie sie vom Haken lassen wollen …«

Ich halte mich nicht für einen über die Maßen rachsüchtigen Menschen, aber Tobys Worte übten den gewünschten Effekt auf mich aus. Ich spürte, wie mein Widerstand schwand.

»Ich weiß, über welchen Tunnel wir sie überraschen können«, flüsterte er verführerisch. »Wenn wir es richtig anstellen, jagen wir ihnen mindestens so viel Angst ein wie sie Tammy.«

»Und wenn wir es nicht richtig anstellen, begeben wir uns in Lebensgefahr«, hielt ich dagegen.

»Keine Bange, Lori«, versicherte er. »Ich kenne mich dort unten sehr gut aus.«

»Also gut.« Ich holte tief Luft und atmete tief aus. »Gehen wir.«

Toby erhob sich und zog mich hoch. »Wir gehen durch die Familiensuite, damit wir Annelise nicht aufwecken.«

»Gut«, sagte ich, als wir auf den Flur traten. »Denn ich werde zuerst andere Schuhe anziehen. Ich gehe nicht in Turnschuhen in eine Mine.«

Toby scharrte ungeduldig mit den Füßen, während ich mir die Wanderstiefel zuband. Als ich fertig war, gingen wir auf mein Sonnendeck hinaus, wo wir über das Geländer kletterten und auf den Vorplatz sprangen. Das erste Stückchen liefen wir und fielen erst in einen schnellen Schritt, als Toby uns zwischen den Bäumen hindurch auf einen Pfad brachte, der bergabwärts vom Aerie wegführte.

Der Mond schien so hell, dass wir weder die Laterne noch meine Stirnlampe brauchten, und nach weniger als zehn Minuten standen wir an einem herabhängenden Drahtzaun vor einem zerklüfteten Loch im Berghang. Toby drückte den Zaum mühelos nach unten und half mir beim Hinüberklettern. Als wir vor dem Eingang zur Mine standen, sah ich ihn an.

»Toby, wie kalt ist es jetzt wohl in Panama?«

»Was?«

»Egal«, sagte ich und folgte ihm ins Dunkel.

Kapitel 24

Der Tunnel war nicht annähernd so schrecklich, wie ich befürchtet hatte. Der Boden war überraschend sauber, die lichte Höhe war ausreichend und der Gang so breit, dass Toby und ich nebeneinander gehen konnten. Besser noch, die hölzernen Stützstreben machten keineswegs den Eindruck, als könnten sie jeden Augenblick nachgeben, nichts deutete auf Ratten hin, und die Fledermäuse waren offenbar ausgeflogen.

Der Gedanke daran, dass wir uns in diesem Labyrinth verirren und im Kreis herumlaufen würden, bis unsere Lampen ausgingen, schnürte mir zwar die Kehle zu, aber Toby schien zu wissen, was er tat. Wir passierten mehrere Abzweigungen und kamen an einem ganz mit Schutt gefüllten Stollen vorbei, bei dem ich an Cyril Pennyfeather denken musste. Ich sinnierte noch immer über Cyrils trauriges Schicksal – und betete, dass uns nichts Ähnliches widerfuhr –, als Toby vor einem Stollen stehen blieb, der sich deutlich von den anderen unterschied.

»Soso«, sagte er leise. »Amanda ist wirklich fleißig gewesen.«

»Was meinen Sie?«

»Sie hat einen neuen Stollen gegraben«, antwortete er und leuchtete den Schacht aus, der viel schmaler und grober schien als die anderen. »Diesen hier habe ich noch nie gesehen.«

»Wie konnte sie ohne das nötige Wissen einen sol-

chen Schacht graben?«, fragte ich skeptisch. »Was hat sie
mit dem Sand und den Steinen gemacht?«

»Es gibt einen großen Garten oben an der Kuppel«,
sagte Toby. »Dort könnten sie den Aushub abgeladen
haben. Und wenn der Eingang des Tunnels sich in der
Nähe der Kuppel befindet, wäre es ein Leichtes, die Sache geheim zu halten. Die Einwohner lassen die Kommune ziemlich in Ruhe.« Stirnrunzelnd blickte er in den
Stollen. »Trotzdem, ein bisschen viel Mühe, nur um den
Auerbachs einen Schrecken einzujagen.«

»Es sei denn …« Mir war ein Gedanke gekommen,
spät, aber vielleicht nicht zu spät. »Die Mühe würde sich
aber lohnen, wenn Amanda dadurch das Aerie als
Schnäppchen kaufen könnte.«

»Was meinen Sie?«, sagte Toby. »Mr Auerbach würde
das Aerie doch nie verkaufen.«

»Es steht schon seit sechs Monaten zum Verkauf«,
verriet ich ihm. »Niemand hat ihm ein Angebot gemacht, deshalb ist Danny bereits zweimal mit dem Preis
runtergegangen. Bill hat es mir im Vertrauen mitgeteilt,
deshalb durfte ich es Ihnen bislang nicht erzählen.«

Toby sah mich zunächst verblüfft und dann erzürnt
an. »Wenn Amanda Barrow Mr Auerbach durch einen
Trick zum Verkauf gebracht hat …«

»So muss es gewesen sein«, sagte ich aufgeregt.
»Amanda will ihr Reich erweitern, und zwar durch den
Kauf des Aerie. Sie hat sich an Tammy herangemacht
und ließ den Tunnel unter ihrem Haus graben, um die
Auerbachs so zu verängstigen, dass sie das Aerie ver-
kauften. Wahrscheinlich fürchtet sie, ich könne das Haus
kaufen, deshalb wollte sie mich verscheuchen.«

»Wie haben Sie Amanda genannt, Lori?«, sagte Toby
düster. »Eine hinterhältige Kuh? Zu schwach, ein paar

prägnante Ausdrücke von der Liste der Zwillinge wären geeigneter.«

Ich deutete in den Schacht. »Vergessen wir ihre Helfer unter dem Aerie. Konfrontieren wir die Rädelsführerin lieber in der Kuppel.«

»Ich bin dabei«, knurrte Toby.

Plötzlich fuhr er zusammen, er legte den Finger auf die Lippen und schaltete zuerst meine Stirnlampe und dann seine Laterne aus. Wir standen in vollkommener Dunkelheit da. Weiter den Schacht hinauf vernahmen wir ein leises Klappern und Schritte. Tobys Stimme drang aus der Dunkelheit, so leise, dass ich sie kaum verstehen konnte. »Geben Sie mir Ihre Stirnlampe.«

Ich nahm sie ab und reichte sie ihm. Ein paar Sekunden später leuchtete ein schwaches rötliches Licht in der Finsternis auf. Toby hatte sein Halstuch um die Lampe gewickelt. So hatten wir genug Licht, ohne schon von Weitem bemerkt zu werden.

»Sehr nützlich«, hauchte ich und deutete auf das rote Tuch.

Toby grinste und reichte mir die Laterne. Ich folgte ihm durch den neu ausgehobenen Schacht. Er führte recht steil nach unten, aber dank meiner Wanderstiefel rutschte ich nicht aus. Toby musste sich tief bücken, damit er sich nicht den Kopf an der zerklüfteten Decke anstieß, aber das schien ihn kaum zu behindern. Offenbar hatte er die Fähigkeiten seiner Kindheit nicht verlernt, als er die Verbote seines Großvaters missachtet hatte.

Nach einer Weile schmerzten meine Schenkel bei jedem Schritt nach unten, und als der Tunnel endlich ebener wurde, flehten meine Knie mich an, sie nicht länger zu foltern, aber ich war zu aufgeregt, um auf sie zu hören. In der Ferne sahen wir einen schwachen Lichtschein.

Toby schaute über die Schulter, um sich zu versichern, dass mit mir alles in Ordnung war, und ging noch schneller auf das Licht zu, als fürchte er, es könne verlöschen, bevor wir es erreichten. Ich trottete hinter ihm her und fragte mich, was Bill wohl dazu sagen würde, wie ich die Nacht verbrachte. Die Worte *dumm, verantwortungslos* und *selbstmörderisch* kamen mir als erste in den Sinn.

Wir hatten die Quelle jenes mysteriösen Lichts fast erreicht, als Toby seine Schritte verlangsamte, das Tuch von der Lampe zog und das Licht auf die Felsenwand richtete, vor der wir standen. Die Sackgasse wurde von einem Licht erhellt, das durch die Ritzen einer Falltür über unseren Köpfen drang. An der Felswand lehnte eine Leiter, die fest im Boden verankert war.

Toby zögerte nicht. Er steckte das Halstuch und die Lampe in seine Hosentasche, kletterte die Leiter hoch und stieß die Falltür auf. Das gleißende Licht, das daraufhin in den Schacht strömte, blendete mich so sehr, dass ich die Augen schließen musste. Als ich sie wieder öffnete, war Toby verschwunden. Ich kletterte ihm nach, schob mich durch die Öffnung und fand mich neben Toby wieder. Er sah völlig verwirrt aus.

So wie auch ich. Wir hatten mehr oder weniger erwartet, uns in Amandas Garten wiederzufinden, umgeben von organischen Genusskräutern, aber dort, wo wir standen, gab es nichts Organisches, und eine geodätische Kuppel gab es auch nicht.

Wir standen im Wohnzimmer eines seltsam möblierten Hauses. Das Seltsame daran war, dass es überhaupt keine Möbel gab, abgesehen von einer einzigen nackten Glühbirne, die von der Decke baumelte. Stattdessen war der Raum vom Boden bis zur Decke mit zusammengepresstem Schutt bedeckt. Die Schuttberge wurden mit

Maschendraht zusammengehalten, der an in den Boden getriebenen Pfosten hing und der gleichzeitig einen schmalen Durchgang freihielt, der von der Falltür in einen Flur hinaus führte.

»Was in aller Welt …«, brachte ich heiser hervor.

»Ich weiß es nicht«, sagte Toby. »Schauen wir uns mal um.«

Toby schloss die Falltür, ich entzündete die Laterne und reichte sie ihm, und wir betraten den Flur. Zu unserer Linken befand sich eine Vordertür, aber wir wandten uns nach rechts, um den Rest des Hauses zu erkunden. Bad und Küche waren blitzblank, aber auch das Esszimmer und das eine von zwei hinteren Schlafzimmern waren mit Schutt gefüllt. In einem kleinen Lagerraum entdeckten wir Werkzeuge, wie sie auch James Blackwell besaß, aber diese hier wiesen weitaus mehr Gebrauchsspuren auf.

Nach einer kurzen Pause betraten wir das zweite Schlafzimmer, das sich auf seine Weise als der seltsamste Raum von allen entpuppte. Das Einzelbett in der Ecke war so makellos gemacht worden, dass es in jedem Ausbildungslager der Marines für Aufsehen gesorgt hätte. Eine Kommode stand in gerader Linie neben dem Schreibtisch gegenüber dem Bett, beide waren sauber wie geleckt. Ich empfand die extreme Ordentlichkeit des Zimmers beunruhigend, aber zwei andere Dinge machten es ausgesprochen unheimlich. Das Fenster über dem Bett war mit schwarzer Farbe übertüncht worden, und die Wände waren mit Landkarten geradezu tapeziert.

Einige Karten waren handgezeichnet, andere offizielle topografische Landkarten, und wieder andere waren so alt, dass sie in Plastikfolien gesteckt worden waren, damit sie nicht auseinanderfielen. Toby trat an eine handgezeichnete Karte, die genau über dem Schreibtisch hing.

»Sehen Sie«, sagte er und fuhr mit dem Finger eine der Linien entlang, »hier sieht man die unterirdische Route zwischen dem neuen Tunnel und dem Schacht unter dem Aerie.«

»Kann man darauf erkennen, wo wir jetzt sind?«, fragte ich.

Noch bevor er antworten konnte, hörten wir ein lautes Poltern aus dem Wohnzimmer.

Ich beugte mich zu Toby und flüsterte: »Jemand hat die Falltür aufgemacht.«

Dem ersten Knall folgte ein zweiter, als die Falltür wieder geschlossen wurde. Toby löschte die Laterne und baute sich vor mir auf. Ich starrte ihm über die Schulter und lauschte wie verzaubert dem Klang der schweren Schritte, die sich dem Schlafzimmer näherten. Meine Nerven waren so angespannt, dass ich sie sirren hörte, und ich hätte beinahe laut aufgeschrien, als sich eine Hand um den Türrahmen schob und das Licht anknipste. Allerdings war meine Reaktion eher lau, verglichen mit der Dick Majors.

Er trug einen Overall, Arbeitsstiefel und einen Grubenhelm, und in der Hand hielt er eine Laterne ähnlich der unseren. Als er uns sah, verzerrte sich sein rosiges Gesicht vor Zorn, und seine hellblauen Augen fielen ihm fast aus dem Kopf. Er stieß eine Reihe von Flüchen und Verwünschungen aus, als wolle er demonstrieren, von wem meine Jungen das gelernt hatten, und beendete sie mit einem relativ milden: »Was zum Teufel macht ihr in meinem Haus?«

»Hallo, Dick«, begrüßte Toby ihn ruhig. »Wir wollten Sie gerade das Gleiche fragen.«

»Sie!« Ich wagte mich hinter Toby hervor, als mir die

Erkenntnis kam. »Es war nicht Amanda. *Sie* waren es.«
Ich warf einen Blick auf die Karten und fühlte mich bestätigt. »Ihr Haus liegt am Rande der Stadt so nahe am
Aerie wie keines sonst. Sie haben Ihre Nachbarn ver-
grätzt, damit niemand etwas von Ihren Aktivitäten mitbekommen konnte, und Sie haben sich mit Absicht zum
unbeliebtesten Mann der Stadt gemacht, damit Sie ja keiner besuchte.« Ich schaute zu dem geschwärzten Fenster
hinauf. »Haben Sie den Aushub um Ihr Haus herum verteilt, als drinnen kein Platz mehr war? Haben Sie den
Schutt unter dem ganzen Schrott verborgen, der zum
Teil aus Ihrem eigenen Mobiliar besteht?«

Dick trat einen Schritt auf mich zu und ballte die
Hand zur Faust. »Sie halten sich wohl für verdammt
schlau, kleine Lady.«

»Und nennen Sie mich nie mehr kleine Lady!« Ich
deutete mit einem zitternden Finger auf ihn. »Sie sind
blass! In Bluebird ist jeder braun, außer Ihnen, weil Sie
kaum die Sonne sehen. Sie graben bei Nacht und schlafen am Tag. Deshalb tauchen Sie nie vor dem Nachmittag in Carrie Vynes Café auf. Und deshalb bestellen Sie
auch immer schwarzen Kaffee.«

Dick keuchte, aber ich war in Fahrt und bemerkte es
kaum.

»Sogar Ihr Körperbau verrät Sie«, sagte ich. »Die breiten Schultern, die kräftigen Hände. Solche Muskeln
kriegt man nicht vom Angeln. Nur vom Graben. Sie haben einen Tunnel gegraben, der von Ihrem Haus bis zu
dem Schacht unter dem Aerie führt, weil Sie ...« Plötzlich fiel mir nichts mehr ein.

»Ich weiß, warum Sie es getan haben, Dick.« Toby
deutete auf die handgezeichnete Karte. »Sie haben nach
Gold gesucht, stimmt's? Sie wollten das, was vielleicht

noch dort unten verborgen war. Sie haben Gold heraus-geholt, das Ihnen nicht gehört.«

Dick schlug sich heftig auf die Brust und brüllte: »Es gehört mir! Alles gehört mir! Mein Ururgroßvater hat die Lord-Stuart-Mine entdeckt, und die Auerbachs haben sie ihm gestohlen.«

Ich wich einen Schritt zurück. »Sie sind Ludovic Magerowskis Ururenkel?«

»Die Auerbachs haben Ludovic in den Wahnsinn getrieben!«, brüllte Dick. Weiße Speichelfäden spritzten von seinen Lippen. »Sie trieben seine Frau in den Selbstmord. Sie steckten seinen Sohn in ein Waisenhaus. Mein Urgroßvater änderte seinen Namen in Major, aber das änderte nichts an unserem Pech. Nichts lief mehr gut für uns, seit uns die Auerbachs die Lord-Stuart stahlen.«

»Und deshalb beschlossen Sie, den Kontostand auszugleichen«, sagte Toby. »Sie wollten sich holen, was von Rechts wegen Ihnen gehörte, nicht wahr?«

»Ja. Aber ich kam zu spät.« Dicks Stimme wurde zu einem heiseren Flüstern, und sein Blick wurde leer. »Es gibt kein Gold mehr dort unten. Die Auerbachs haben alles genommen.«

»Wenn es kein Gold mehr in der Lord-Stuart-Mine gibt«, fragte ich beunruhigt, »aus welchem Grund waren Sie dann heute dort unten?«

»Wenn ich schon kein Gold bekomme, will ich Gerechtigkeit!«, rief Dick und drohte mir mit der Faust. »Und ich weiß auch wie. In der Armee war ich beim Sprengkommando.« Er entblößte die Zähne und grinste wie von Sinnen. »Ich habe ein kleines Überraschungspaket unter dem Aerie versteckt, ein kleines Dankeschön an die Auerbachs. Um Mitternacht geht es hoch. Dann bin ich schon längst unterwegs nach Denver.«

Einen Herzschlag lang standen Toby und ich da wie

in Stein gemeißelt. Dann stürzte sich Toby auf Dick und versetzte ihm einen Schlag, der ihn sofort zu Boden schickte.

Ich sprang über den auf dem Bauch liegenden Mann, lief durch den Flur, riss die Vordertür auf und rannte hinaus. Ich blieb weder stehen, um auf meine Armbanduhr zu schauen, noch um zu sehen, ob Toby mir folgte. Ich rannte die Schotterstraße hinauf zum Lord-Stuart-Pfad, mit nur einem Gedanken im Kopf: Ich musste meine Söhne und Annelise aus dem Aerie bekommen, bevor Dicks »Überraschungspaket« explodierte.

Silbernes Mondlicht beschien den Pfad und streute Schatten. Über mir tuschelten die Espenblätter, aber ich hörte sie kaum. Meine Lungen schmerzten, meine Beine brannten, und ich sah bunte Kreise vor meinen Augen, aber ich rannte weiter, vorbei an den Wildblumen, vorbei an den Ponderosa-Pinien.

Als das Aerie vor mir auftauchte, fiel mir zu meinem Entsetzen ein, dass die Vordertür versperrt war. Ich änderte den Kurs, lief zu meiner Veranda, kletterte über das Geländer, lief durch die Familiensuite auf den Flur hinaus und schrie: »Annelise, nimm die Kinder. Wir müssen raus!« Als ich das Wohnzimmer erreichte, hatte Annelise die Zwillinge bereits geweckt und zog sie aus ihren Schlafsäcken. Ihre Plüschbüffel hielten sie noch in den Armen.

»Raus!«, schrie ich atemlos. »Alle raus!«

Annelise nahm Rob in den Arm, ich schnappte mir Will, und wir sprinteten aus dem Aerie, als seien die Höllenhunde hinter uns her. Als wir über die Lichtung liefen, wären wir fast in Toby hineingerannt, aber er wich aus, nahm mir Will ab und führte uns wieder zum Lord-Stuart-Pfad. Wir hatten gerade die Schotterstraße erreicht, als eine ohrenbetäubende Explosion den Boden unter unseren Füßen erzittern ließ. Ich schwankte, wandte mich um und sah, wie sich ein majestätischer Feuerball in den Nachthimmel wälzte.

»Reginald«, flüsterte ich mit tränenerstickter Stimme. »Tante Dimity.«

Kapitel 25

Es brach mir das Herz, als die alles verschlingenden Flammen sich in den Nachthimmel reckten und mir meinen teuren Reginald und das blaue in Leder gebundene Tagebuch nahmen, das mich so lange mit meiner liebsten Freundin und meiner weisesten Ratgeberin verbunden hatte, der bemerkenswerten, unvergesslichen Tante Dimity. Ich schluchzte hemmungslos, und als Toby etwas zu mir sagte, schien seine Stimme von einem anderen Planeten zu kommen.

»Puh«, japste er. »Das ist noch mal gut gegangen.«

»Gut?« Ich sah ihn fassungslos an.

»Dick hat schlecht gezielt«, sagte er. »Er hat das Aerie verfehlt.«

»Er hat es … verfehlt?«, stammelte ich, und eine Welle der Erleichterung lief durch mich hindurch.

Toby zuckte mit den Schultern. »Man kann schnell eine falsche Abzweigung erwischen, wenn man sich in dem Tunnelsystem nicht gut auskennt. Auch wenn Dick schon unterhalb des Aerie war, dieses Mal hat er sich vertan. Ich würde sagen, er hat seine Sprengladung um einen halben Kilometer zu weit westlich platziert. Wenn wir das Feuer unter Kontrolle kriegen, dürfte das Aerie unversehrt bleiben.«

»Sprengladung?«, sagte Annelise mit erhobenen Augenbrauen.

In Bluebird heulte eine Sirene auf, und ein Stimmengewirr hallte über Lake Matula. Die Stadtbewohner waren wach. Ein erster Wagen der Freiwilligen Feuerwehr raste an uns vorbei, als wir die Lake Street entlangwankten. Toby hielt den Sheriff an, der in seinem Polizeiwagen an uns vorbeikam.

»Hallo, Toby«, sagte der Sheriff und warf ein Auge auf unsere kleine Gruppe von Flüchtlingen. »Weißt du, was die Explosion verursacht hat?«

»Ja.« Toby deutete zu Dick Majors Haus. »Sie finden ihn im hinteren Schlafzimmer. Buchten Sie ihn ein, Jeff. Ich komme im Gefängnis vorbei und erkläre Ihnen alles, wenn wir erst mal ein Bett für die beiden Jungen gefunden haben.«

»Carrie Vyne hat ein freies Gästehaus«, schlug der Sheriff vor.

»Danke, Jeff«, entgegnete Toby. »Sind noch mehr Löschzüge unterwegs?«

»Darauf kannst du wetten«, entgegnete der Sheriff. »Ich hab auch noch die Feuerwehr in Boulder alarmiert.«

»Können wir in deinem Polizeiauto mitfahren?«, fragte Will und rieb sich mit seinem Büffel über die Wange.

»Mit Sirene?«, fragte Rob hoffnungsvoll.

»Vielleicht ein anderes Mal, Jungs«, entgegnete der Sheriff freundlich. »Jetzt muss ich mich erst mal um ein paar andere Sachen kümmern.«

Er hob zwei Finger an die Hutkrempe und fuhr weiter bis zu Dick Majors Haus. Während wir die Lake Street hinaufgingen, fragte ich mich, was er wohl davon hielt, wenn er das Innere des Hauses sah.

Ich fragte mich auch, wie Amanda Barrow reagieren würde, wenn sie erfuhr, wie exakt sie die tumultartigen Ereignisse des Abends vorausgesehen hatte. Sie hatte in ihrem Geschäft zu mir gesagt, dass der Tod erneut seine Hand nach mir ausstrecken würde, und das war geschehen, sie hatte gesagt, dass ich viel riskieren würde, wenn ich unter den Flügeln des Adlers schlafen würde, und auch damit hatte sie recht gehabt. Sie hatte vor dem Zelt im Spielzimmer gestanden und vor Dunkelheit gewarnt, vor Flammen und vor einem hasserfüllten Herzen, das nur vernichten wollte. Kurz darauf hatte ich mich in der Dunkelheit des Minenschachts wiedergefunden, hatte die Flammen aus dem Berg schlagen sehen und war einem Mann begegnet, der so voller Hass war, dass er das Leben unschuldiger Frauen und Kinder geopfert hätte, nur um sich rächen zu können.

Was würde Amanda tun, wenn sie herausfand, dass sie vom Anfang bis zum Ende richtig gelegen hatte? Als wir auf Caroline's Café zugingen, stellte ich mir schaudernd vor, wie Amanda Barrow auf den Stufen des Aerie campierte und ohne Unterlass vom großen Jenseits brabbelte. Ich hoffte nur, dass ich schon wieder in England war, wenn sie herausfand, wie begabt sie wirklich war.

Carrie Vyne bereitete in ihrem Café bereits alles für die Feuerwehrmänner vor, die bald in Bluebird einfallen würden. Sie hieß uns mit offenen Armen willkommen, brachte uns in das Gästehaus, legte Decken und Kissen auf die Betten, machte ein Feuer im Wohnzimmerkamin an und brachte uns schließlich noch Sandwiches und eine Thermoskanne mit heißer Schokolade aus dem Café.

Carrie brachte auch Verbandszeug, Desinfektionsspray und Arnikasalbe für Annelises Füße. Meine unerschrockene Nanny hatte sich nicht damit aufgehalten, ihre Hausschuhe anzuziehen, als meine Schreie sie aus dem Schlaf gerissen hatten. Sie hatte nur eines im Sinn gehabt, das Leben meiner Söhne zu retten, und war daher barfüßig vom Aerie bis in die Stadt gelaufen. Ich hätte ihr einen großen funkelnden Orden ans Nachthemd geheftet, aber Orden waren gerade Mangelware, und deshalb kümmerte ich mich nur um ihre Abschürfungen und Schnitte und half ihr dabei, ins Bett zu humpeln.

»Du bist eine wahre Heldin«, sagte ich, als ich ihre Bettdecke glattstrich.

»Das gehört doch zum Job«, entgegnete sie lächelnd.

Ich umarmte sie, löschte das Licht und gesellte mich zu Toby und den Jungs, die um den Kamin herum saßen und heiße Schokolade tranken. In ihrem Schlafzimmer stand zwar ein Etagenbett, aber Rob und Will schliefen in Decken gehüllt auf dem Boden ein, während Toby und ich am Fenster die schier endlose Kolonne von Einsatzfahrzeugen beobachteten, die durch die Straßen von Bluebird rollte.

»Ich muss ins Aerie«, sagte ich leise, als die Zwillinge fest schliefen. »Heute Nacht noch.«

»Die Straße wird gesperrt sein«, sagte Toby.

»Ich brauche nicht die Straße zu nehmen«, sagte ich. »Bleiben Sie hier bei den Zwillingen?«

»Ich passe auf sie auf«, versprach Toby. »Ich könnte heute Nacht sowieso nicht schlafen.«

In weniger als einer Stunde hatte ich das Aerie erreicht, hatte ein paar notwendige und zwei unersetzliche Dinge in meine Reisetasche gepackt und war zum Gästehaus zurückgekehrt. Toby war noch auf. Ich brachte die Tasche in mein Zimmer und setzte mich wieder zu ihm. Wir blieben die ganze Nacht lang wach, aber wir redeten nicht viel, auch wenn er mir zu meinem rekordverdächtigen Lauf zum Aerie hinauf gratulierte.

»Und Sie haben Will bis zum Rand der Lichtung getragen«, fügte er hinzu. »Vor einer Woche waren Sie noch zu schwach, um ihn aus dem Van zu heben.«

»Es ist erstaunlich, wozu man fähig ist, wenn die eigenen Kinder in Gefahr sind«, sagte ich zu ihm. »Sie werden das auch eines Tages herausfinden, wenn Sie Vater sind. Man gibt sein Leben für die Kinder, auf die eine oder andere Art.«

Ich berührte die Narbe auf meiner Schulter und richtete meinen Blick auf den brennenden Berg.

Epilog

Es dauerte drei Tage, bis das Feuer gelöscht war. Bis dahin hatte es vierhundert Hektar Wald verbrannt und majestätische Bäume in verkohlte Streichhölzer verwandelt, aber dank des Einsatzes der Feuerwehrmänner und des noch regenfeuchten Bodens breitete es sich nicht weiter aus, und das Aerie blieb völlig unversehrt. Am Tag vor Bills Ankunft bezogen wir es wieder, und obwohl er nur eine Woche bleiben konnte, blieben wir noch bis Ende August dort, als Toby wieder aufs College musste.

Als die Nachricht vom Feuer Danny Auerbach erreichte, kam er nach Bluebird, um sich den Schaden an seinem Besitz anzusehen. Während er sich in der Stadt aufhielt, lud ich ihn in Caroline's Café ein und führte ein langes Gespräch mit ihm, nach dem er ein noch längeres Gespräch mit seiner Frau und seiner Tochter führte.

Danach nahm er sein geliebtes ›Baumhaus‹ wieder vom Markt und ließ auf dem Gelände eine Blockhütte für James und Janice Blackwell und ihr Kind bauen. Außerdem ließ er den Mineneingang versiegeln, den Toby und ich benutzt hatten, bevor ihn seine Söhne entdecken konnten.

Zwei Monate nach Tobys Abreise zogen die Blackwells mit ihrem neugeborenen Töchterchen in ihre Blockhütte. James nahm seine Tätigkeit als Hausmeister auf, als habe es nie eine Unterbrechung gegeben, und die Auerbachs nutzten jede Gelegenheit, um im Aerie Ferien zu machen.

Will und Rob verbrachten den größten Teil des Sommers auf der Brockman Ranch, und Toby entführte sie ein paar Mal zum Angeln oder Wandern. Aber als er ihnen das Goldschürfen beibringen wollte, schritt ich ein. Das Goldfieber war ein böses Virus. Ich wollte nicht, dass meine Söhne davon angesteckt wurden.

Maggie Flaxton verdonnerte mich dazu, während der Goldrausch-Tage Lotterielose zu verkaufen, aber Bill weigerte sich vehement, an Nick Altmans Bierprobe teilzunehmen. Bluebirds Doppelgänger beeindruckten ihn nicht so sehr wie mich, aber er hatte bereits durch bittere Erfahrung gelernt, alles zu meiden, was hausgemacht und alkoholisch war.

Ich machte den Besuchen Amanda Barrows im Aerie ein Ende, indem ich ihr eines Tages verriet, dass ich jeden Abend lange Gespräche mit einem magischen Buch führte. Sie hielt mir vor, mich über sie lustig zu machen, und warf nie mehr einen dunklen Schatten auf meine Türschwelle.

Dick Major folgte den Spuren seines berüchtigten Vorfahren. Man wies ihn in ein Hochsicherheitsgefängnis für geisteskranke Straftäter ein. Dort nannte er sich Ludo Magerowski und verfluchte jeden, der ihm über den Weg lief. Noch bevor das Jahr vorüber war, wurde sein Haus an der Lake Street abgerissen. Der Schutt, der sich dort angesammelt hatte, kam dem Straßenbau zugute.

Toby und ich machten in diesem Sommer noch einen Abstecher in die Lord-Stuart-Mine. An einem heißen sonnigen Tag Anfang August setzte Toby seine Ortskenntnis und die handgezeichnete Karte Dick Majors ein und führte mich schließlich zu dem eingestürzten Schacht, in dem Cyril Pennyfeather ums Leben gekommen war. Ich kniete nieder und füllte eine Handvoll Staub in eine Plastiktüte.

Am nächsten Tag ging ich mit der Tüte zum Friedhof und verstreute den Staub über Hannah Laverys Grab. Ein Teil von Cyril muss darin enthalten gewesen sein, denn ich hörte nie wieder von ihm.

»Vermisst du Cyril?«, fragte ich Dimity an unserem letzten Abend im Aerie.

Ja, aber es tut mir nicht leid, dass er fort ist. Er hat seine Aufgabe erfüllt, es war Zeit für ihn weiterzuziehen.

»Welche Aufgabe?«, fragte ich.

Ich glaube, dass Mr Pennyfeather im Aerie blieb, um noch mehr Menschenleben zu retten, und er hat sein Bestes getan. Erinnerst Du Dich? Er hat uns gewarnt, dass jemand die Lord-Stuart-Mine geöffnet hätte. Wir dachten damals, dass er von James Blackwell sprach, aber in Wahrheit bezog er sich auf Dick Major. Wenn wir nicht die falschen Schlüsse gezogen hätten, hätten wir Mr Pennyfeathers Warnung beherzigt und Dick Majors Plan vereitelt.

»Ich hätte nie damit gerechnet, dass du auch mal zugibst, einen voreiligen Schluss gezogen zu haben«, sagte ich grinsend.

Es gibt für alles ein erstes Mal und ich freue mich sehr für Mr Pennyfeather. Er hat seine Aufgabe erfüllt, er hat seine Reise fortgesetzt und ist nun mit der Frau wiedervereint, die er liebt. Er hat das Recht, in Frieden zu ruhen.

»Hast du je daran gedacht, deine eigene Reise fortzusetzen, Dimity?«, fragte ich leise.

Du bist ein Teil meiner Reise, Lori. Ich habe nichts dagegen, die Weiterfahrt erst mal zu verschieben. Schließlich habe ich noch ewig Zeit.

»Und ich werde ich den Rest meines Lebens damit verbringen, meine Kinder vor gemeingefährlichen Irren zu retten?«, fragte ich.

Zwischendurch wirst Du sicher ein paar Stunden Zeit zum Strümpfestricken und Keksebacken finden. Aber wenn es nötig sein wird, wirst Du immer wie eine Mutter handeln. Außerdem machst Du Fortschritte. Deine letzte Tollkühnheit hast Du immerhin unversehrt überstanden.

»Annelise nicht«, sagte ich. »Ihre Füße sind noch immer wund. Und Toby hat sich fast die Hand gebrochen, als er Dick Major einen Kinnhaken verpasste. Aber es hat ihm so viel Spaß gemacht, dass er den Schmerz nicht spürt.«

Toby Cooper ist ein bemerkenswerter junger Mann.

»Ich wollte mich heute bei ihm für alles bedanken, aber mir sind sofort die Tränen gekommen. Ihm schien das Ganze eher unangenehm zu sein. Genauso gut hätte ich ihm auf die Schuhe spucken können.«

Es war ihm sicher auch nur unangenehm, weil er selbst einen Kloß im Hals hatte. Du, Annelise, Will und Rob, Ihr seid ein paar Monate lang seine Familie gewesen. Er wird Euch vermissen.

»Ich habe ihn bereits eingeladen, uns in England zu besuchen«, sagte ich. »Wir können zwar nicht mit Klapperschlangen, Sandstürmen oder Schnee im Juli aufwarten, aber unsere Gewitter sind auch nicht ohne. Ich hoffe, er kommt.«

Ich auch. Du hast in letzter Zeit gar nicht mehr von Deiner Schulter gesprochen, meine Liebe. Bereitet sie Dir keine Schmerzen mehr?

»Meine Schulter ist vollkommen ausgeheilt«, sagte ich. »Wenn die Narbe nicht wäre, würde niemand darauf kommen, dass man auf mich geschossen hat. Ich freue mich, dir mitteilen zu können, dass meine Seele wieder ganz mir gehört. Abaddon ist endlich ausgezogen.«

Im Großen und Ganzen war dein Besuch in Amerika also äußerst zufriedenstellend.

»Niemand in Finch wird mir glauben«, sagte ich.

»Wenn sie an Amerika denken, denken sie an Vulgarität und Gewalt. Und um ehrlich zu sein, mir ging es genauso. Aber das ist vorbei. Mit der zugegebenermaßen gewaltigen Ausnahme von Dick Major waren hier alle freundlich, hilfsbereit und gütig.«

Selbst Maggie Flaxton?

»Ich bin vielleicht nicht Maggies größter Fan«, sagte ich lachend. »Aber Frauen wie sie halten die Welt in Schwung.«

In der Tat. Wirst Du Bluebird vermissen?

Ich lehnte mich in den weißen Sessel zurück und blickte in das Kaminfeuer. Ich dachte an Klatsch und Calico Cookies und Scones. Ich dachte an einen Ort mit einer langen Geschichte, umgeben von der schönsten Natur. Ich dachte an gute Menschen, die ihr Bestes geben, um den Ort, an dem sie leben, auf lebendige Weise zu gestalten, und wie immer wanderten meine Gedanken zurück nach Finch. Bill konnte die Ähnlichkeiten vielleicht nicht erkennen, Annelise mochte sie ignorieren, und Tante Dimity fand sie vielleicht unwichtig, aber ich wusste, wie sich zu Hause anfühlte, wenn ich es fand.

»Nein, ich werde Bluebird nicht vermissen«, sagte ich lächelnd. »Schließlich lasse ich es nicht wirklich hinter mir.«

Carrie Vynes Calico Cookies

Zutaten (für etwa fünf Dutzend Kekse):

1 Tasse Butter
$\frac{1}{3}$ Tasse weißer Zucker
$\frac{1}{3}$ Tasse brauner Zucker
2 Eier
2 Teelöffel Vanilleextrakt
2 Teelöffel Mandelextrakt
1$\frac{1}{2}$ Tassen Mehl
1 Teelöffel Backpulver
1 Teelöffel Zimt
$\frac{1}{2}$ Teelöffel gemahlener Ingwer
1 Prise Salz
2$\frac{1}{2}$ Tassen Hafermehl

Je $\frac{1}{2}$ Tasse Schokoladenstückchen, getrocknete Cranberrys, gehackte Mandeln, Toffeestückchen oder auch Rosinen, Karamellbonbonstückchen, Erdnussbutterstückchen oder weiße Schokoladenstückchen nach Herzenslust miteinander kombinieren!

Ofen auf 180 Grad vorheizen.

Butter mit dem Zucker verrühren, Eier, Vanille- und Mandelextrakt hinzufügen, gut schlagen. Mehl vermischt mit Backpulver, Zimt, Ingwer, Salz und Hafermehl unterziehen und gut schlagen. Restliche Zutaten hinzufügen, gut vermischen. Teelöffelgroße Teigovale auf Backpapier verteilen. Sieben bis acht Minuten backen. Lassen sich gut einfrieren.

Die Community für alle, die Bücher lieben

In der Lesejury kannst du

★ Bücher lesen und rezensieren, die noch nicht erschienen sind

★ Gemeinsam mit anderen buchbegeisterten Menschen in Leserunden diskutieren

★ Autoren persönlich kennenlernen

★ An exklusiven Gewinnspielen und Aktionen teilnehmen

★ Bonuspunkte sammeln und diese gegen tolle Prämien eintauschen

Jetzt kostenlos registrieren: www.lesejury.de

Folge uns auf Instagram & Facebook:
www.instagram.com/lesejury
www.facebook.com/lesejury